Für meine Familie

»Ich kann den Drachenfürsten nicht heiraten, ich bin schon verheiratet. Und ich bin Keth, Königin von Arcania.«

Als Keth Cristan, den König von Arcania heiratet, scheint ein Leben wie im Märchen vor ihnen zu liegen. Doch dann trifft Cristan eine Entscheidung, die alles verändert. Für Arcania beginnen Monate der Unterdrückung und des Hungers, für Keth ein Leben voller Gefahren und Widrigkeiten. Und sie lernt Sanïa kennen, das Land aus dem Märchenbuch. Ein Land, in dem die Bewohner sich bei Einbruch der Dämmerung in ihren Häusern einschließen.

Monika Walke

Keth
Königin von Arcania

Impressum

© 2023
Monika Walke
Albuchstr. 44
D-73457 Essingen

Alle Rechte vorbehalten

Lektorat/Korrektorat: Sascha Rimpl, Lektorat TextFlow

Coverdesign und Umschlaggestaltung: Florin Sayer-Gabor
www.100covers4you.com
Unter Verwendung von Grafiken von Depositphotos: Zulfiska

Grafik und Satz: Sandra Ruscello
www.sandraruscello.com

Bibliografische Information der Deutschen Nationalbibliothek:
Die Deutsche Nationalbibliothek verzeichnet diese Publikation in der
Deutschen Nationalbibliografie; detaillierte bibliografische Daten sind
im Internet über http://dnb.dnb.de abrufbar.

ISBN: 978-3-9825387-0-9

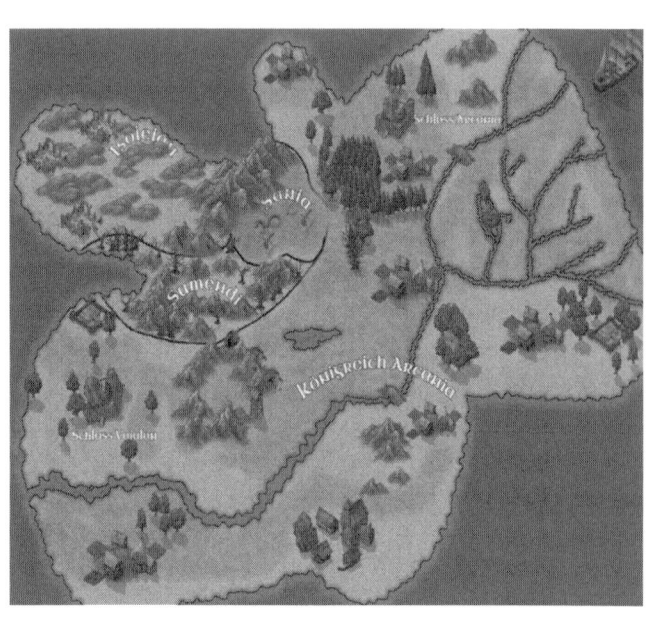

PROLOG

Die Stunde zwischen zwei und drei Uhr nachts war die schlimmste. Er wachte auf, und sofort stürzten sich seine Gedanken wie hungrige Geier auf ihn. Hellwach wälzte er sich von einer Seite auf die andere oder starrte auf dem Rücken liegend an die Decke, ohne etwas in der Dunkelheit erkennen zu können. Jede Nacht war es das Gleiche. Jede Nacht seit dem verhängnisvollen Moment, in dem er die Auswirkungen seiner falsch getroffenen Entscheidung hatte erleben müssen. Oder war es gar keine falsche Entscheidung gewesen? Denn wie konnte man eine solche treffen? Doch nicht bewusst, nicht überlegt. Im Moment der Entscheidung kam einem jede richtig vor, oder? Nur hinterher konnte man darüber grübeln. Und jetzt kam er zu der Überzeugung, dass sie falsch gewesen war. Denn sonst würde er nicht jede Nacht wach liegen und nachdenken. Sonst wäre er nicht einsam. So einsam wie noch nie in seinem Leben. Oft hatte er das Alleinsein dem Zusammensein mit langweiligen Menschen vorgezogen. Allein zu sein konnte manchmal so guttun. Und es bedeutete nicht gleich, einsam zu sein. Doch jetzt war er einsam. Er vermisste sie so sehr.

Er richtete sich stöhnend in seinem Bett auf, klopfte sein Kissen mürrisch zurecht und legte sich wieder zurück. Wie sollte es weitergehen, mit ihm, mit seinem Volk, mit seinem Schloss? Wie lange konnte er dem Drängen der Landesfürsten noch standhalten? Sie alle hatten Angst vor der Übernahme ihres Reiches durch den Schwarzen Fürsten. Denn es war auf einmal in den Bereich des Möglichen gerutscht. Jetzt, da er ein sichtlich geschwächter, getroffener König war.

Und er war schuld. Nur er.
Mit dieser falschen Entscheidung. Hätte er nur auf sie gehört, aber er war so glücklich, so stolz gewesen, so eine große Last war von seinen Schultern gefallen. Sie war immer die Klügere, die Überlegtere, die Weitsichtigere von ihnen beiden gewesen. Er atmete tief ein. Und wie schön sie gewesen war. Groß und schlank, mit Haaren, in denen rötliche Sterne in der Sonne glitzerten und die ihr bis zu den Kniekehlen reichten, und so blauen Augen, dass er jedes Mal darin versank.

Er schloss seine Augen, bevor die Tränen, die sich im Hintergrund gesammelt hatten, über seine Wangen rinnen konnten. Wie schwach er war, seit sie nicht mehr neben ihm lag, seit sie ihm gestohlen worden war, vor seinen Augen, vor den Augen aller. Das Entsetzen, das er an jenem Tag empfunden hatte, schlich sich bösartig seine Wirbelsäule entlang. Er fröstelte, zog seine Decke enger um sich.

Langsam legte sich die Müdigkeit wieder über seine Augen, die Lider wurden ihm schwer, er schwebte zwischen Wachsein und Schlaf. Dankbar ließ er sich fallen, denn nur die Stunden des Schlafs schenkten ihm Vergessen. Wohingegen die ersten Sekunden nach dem Aufwachen am Morgen die schönsten Momente des Tages waren. Denn in diesem halbwachen Zustand konnte er sich in seinem Bett umdrehen und glauben, dass die blauen Augen seiner Keth ihn strahlend begrüßen würden, konnte er glauben, dass diese Verdammnis nicht über ihn und sein Volk gekommen sei.

1. KAPITEL

KETH – SECHS JAHRE VOR DEM SCHWARZEN TAG

Cristan hielt sein Pferd an. Er stieg ab, schlang die Zügel um einen Ast und drehte sich zu Keth um. Bevor er ihr die Hand reichen konnte, um ihr vom Pferd zu helfen, hatte sie ihren langen Rock zusammengerafft, ihr Bein über den Rücken des Pferdes geschwungen und war aus dem Sattel gerutscht.

Er fasste um ihre schlanke Hüfte und zog sie dicht an sich. Keth war fast so groß wie er, er musste sich nicht bücken, um sie küssen zu können. Mit einem leisen Stöhnen gab sie sich seinen leidenschaftlichen Lippen hin.

Sie hatte die Zügel ihrer Stute losgelassen, und das Tier hatte die Freiheit genutzt, um einige Schritte unter den Bäumen hervorzugehen und auf einer kleinen Lichtung zu grasen. Keth lächelte, als sie ihr Pferd inmitten des frischen Grüns stehen sah. Das Fell leuchtete golden unter den wärmenden Sonnenstrahlen.

»Könnte es nur immer so sein!« Keth schmiegte ihre Wange an seinen Brustkorb.

Cristan legte seinen Arm um ihre Schultern und ging mit ihr zum Stamm eines umgestürzten Baumes. Sie setzten sich und beobachteten schweigend Keths Pferd. Cristan nahm ihre Hand in seine, drehte sie um und drückte einen zarten Kuss in ihre Handinnenfläche.

»Ich wünsche mir so sehr, dass du endlich Ja sagst. Bitte, Keth, lass uns heiraten.« Seine Stimme war tief und schmeichelnd.

Keth betrachtete den Mann, der seit Monaten um ihre Hand anhielt, liebevoll, drängend und ausdauernd. Sie dachte an ihre Worte, als sie ihm von ihrer Angst erzählt hatte, dass diese Leidenschaft, dieses Lieben und wortlose Verstehen mit dem offiziellen Akt der Vermählung zerstört werden könnte.

Sie schaute auf ihre verschlungenen Hände und war dankbar, dass er nichts mehr sagte, dass er sie ihren Gedanken überließ. Er war ihre große Liebe, vom ersten Moment an. Dieser stattliche Kerl, der mit seinen braunen Augen und seinem treuen Hundeblick ihre Knie zum Zittern brachte. Und seit ihrer ersten Begegnung nicht mehr aus ihren Gedanken verschwunden war. Cristan war genau der Mann, den sie sich als Jugendliche immer erträumt hatte, groß, muskulös, mit kantigem Gesicht, breitem Mund und einer wilden Lockenmähne. Doch das waren nur Äußerlichkeiten. Das, was ihn für sie unwiderstehlich machte, waren seine Intelligenz und sein Glauben daran, dass Frauen und Männer auf einer Stufe standen, dass Frauen genauso leben durften wie Männer, mit freiem Willen, dass man alles erreichen konnte, wenn man nur fest genug daran glaubte.

Cristan war ihre große, einzige Liebe, und dennoch hatte sie Angst vor einer Ehe mit ihm. Die wenigsten wollten sie an seiner Seite sehen. Sie war in den Augen vieler seiner nicht würdig, nur die Tochter seines Heerführers und nicht die eines Landesfürsten. Und sie hatte Angst vor der übergroßen Verantwortung, innerhalb von fünf Jahren ein Kind gebären zu müssen.

Sie wusste, Cristan war das egal, er wollte sie, allen mahnenden Worten, allen Intrigen zum Trotz. Doch konnten sie eine gute Ehe führen, wenn so viele Menschen gegen diese Verbindung waren? Sie versuchten, ihre Treffen heimlich abzuhalten. Sicher, immer wieder wurden sie gemeinsam auf der Jagd oder bei einem Ball gesehen, doch ebenso sah man Cristan mit anderen Frauen plaudern oder zusammen ausreiten.

Sie lehnte sich an seine Schulter und schloss die Augen. Warum musste er der König sein? Noch dazu in einer so schwierigen Zeit, in der von allen Seiten Bedrohungen auf sie einstürmten? Wollte sie wirklich ihr Leben bei ihren liebevollen und großzügigen Eltern aufgeben? Und dafür in einem Leben landen, das unter den Augen der Öffentlichkeit stattfand?

Sie spürte seine Lippen auf ihrer Stirn. »Keth, verdirb uns nicht den Nachmittag. Hör auf zu grübeln. Irgendwann musst du Ja sagen. Ich brauch dich an meiner Seite. Keine andere!« Er zog sie hoch. »Lass uns zur alten Mühle reiten. Wer als Zweiter ankommt, muss den Brunneneimer füllen.« Er rannte zu seinem Pferd und stieg in den Sattel.

»Das ist unfair!«, schrie sie. »Du hast einen Vorsprung.« Aber auch sie war schon im Sattel und trieb ihre Stute an. Dicht hinter ihm ritt sie über die Wiese, dann querten sie einen Bach und galoppierten durch den sonnendurchfluteten Wald.

2. KAPITEL

VAÏA – SECHS MONATE VOR DEM SCHWARZEN TAG

Vaïa sah angespannt auf den Rasen hinunter. Ihre Kinder spielten mit den kleinen Hunden, die ihr Vater ihnen gestern mitgebracht hatte. Natürlich ohne darüber nachzudenken, dass sich jemand um die Tiere kümmern musste. Nicht nur mit ihnen spielen und sie liebkosen, sondern sie mussten gefüttert und erzogen werden. Aber Vaïas gedankenloser Mann, von den Kindern auch deswegen heiß geliebt, hatte die vier Welpen im Gebiet des Ungo ohne Mutter gefunden und sie mitgebracht. Ein Jubelsturm war über ihn hereingebrochen, als er den Kindern die kleinen Fellknäuel übergeben hatte.

Valeria, ihre älteste Tochter, passte auf ihre jüngeren Geschwister auf. Sie schien zu spüren, dass Vaïa sie beobachtete, sie schaute auf und winkte ihrer Mama zu.

Vaïa drehte sich vom Fenster weg und ging einige Schritte zu dem kleinen roten Sessel, der sie schon ihr ganzes Leben begleitete und viel über sich hatte ergehen lassen müssen. Sie ließ sich hineinfallen, zog ihre Füße unter sich und schloss die Augen.

Das Bild von Valeria erschien erneut vor ihren Augen, wie sie unten auf dem Rasen gestanden und zu ihr hochgesehen hatte. Groß, schlank, ihre rote Lockenmähne in einem einfachen Zopf gebändigt, aus dem sich viele kleine Löckchen heraustahlen, mit blauen Hosen und blauer Bluse schlicht gekleidet und doch strahlend schön. So schön, dass die ersten jungen Männer der Nachbargüter sie umwarben. Doch Valeria schien sich ihrer Wirkung auf Männer nicht bewusst zu sein. *Wenigstens das*, dachte Vaïa, *aber lange wird das nicht so bleiben.*

Morgen würden ihre Schwestern auf dem Schloss Vaïalan eintreffen. Endlich. Seit Tagen waren sie unterwegs, sie kamen aus verschiedenen Regionen ihres Fürstentums Aïrenïa angereist. Vaïa konnte es kaum erwarten, bis sie jede von ihnen in die Arme schließen würde und sie endlich gemeinsam etwas gegen diese Katastrophe unternehmen konnten.

Sie schreckte zusammen. Mit lautem Getöse betrat Montaque ihr Zimmer, stürmte auf sie zu und zog sie aus ihrem Sessel. »Vaïa, wie herrlich ist das Leben, komm, lass uns tanzen!« Er summte eine Melodie und schwenkte sie durchs Zimmer. Sie musste lachen, jedes Mal schaffte er es, sie aus ihren düsteren Stimmungen zu reißen. Jugendlich, ungestüm, immer guter Laune, sie liebte ihn. Meistens jedenfalls. Manchmal, wenn er wieder unzuverlässig war oder anderen hübschen Luftfrauen nachschaute, hasste sie ihn. Jawohl, hassen.

Sie blickte ihm in die großen, schillernden Augen, spürte, wie sie in ihnen versank, und riss sich los.

»Du warst lange unterwegs.« Sie ging wieder zum Fenster und sah nach ihren Kindern. Sie hörte, wie er hinter sie trat, spürte seinen Atem an ihrem Hals.

»Es brodelt überall«, sagte er. »Seit die Königin entführt worden ist, lauern an allen Ecken die Gierlinge. Ein König ohne Nachkommen ist schwach.«

Vaïa schüttelte ihren Kopf. »Das muss nicht so sein, er ist der König. Er kann dieses verstaubte Gesetz ändern, er muss es ändern. Oder will er, dass wir alle in die Hände des Schwarzen Fürsten fallen? Aber er wird die Tradition nicht brechen.« Ihr ganzer Körper schillerte aufgebracht, sie strich sich ihre roten Locken aus dem Gesicht.

»Du siehst hinreißend aus.« Montaque trat neben sie und küsste zärtlich ihr linkes Ohr.

»Lass das! Mir ist nicht danach.« Vaïa machte einen Schritt zur Seite und sah ihn ernst an. »Morgen kommen meine Schwestern, wir werden eingreifen.«

Montaque starrte sie an, runzelte seine Stirn und gab einen gequälten Laut von sich. »Das kann nicht dein Ernst sein! Ihr wollt euch gegen den Schwarzen Fürsten stellen?« Kopfschüttelnd drehte er sich zum Fenster. »Gefährlich«, murmelte er, »gefährlich …«

»Wollen wir wirklich alle zuschauen, wie dieses unsägliche Abkommen aus grauer Vorzeit in Kraft tritt?«, spuckte sie ihm ihre Worte entgegen. »Willst du in einem Land leben, das vom Schwarzen Fürsten regiert wird?«

»Beruhige dich, mein Lüftchen.«

»Nenn mich nicht so!«, fauchte Vaïa ihn an.

Montaque hob entschuldigend seine Hände. »Also gut, liebe Vaïa, dieses Abkommen von vor vielen Hundert Jahren, das besagt, dass der König mit seiner Königin innerhalb von fünf Jahren einen Nachkommen, ob männlich oder weiblich, präsentieren muss, ist sicher veraltet. Und dass ansonsten der Fürst aus der Schwarzen Dynastie der neue König wird und das Land übernimmt, ist furchtbar. Aber musste das Königspaar wirklich bis kurz vor Ablauf der Frist warten, dass die Königin endlich schwanger wird?«

Vaïa starrte ihn dunkelrot funkelnd an. »Manchmal entscheidet eben das Schicksal darüber.«

Montaque nickte ihr zu. »Vielleicht. Aber warum musste der König es allen verkünden? Hat er die Gefahr nicht gesehen? War ihm nicht bewusst, dass zehn Monate vor Ablauf der Frist der Schwarze Fürst sich natürlich Gedanken macht, wie er die Geburt eines Nachkommen kurz vor dem fünften Jahr verhindern kann? Musste er es wirklich hinausbrüllen?«

»Ich weiß nicht, was in dem König vorgegangen ist, dass er die Schwangerschaft nicht geheim gehalten hat. Aber wusste er wirklich um die Gefahr? Hätte er damit rechnen können, dass die Königin entführt wird?« Vaïa setzte sich in ihren geliebten Sessel und zog die Beine wieder unter sich. »Wir werden auf jeden Fall nicht länger abwarten. Auch meine Schwestern sind der Meinung, dass wir handeln müssen. Wir werden versuchen, die Königin zu retten oder den Schwarzen Fürsten auszuschalten.« Sie machte eine kleine Pause. »Oder wir schaffen es, sie außer Landes zu bringen, damit sie ihr Kind irgendwo in Ruhe zur Welt bringen kann.« Bewusst blickte sie auf den Boden, sie konnte sich denken, wie er sie nun anstarrte.

»Ihr seid verrückt!«, sagte er. »Da darfst du nicht mitmachen! Denk an deine Kinder.« Er ging vor ihr auf die Knie, nahm ihre Hände und verteilte zarte Küsse darauf. »Denk an mich, ich liebe dich, ich brauche dich. Was wäre ich ohne mein Lüftchen.«

Vaïa entriss ihm ihre Hände. Jetzt würde sie aufs Ganze gehen. »Pah, mein Lieber, du musst jetzt nicht jammern! Du hilfst uns, das ist dir sicher bewusst, oder?« Sie zog ihre Augenbrauen hoch und grinste leicht. Sie spürte, wie er seine Muskeln anspannte, als wolle er sofort aus ihrem Zimmer fliehen. Das war typisch für ihren Luftikus: für jeden Spaß zu haben, wurde es jedoch ernst, dann wollte er nichts damit zu tun haben. Aber diesmal ließ sie ihn nicht so leicht davonkommen. »Am besten lässt du dein Pferd satteln und reitest zu deinem Bruder. Eure Hilfe werden wir brauchen.«

Montaque sprang auf und schüttelte immer wieder seinen Kopf. »Noch mehr Gefahr, wir alle könnten in den Kerker kommen oder sterben. Das willst du nicht verantworten! Unsere Kinder müssten dann ihr Heim verlassen, sie würden ins Waisenhaus kommen.«

Vaïa erhob sich langsam und trat dicht vor ihn, streichelte mit ihren kleinen Händen sein feines weißes Hemd. Sie spürte seine stahlharte Muskulatur unter dem Stoff, was ihr einen Schauer über den Rücken schickte. »Montaque, diesmal gibt es kein Entkommen für dich. Willst du, dass unsere Kinder in einem Land aufwachsen, in dem der Schwarze Fürst seine unsägliche Macht ausspielt?« Sie blickte zu ihm hoch, ihre Augen glänzten verräterisch. Dann stellte sie sich auf die Zehenspitzen und berührte zart mit ihren Lippen seinen Mund.

Hart griffen seine Hände um ihre Taille, er zog sie so dicht an sich heran, dass sie kaum mehr Luft bekam, und erwiderte ihren zarten Kuss wild und leidenschaftlich. Anschließend schob er sie von sich weg, umfasste ihr Gesicht mit seinen Händen und musterte sie. »Lüftchen, ich werde es mir überlegen, aber erst nachher. Jetzt könnten wir etwas anderes tun.«

»Ich weiß, wenn es darauf ankommt, triffst du die richtigen Entscheidungen, diesmal auch.« Vaïa schlang ihre Arme um ihn und barg ihr Gesicht an seinem Hals. Sie atmete tief ein. Wie sehr liebte sie diese Mischung aus Rauch, Holz und regengewaschener Luft.

Er hob sie hoch und trug sie zu ihrem Bett. »Die Kinder sind draußen beschäftigt, oder?«, raunte er ihr zu und begann mit flinken Fingern die vielen kleinen Knöpfe ihres Spitzenkleides zu öffnen.

3. KAPITEL

KETH – FÜNF JAHRE VOR DEM SCHWARZEN TAG

Zweifelnd sah sie in den großen Spiegel, der die Hälfte der Wand ihres Ankleidezimmers einnahm. Sie war endlich allein, hatte alle nach draußen geschickt und energisch hinter ihnen die Tür geschlossen. Sie hatte noch einige Minuten für sich, und die brauchte sie dringend. Ob sie ihm gefallen würde? Gefiel sie sich selbst? Sie drehte sich langsam und schaute über ihre Schulter in den Spiegel. Doch, es sah gut aus. Sie war sich in den letzten Tagen nicht sicher gewesen, ob sie, gegen alle Widerstände, richtig gewählt hatte.

Das schlichte, lange weiße Kleid umschmeichelte ihre schlanke Figur. Die aufgestickten roten Blüten des Elfenspiegels neben dem Schlitz, der ihr Bein bis zum Knie zeigte, blitzten ebenso neckisch auf wie ihre roten Schuhe und der rote Blütenkranz in ihrem hochgesteckten Haar. Vor ihr auf dem Tischchen lag ihr

Strauß aus ineinander geflochtenen Stängeln des Elfenspiegels, dessen Ranken, wenn sie ihn in der Hand hielt, bis zum Boden reichten. Auf einen Schleier, Rüschen und Schmuck hatte sie verzichtet, was die Mutter von Cristan dazu gebracht hatte, sie als einfachste königliche Braut aller Zeiten zu bezeichnen. Keth blies die Wangen auf, der Ausspruch hätte sie nicht verwundern sollen, denn Joanne liebte Prunk und prächtige Kleider. Davon abgesehen lehnte Joanne sie in allem ab, sie war ihr zu einfach, zu direkt, zu bürgerlich. Keth schnitt eine Grimasse.

Sie trat einige Schritte vom Spiegel weg, ging zu einer Anrichte, auf der ihre Mutter Getränke und kleine Obststücke bereitgestellt hatte. Eigentlich hatte sie gedacht, vor lauter Aufregung weder essen noch trinken zu können, aber die herrlichen Pfirsich- und Aprikosenstücke, dazwischen Melonenbällchen und Orangenschnitze, lockten sie nun doch. Genussvoll steckte sie sich ein Melonenbällchen in den Mund und spürte der prickelnden Süße nach. Vorsichtig setzte sie sich auf den breiten Sessel, bemüht, keine Falten in ihr Kleid zu sitzen.

War es die richtige Entscheidung, Cristan zu heiraten? Sie liebte ihn so sehr, sein Werben war immer intensiver geworden, und letztendlich hatte sie auf ihr Herz gehört, auch wenn ihr Kopf sie vor einem Leben im Schloss gewarnt hatte.

Sie hatte lange mit ihrer Mutter gesprochen, hatte alle Bedenken vor ihr ausgebreitet und sie um Rat gefragt. Und ihre warmherzige, pragmatische Mam hatte ihr nur einen Satz mitgegeben: »Die Liebe zu Cristan ist sicher nicht dein ganzes Leben, mein Schatz, aber was ist dein Leben ohne diese Liebe?«

Und dann war es ganz einfach gewesen, sie hatte Ja gesagt und es von ganzem Herzen so gemeint.

Sie schreckte aus ihren Gedanken, leise wurde an ihre Tür geklopft, und im gleichen Moment wurde sie schon geöffnet. Ihr Vater trat ein und blieb mit gerührtem Blick stehen.

»Meine Keth, mein Mädchen, komm, steh auf, damit ich dich bewundern kann.«

Keth sah Tränen in den Augen ihres Vaters schimmern und ging schnell zu ihm, nahm ihn in den Arm und flüsterte: »Papa, ich hab dich so lieb.« Sie biss die Zähne zusammen, sie hatte sich vorgenommen, keine Tränen zu vergießen, heute nicht, heute war ein Glückstag, ein Fest für das ganze Königreich.

»Töchterchen, du weißt, du kannst jederzeit in dein Elternhaus zurückkommen. Mehr musst du nicht wissen.« Er sah sie liebevoll an.

Wieder wurde an die Tür geklopft, die Stimme des Zeremonienmeisters war zu hören. »Eure Princess, Ihr werdet erwartet!«

Keth straffte ihre Schultern, nahm den Brautstrauß von ihrem Vater entgegen, hakte sich bei ihm ein, und gemeinsam gingen sie aus dem Ankleidezimmer. Ihr Herz raste, ihr Mund war trocken vor Aufregung. Die Musik der Schlosstrompeter klang leise bis zu ihnen, und im Takt der Töne schritten sie hinter dem Zeremonienmeister her. Er führte sie die Treppe ihres Elternhauses hinunter, die Treppe, die sie Tausende Male in ihrem Leben hinauf- und hinuntergerannt war. Sie durchquerten die geräumige Empfangshalle, die heute, mit roten Blüten geschmückt, kaum wiederzuerkennen war. Und dann traten sie nach draußen ins gleißende Sonnenlicht, und lauter Jubel brandete Keth entgegen. Sie blinzelte, suchte nach bekannten Gesichtern und atmete auf, als sie ihre besten Freundinnen in der ersten Reihe der Schaulustigen stehen sah. Bridi schwenkte ihren Hut, damit sie sie auch entdeckte. Neben ihr standen Lydi und Caro, die beide mit weißen Tüchern an ihren Augen herumtupften.

Ihr Vater drückte aufmunternd ihren Arm an seine Seite und führte sie zu der rot geschmückten Kutsche, in der ihre Mutter saß und beruhigend nickte. Der Zeremonienmeister blieb neben der Tür stehen und machte ein wichtiges Gesicht. Anscheinend war sie zu langsam, aber sie wollte noch einmal den Wartenden zuwinken, die ihr mit lauten »Keth, Keth!«-Rufen für ihre Aufmerksamkeit dankten.

Aufatmend ließ sie sich neben ihrer Mutter ins Polster fallen, ihr Vater nahm als Offizier neben dem Kutscher Platz. Eigentlich hätte sie zur Schlosskirche gut zu Fuß gehen können, doch als sie das erwähnt hatte, wäre Joanne fast in Ohnmacht gefallen. »Eine angehende Königin läuft nicht zu ihrer Hochzeit, genauso wenig wie zu ihrer Beerdigung.« Keth musste bei dem Gedanken an diesen Ausspruch jetzt noch kichern, denn damals war sie so erstaunt über das Gesagte gewesen, dass sie Joanne erst fassungslos angeschaut hatte und dann vor Lachen fast vom Stuhl gefallen wäre.

Keth sah zum Kutschenfenster hinaus und staunte, wie viel auf den Wegen los war. Es schien, als sei das halbe Königreich unterwegs. Und alle hatten sich herausgeputzt. Besonders stachen die Luftfrauen mit ihren schillernden Farben hervor, dicht gefolgt von den zart schimmernden Feen und den pastellfarbenen Elfen.

Aber auch die Menschenfrauen hatten ihre schönsten Kleider und Hüte aus den Schränken geholt. Mit all diesen Farben konnten die männlichen Wesen nicht konkurrieren. Besonders düster erschienen die Männer von Negrostia, dem Fürstentum des Schwarzen Fürsten, die neben ihren schwarzen Umhängen auch schwarze Hüte und schwarze Handschuhe trugen. Dagegen leuchtete die Schlossgarde geradezu hell in ihren blauen Uniformen mit den hohen blauen Hüten. Und immer wieder sah sie die ganz in Weiß gekleideten Männer von Brancastia, dem Fürstentum des Weißen Fürsten.

Die Kutsche hielt. Vor der Kirche standen nur noch die Schlossfräulein in ihren langen hellroten Roben, alle anderen hatten schon im Inneren Platz genommen. Ihr Vater öffnete die Kutschentür und streckte ihr helfend die Hand entgegen. Sie stieg aus, gefolgt von ihrer Mutter, die ihr noch schnell glättend übers Kleid strich und dann von einem Schlossfräulein in die Kirche geführt wurde.

Die Kirchentür stand weit offen, lauter Trompetenklang drang heraus. Gänsehaut überzog Keths Arme, ihr Vater tätschelte ihr beruhigend die Hand. Und dann gingen sie los.

Das Schlossorchester intonierte die Königshymne, und mit langsamen Schritten führte ihr Vater sie durchs Kirchenportal. Ein Raunen ging durch die Menge, als die Anwesenden sich umdrehten und Keth hereinkommen sahen. Keth hatte nur Augen für Cristan, der vorn am Altar stand und ihr entgegenblickte. Er strahlte eine zuversichtliche Ruhe und Liebe aus, die sie jedes Mal aufs Neue für ihn einnahm. Und auf einmal war alles Herzklopfen, waren die Zweifel und die Aufregung vorbei, sie konnte die Liebe ihres Cristans spüren und wusste, ihre Entscheidung war richtig; sie war im Zentrum ihres Lebens angekommen.

Als ihr Vater sich vor Cristan verbeugte und sie somit in die Hände des Königs übergab, fiel die letzte Anspannung von Keth ab. Cristan nahm ihre Hand und führte sie zu seinem Mund, eine ungewöhnlich intime Geste bei einer königlichen Trauung, und es schien, als hielten alle in der Kirche die Luft an. Er drückte ihr einen zarten Kuss auf den Handrücken, dann wandten sie sich gemeinsam dem Bischof zu, der sie trauen würde. Vereinzelt hörte man kleine Schluchzer und das Rascheln der Kleider, als zitternde Hände nach Tüchern für die Augen suchten.

Von der Trauungszeremonie bekam Keth wenig mit. In Erinnerung blieb ihr nur das warme Gefühl der Liebe, Cristans tröstliche Nähe und das gemeinsame Hinausgehen aus der Kirche. Fast zärtlich erschienen ihr die Sonnenstrahlen, die sie auf dem Kirchenvorplatz empfingen, und kurz hob sie ihr Gesicht der Sonne entgegen.

»Du bist so schön, ich werde dich niemals wieder hergeben.« Cristans Stimme an ihrem Ohr jagte ihr einen Schauer über den Rücken, und sie drehte ihren Mund seinem entgegen. »Das ist jetzt aber nicht schicklich für die Frau des Königs«, murmelte er.

»Nicht schicklich, aber nötig«, erwiderte Keth und drückte ihm einen schnellen Kuss auf seine warmen, weichen Lippen. Rufe und Beifall brandeten auf, verwirrt drehte sich Keth um. So viele Menschen standen auf der abgesperrten Straße und jubelten ihr nach diesem verstohlenen Kuss zu.

»Das gehört sich ganz und gar nicht«, sagte Joanne und sah sie eisig an. »Benimm dich, alle Blicke sind auf dich gerichtet. Versuche wenigstens, einigermaßen sittsam zu wirken.«

Keth verdrehte innerlich die Augen und war froh, dass Cristan sie zur Kutsche zog, die sie nun für mindestens eine Stunde durchs Königreich fahren würde, um auch den Bürgern, die es nicht bis zum Schloss geschafft hatten, die Gelegenheit zu geben, einen Blick auf sie zu werfen.

Als sie an der Kutschentür stand, neben ihr der Zeremonienmeister mit feierlichem Gesicht, drehte sie sich noch einmal zu den Schaulustigen um. Sie winkte, überlegte kurz und warf ihren Brautstrauß mitten in die Menge. Die Jubelrufe waren ohrenbetäubend. Dann stieg sie in die Kutsche und war froh, dass sie sogleich allein mit Cristan war.

4. KAPITEL

VAÏA – SECHS MONATE VOR DEM SCHWARZEN TAG

»Mama, Mama, sie kommen!« Volodya rannte schreiend die Treppe hoch. Oben angekommen, war sein Gesicht so rot wie seine Haare, und er sah aus wie ein aufziehender Sturm.

»Schrei nicht so, ich habe dich schon gehört, als du unten die Tür aufgemacht hast.« Streng schaute Vaïa ihren jüngsten Sohn an. Er war ein kleiner Wirbelwind und für sein ungestümes Verhalten berüchtigt. Aber sie konnte ihm selten lange böse sein, er war eben, wie er war, und auch Wirbelwinde brauchte die Natur.

Er nahm sie bei der Hand und zog sie mit sich. »Komm, Mama, sie sind schon fast auf dem Schlosshof. Bitte beeil dich.« Kräftig schüttelte er ihren Arm.

»Ich komm ja schon mit!« Sie fuhr sich noch einmal ordnend durch die Haare, die sich wie immer, wenn sie aufgeregt war, nicht in eine ordentliche Frisur zwängen ließen, sondern wie kleine Flammen wild um ihren Kopf züngelten.

Von unten hörte sie Pferdehufe auf dem gepflasterten Weg, Stimmen riefen sich etwas zu, ihre Kinder johlten. Sie beeilte sich, mit Volodya Schritt zu halten, und betrat die Eingangstreppe, als die Kutschen zum Stillstand kamen.

Sofort setzte Chaos ein, wie immer, wenn ihre fünf Schwestern mit ihren Kindern und jeder Menge Gepäck ankamen und Lärm und Lebenslust mitbrachten.

»Vaïa, endlich sind wir da. Musstest du unbedingt in den hintersten Zipfel des Königreichs ziehen? Das ist eine Zumutung.« Vida sprang aus der Kutsche und drückte ihre Schwester so fest an sich, dass Vaïa kaum Luft bekam. In kürzester Zeit war sie von ihren Schwestern umringt, die sie drückten und küssten und auf sie einredeten.

Montus, der gute Geist, der sich schon immer auf den Gütern des Fürstentums Aïrenïa um die Herrschaften bemüht hatte, versuchte, die unzähligen Luftkinder zu bändigen. Er nahm sie mit in die Stallungen, um ihnen die neuen Ponys zu zeigen, die Montaque vor Kurzem für die Kinder mitgebracht hatte, und die wuseligen Welpen, die in einer Pferdebox ihr Zuhause gefunden hatten. Außerdem schickte er die Stalljungen hinaus, sie kümmerten sich um die Pferde und die Kutschen.

Langsam kehrte Ruhe auf dem Schloss Vaïalan ein, und Vaïa nahm ihre Schwestern mit in den hinteren Schlossturm zu den Zimmern, die sie immer bewohnten, wenn sie Vaïa besuchten. Als sich alle frisch gemacht hatten, trafen sie sich im großen Salon, und Monta, die gute Seele der Küche, brachte Berge von süßen Kuchenstücken und eine große Kanne stark gezuckerten Tee.

»Ah, endlich fühle ich mich angekommen. Das ist jedes Mal so, liebe Monta. Erst wenn ich deinen Kuchen und den sensationellen Tee vor mir sehe, weiß ich, dass ich auf dem Schloss meiner Schwester bin.« Valja räkelte sich genießerisch auf dem Sofa und nahm sich ein Stück Kuchen.

»Pass auf, du krümelst alles voll!«, schimpfte Vaïa liebevoll mit ihrer ältesten Schwester, die wie immer sofort begann, Kuchen in sich hineinzustopfen. »Schnell, greift zu, bevor Valja alles verdrückt hat!«

Das ließen sich die Schwestern nicht zweimal sagen, und in Rekordzeit war die große Kuchenplatte leer und die letzte Tasse Tee ausgetrunken.

»Herrlich. Doch dafür sind wir diesmal nicht zu dir gekommen«, sagte Vada und schaute ernst in die Runde. »Wir werden unserer Königin helfen. Keine von uns kann tatenlos zusehen, wie unsere Kinder als geknechtete Bürger in einem Reich des Schwarzen Fürsten aufwachsen. Das müssen wir verhindern.«

Vaïa nickte energisch. »Ich habe vor einigen Tagen mit dem Fürstentum Magonia Kontakt aufgenommen. Sie haben die beste Seherin eingesetzt, die es im Moment gibt. Sobald sie den Aufenthaltsort der Königin wissen, schicken sie einen Boten. Ich rechne stündlich damit, dass er eintrifft.«

»Gut. Und ich weiß, wie wir sie befreien können.« Vida schimmerte rosa, sie schien selbst erschrocken, dass sie ohne Aufforderung gesprochen hatte. Alle sahen sie erstaunt an. »Ähm, ja ... also«, stotterte sie, »ich werde es euch sagen, sobald wir wissen, wo sie steckt.« Ihre rosa Farbe intensivierte sich, auch ihre

Schwestern schillerten rosa. Die Aufregung im Raum nahm zu.

»Und dann? Wo bringen wir sie dann hin?«, fragte Vika, skeptisch wie immer.

»Ich denke, es wird zu gefährlich sein, sie zum König aufs Schloss Arcania zu bringen«, sagte Valda. »Bis zur Geburt des Kindes kann viel zu viel passieren.« Alle nickten zustimmend und schauten sie erwartungsvoll an. »Natürlich habe ich mir schon Gedanken dazu gemacht. Was haltet ihr davon, wenn wir sie nach Sanïa bringen?«

Dröhnende Stille breitete sich im Zimmer aus. Alle wirkten wie erstarrt, nur Valda lächelte.

»Ja, ich weiß, aber hier im Königreich Arcania ist es viel zu unsicher für sie. Wir bringen sie nach Sanïa, dort kann sie in Ruhe ihr Kind zur Welt bringen, und dann kehrt sie vor Ablauf der Fünf-Jahres-Frist zurück.«

»Gar keine so schlechte Idee.« Vaïa nickte langsam. »Nach Sanïa gibt es nur einen Zugang. Nur wir Luftfrauen kennen ihn, keiner sonst weiß von der Existenz dieser Welt. Und das muss auch so bleiben.«

Valda machte zustimmende Geräusche, und Valja meinte: »Gut, wenn euch kein besseres Versteck einfällt, dann bringen wir sie dorthin. Ich könnte das übernehmen, ich war schon seit Ewigkeiten nicht mehr dort!«

Es klopfte an der Tür, kurz darauf wurde sie vorsichtig aufgemacht. Monta steckte ihren Kopf herein. »Eure Ladyschaften, Fürst Montaque und sein Bruder sind eingetroffen, sie bitten zu Tisch.«

Die Schwestern standen eilig auf, endlich gab es wieder etwas zu essen. Vaïa kannte keine andere Familie, in der Essen eine so zentrale Rolle im Leben spielte wie bei ihnen. Vada witzelte immer darüber: »Wahrscheinlich sind wir in unserem ersten Leben gemeinsam in einer Hungersnot verstorben und wollen jetzt Polster anlegen, damit uns das nicht noch mal passiert.« Und jedes Mal, wenn sie das sagte, grölten die Schwestern lauthals: »Hunger, Hunger, Hunger!«

5. KAPITEL

CRISTAN – EIN JAHR VOR DEM SCHWARZEN TAG

Er stützte sich auf seinen Ellenbogen. Lächelnd betrachtete er seine Königin, die friedlich und entspannt schlief. Obwohl die Morgensonne durch die großen Fenster direkt auf ihr Bett fiel, weckte sie das nicht auf. Wie schön sie war mit ihren rosigen Wangen und den langen, dichten Wimpern. Er hatte einmal von einem Märchen gehört – *Rosenrot* –, und genau so stellte er sich Rosenrot vor, wie Keth.

Langsam ließ er sich zurücksinken, zog die Bettdecke über sie beide und beobachtete durchs Fenster die eilig dahin wandernden Wolken. Fast vier Jahre waren seit ihrer Hochzeit vergangen, wie im Flug, glückliche, ausgefüllte, arbeitsreiche Jahre, und Keth war immer an seiner Seite gewesen. Als seine Beraterin, Freundin, Helferin, Seelentrösterin und als wunderbare Geliebte. Doch allmählich spürte er ihre Anspannung, spürte, dass auch sie an dieses vermaledeite Abkommen zwischen seinen Vorfahren dachte. Sie sprach nicht darüber, aber auch ihr musste bewusst sein, dass die Fünf-Jahres-Frist immer näher rückte und sie noch nicht schwanger geworden war.

Am Anfang ihrer Ehe war ihnen der Zeitraum unermesslich lang vorgekommen, sie hatten ihr Leben so angenommen, wie es gekommen war, sie hatten gelebt, gearbeitet und geliebt. Doch immer mehr bedrückte sie beide, dass die Monate und Jahre vergingen und sie noch keine Nachkommen hatten. Sie wussten, dass alle im Königreich auf die glückliche Ankündigung warteten: »Ihre Hoheit ist in gesegneten Umständen!« Er versuchte, sie immer wieder lächelnd davon zu überzeugen, dass das Universum, oder wer auch immer, es schon richtig einteilen würde und sie rechtzeitig ein Kind haben würden. Aber von Mal zu Mal fiel es ihm schwerer, Zuversicht auszustrahlen.

Er sah mit Sorge, dass Keth Tage hatte, an denen sie bedrückt durchs Schloss schlich, sich für Stunden ins zukünftige Kinderzimmer setzte, die Wiege, die seit ihrer Hochzeit dort stand, leicht anstupste und vor sich hinstarrte. Seine lebenslustige, fröhliche Keth, die sich so lange vor ihrer Hochzeit gedrückt hatte, weil sie Angst vor der großen Verantwortung gehabt hatte. Und er hatte sie so lange umworben, bis sie ihm nachgegeben hatte. Er presste seine Lippen zusammen. Hätte sie ihn nur nicht geheiratet, dann würde sie noch immer unbeschwert und fröhlich ihr Leben genießen.

Cristan wollte nicht weiter darüber nachdenken, aber es war schwer, die Gedanken an die Zukunft von sich zu schieben. Wie hatte jemals so ein gefährliches Abkommen getroffen werden können? Nur weil vor

Jahrhunderten in seiner Ahnenreihe sich Zwillingsbrüder bis aufs Blut gestritten hatten und einer das Schloss hatte verlassen müssen. Nur weil der damalige König und Vater der Brüder einen Ausgleich schaffen musste, nur deswegen befanden sie sich in dieser Situation. Genau genommen war der Schwarze Fürst des Fürstentums Negrostia ein Verwandter von ihm, genauso wie die Nachkommen des Fürsten, der vor mehr als siebenhundert Jahren freiwillig das Schloss Arcania verlassen hatte, um den Grundstein für ein eigenes Fürstentum zu legen. Was ihm und seinen Nachfahren gut gelungen war. Die Kontakte zum Weißen Fürsten von Brancastia waren gut und eng; sie waren ungefähr im gleichen Alter, sie besuchten sich gegenseitig, wertschätzten sich, hatten die gleichen Vorstellungen, wie sie herrschen wollten.

Keth neben ihm regte sich, machte langsam die Augen auf, und als sie ihn ansah, lächelte sie ihn verschlafen an.

»Bist du schon lange wach?« Ihre Stimme klang leise und schläfrig.

»Nein, noch nicht lange. Ich wollte dich nicht stören und bin deswegen noch liegen geblieben.« Er drehte sich zu ihr und gab ihr einen zärtlichen Kuss auf ihre warmen Lippen.

Sie schob eine Hand in seine zerzausten Haare und zog seinen Kopf zu sich herunter, ihr Kuss wurde leidenschaftlicher, ihre Zunge tastete nach seiner.

Cristan schob sich über sie und schaute ihr tief in die Augen. »Meine geliebte Keth, leider müssen wir aufstehen, in einer Stunde kommen die Fürsten zur halbjährlichen Audienz. Und du weißt, wir lassen sie lieber nicht warten.«

»Oh, nein, das habe ich vergessen; ehrlich gesagt, ich habe es verdrängt. Muss ich dabei sein?« Bittend schaute sie ihn an.

Doch Cristan blieb ernst und nickte. »Du weißt doch, diese halbjährlichen Audienzen nehmen die Fürsten sehr ernst, und deine Abwesenheit würde unangenehm auffallen. Also beeilen wir uns jetzt, damit wir rechtzeitig im großen Saal sind. Je schneller wir beginnen können, desto schneller sind wir auch wieder fertig.«

Cristan wusste, warum Keth, die sonst ihre Pflichten als Königin so ernst nahm, bei den Audienzen nicht dabei sein wollte. Ein Hauptthema würde die Fünf-Jahres-Frist sein, und je näher diese rückte, desto drängender wurden die Fragen dazu. Vor allem würden heute Fragen zur Zukunft kommen, die er das letzte Mal noch verschoben hatte. Doch da sie nur noch dreizehn Monate Zeit hatten, würden die Fürsten wissen wollen, wie es weiterginge, wenn das Königspaar keinen Nachkommen vorweisen konnte.

6. KAPITEL

VAÏA – SECHS MONATE VOR DEM SCHWARZEN TAG

Endlich war Ruhe eingekehrt. Ihre Schwestern hatten sich in ihren Turm zurückgezogen, Montaque saß mit seinem Bruder in der Bibliothek – wahrscheinlich war die Whiskeyflasche schon fast leer –, alle Kinder schliefen, und sie konnte sich in ihren Sessel kuscheln und den Tag Revue passieren lassen. Mit ihren Schwestern zusammen zu sein war immer ein schönes Erlebnis, doch diesmal hatten sie ernsthaft gearbeitet. Ihr Plan stand, sie hatten ihn mehrere Male verändert, doch jetzt waren sie sich sicher, dass es funktionieren konnte. Nach dem Abendessen war die Nachricht der Seherin eingetroffen. Sie wussten nun, in welchem Teil des Schwarzen Schlosses die Königin festgehalten wurde. Es würde schwierig werden, sie zu befreien, aber nicht unmöglich. Und sie würden ihren Plan morgen in die Tat umsetzen.

Auch der König hatte in den letzten Monaten immer wieder den Versuch gestartet, die Königin zu finden und zu befreien. Doch jeder seiner Schritte in diese Richtung war von den Schergen des Schwarzen Fürsten unterbunden worden.

Vaïa nahm ihre Tasse mit dem süß duftenden Inhalt in beide Hände und sog genießerisch den intensiven Geruch ein. Sie liebte heiße Schokolade, vor allem, wenn auf einer dicken Schicht Milchschaum noch geraspelte dunkle Schokoladenstücke lagen. Wie herrlich! Vorsichtig nahm sie einen Schluck, behielt ihn kurz im Mund, spürte die heiße Süße und den bitteren Schmelz. Sie gab sich ganz dem Genuss hin, und erst als ihre Tasse leer war, dachte sie wieder über ihren Plan nach, ließ ihn noch einmal Etappe für Etappe an sich vorbeiziehen.

Morgen früh würden sie offiziell eine Picknickfahrt mit zwei großen Kanus auf dem Ungo machen. Ein Nebenarm des Ungo führte durch Negrostia und ganz in der Nähe des Schwarzen Schlosses vorbei. Dort würden sie einen schönen Platz zum Picknicken aussuchen, nur Vida würde sich daraufhin in Richtung Schloss aufmachen. Laut Information der Seherin wurde Keth im hinteren Turm gefangen gehalten, bewacht von Soldaten der Schwarzen Garde. Vida, die sich als Einzige ihrer Luftfamilie ohne Probleme von ihrer Menschengestalt in Wind verwandeln konnte, würde keine Schwierigkeiten haben, zu Keth zu gelangen. In der Zwischenzeit würden Montaque und sein Bruder ein kleines Wettrennen mit ihren Pferden vor dem Schloss inszenieren, Montaque würde dabei vom Pferd stürzen, und eine allgemeine Aufregung würde entstehen. In diesem Tumult würde Vida versuchen, die Königin aus dem Schloss aufs Kanu zu bringen. Dann fuhren sie zurück auf den großen Ungo. Von dort war es nur ein kurzer Weg bis in den Wald von Sanïa.

So weit ihr Plan. Ob er so auch umsetzbar war, das würden sie morgen erfahren. Sie durfte gar nicht daran denken, was alles schiefgehen könnte, denn sonst würde sie der Mut verlassen. Aber nichts zu tun war für sie keine Option. Die Zukunft mit einem Schwarzen Fürsten als König konnte sie sich nicht vorstellen, ohne Albträume zu bekommen. Ihre Kinder durften nicht in einem Königreich aufwachsen, in dem sie keine Rechte als freie Bürger hatten, in dem Korruption und Gier nach Macht und Besitz überhandnahmen.

Sie stand von ihrem Sessel auf, streckte und reckte sich und begann sich dann auszuziehen. Auch sie musste dringend schlafen, damit sie morgen früh ausgeruht in den Tag starten konnte.

»Da komme ich ja gerade richtig, mein Schatz. Warte, ich helfe dir.« Montaque schloss leise die Tür hinter sich und war leicht schwankend mit wenigen Schritten neben ihr. Sanft zog er sie in seine Arme und drückte ihr einen feuchten Kuss auf die Wange.

»Oh, die Flasche Whiskey ist leer, oder?« Vaïa schob ihn von sich und sah ihn skeptisch an.

»Na ja, ich habe sie ja nicht allein getrunken.« Montaque wollte sie wieder an sich ziehen, doch Vaïa machte einen Schritt zurück.

»Nein, mein Lieber, zum einen muss ich dringend ins Bett, weil ich morgen ausgeruht sein muss, was ich dir auch empfehlen würde, und zum anderen stinkst du nach Whiskey und Zigarre, und du weißt, das kann ich nicht leiden.«

Montaque zog eine wehleidige Miene. »Ich will ja auch ganz schnell ins Bett … mit dir …«

Vaïa lächelte ihn liebevoll an. Dann schubste sie ihn in Richtung Badezimmer. »Wenn du fertig bist, vergiss nicht, das Licht auszumachen«, säuselte sie ihm hinterher und kuschelte sich unter ihre weiche Bettdecke.

Müde schloss sie die Augen, ihre Gedanken schwebten hin und her, ließen sich nicht festhalten. Sie spürte noch, wie Montaque sich neben sie legte, dann schwamm sie im Traum im herrlich warmen Wasser des Ungo.

7. KAPITEL

CRISTAN – ACHT MONATE VOR DEM SCHWARZEN TAG

Grübelnd saß er in der Bibliothek, ein Weinglas mit dunkelrotem Inhalt in der Hand. Die Zeit zerrann zwischen ihren Fingern. Sie hatten noch acht Monate. Nur noch acht Monate. Und dann würden sie dieses Schloss, das seit vielen Hundert Jahren im Besitz seiner Familie war, verlassen müssen. Ihr Leben würde sich völlig verändern, das Leben aller.

Er nahm einen großen Schluck aus dem bauchigen Glas, hob es auf Augenhöhe, betrachtete das Rubinrot und genoss den schweren Geschmack in seinem Mund. Neben Beeren schmeckte er Nuancen von Schokolade, von Zeder und ein bisschen Mokka. Zufrieden nahm er einen weiteren Schluck. So musste ein guter, gereifter Rotwein aus den Reben alter Arcania-Weinstöcke schmecken. Leider konnte der Genuss des Weines ihn nur kurzfristig von seinen trüben Gedanken ablenken.

Die dunkle Wolke, die noch vor wenigen Monaten hoch über ihnen geschwebt war, hatte sich im Laufe der letzten Wochen auf sie herabgesenkt und ihr Leben langsam und zäh werden lassen.

Cristan gestattete sich einen tiefen Seufzer – aber auch nur, weil er allein war, in Anwesenheit von Keth gab er sich immer zuversichtlich und optimistisch. Obwohl es ihm von Tag zu Tag schwerer fiel. Aber er sah, wie sehr Keth unter dieser Situation litt, er wollte es ihr nicht noch schwerer machen.

Leise ging die Tür auf, Keth trat mit einem zaghaften Lächeln ein. »Hier bist du also, ich habe dich schon gesucht.« Sie setzte sich auf die Armlehne seines Sessels, nahm ihm das Glas aus der Hand und schnupperte. »Mmmh, Schokolade, Zeder, ein wunderbarer Geruch.« Dann stellte sie das Glas auf dem Tisch neben ihnen ab und rutschte auf Cristans Schoß.

»Wie geht es dir, meine Schöne?« Liebevoll schaute er sie an und drückte ihr einen Kuss auf ihre vollen Lippen.

»Mir geht es gut, sehr gut sogar.«

Es lag etwas in ihrer Stimme, das ihn aufhorchen ließ. Er suchte ihren Blick, hielt ihn fest, und dann brauchte sie nichts mehr zu sagen. Er wusste es, er hatte es tief in seinem Innern immer gewusst, das Universum hielt schützende Hände über sie. Er schluckte trocken, versuchte, mit seiner Zunge seine Lippen zu befeuchten, spürte Tränen aufsteigen.

»Wir werden Eltern«, flüsterte Keth und barg ihren Kopf an seinem Hals.

»Keth, meine Keth ...« Er zog sie so dicht an sich, wie es in dem engen Sessel möglich war. Nässe durchdrang sein Hemd, er spürte, wie ihr Körper bebte. »Keth, nicht weinen, alles wird gut.« Sanft wiegte er sie in seinen Armen, bis ihre Schluchzer nachließen. Dann schob er sie leicht von sich und sah in ihr verweintes Gesicht. »Alles wird gut, meine Königin.«

Keth stand von seinem Schoß auf, wischte sich mit einem großen Tuch das Gesicht trocken und strahlte ihn an. »Doktor Moh meinte, wir werden noch vor dem Winterfest Eltern. Cristan, stell dir das vor! Ein Kind unter dem geschmückten Tannenbaum!«

Seine Keth leuchtete, ihre Wangen hatten sich rosig verfärbt, sie tänzelte hin und her. Es würde keine Übernahme durch den Schwarzen Fürsten geben, sein Königreich war gerettet.

Er sprang auf, rannte zum Fenster und riss es auf. »Die Königin ist in gesegneten Umständen!«, schrie er so laut hinaus, dass sein Hals schmerzte. »Der König und die Königin werden Eltern!« Cristan sah, wie der alte Gärtner seine Hacke fallen ließ, zu ihm hochschaute und schallend applaudierte. Dann humpelte er los, er würde die glückliche Nachricht verbreiten, morgen wüsste es das ganze Königreich.

Keth blickte ihn an, ihre Augenbrauen hochgezogen. »War das eine gute Entscheidung, es alle wissen zu lassen? Hätten wir es nicht lieber noch einige Zeit für uns behalten sollen?«

»Natürlich war es richtig! Ich bin so glücklich, alle müssen es wissen. Jeder hat sich schon Sorgen gemacht, das ist jetzt vorbei!« Er nahm ihre Hände in seine und zog sie in angedeuteten Walzerschritten durch das Zimmer. »Wir werden Eltern, wir werden Eltern«, sang er leise im Takt vor sich hin. »Du bist wunderschön! Was werden wir für ein schönes Kind bekommen!« Mit einem leichten Ruck zog er sie an sich und küsste sie leidenschaftlich.

8. KAPITEL

VIDA – SECHS MONATE VOR DEM SCHWARZEN TAG

Sie hatte es geschafft, sie war im Turmzimmer der Königin. Es war fast zu leicht gewesen. Die Flussfahrt mit den Schwestern, die Verwandlung in einen kleinen Wirbelwind und das Entwenden des Schlüssels aus der Wächterkammer – alles war gut gegangen.

Sie hatte sich noch nicht zurückverwandelt, sie wollte die Königin nicht erschrecken. Diese lag schlafend auf einer schmalen Pritsche, eine dünne Decke über sich gebreitet, sie sah blass und mitgenommen aus. Vida wirbelte vorsichtig durch die kleine Kammer, streifte die Wangen der Königin, sodass diese verschlafen ihre Augen öffnete. Noch einmal wirbelte sie herum, die dünne Decke flatterte leicht.

Die Königin blickte zum Fenster hinüber, doch es war verschlossen. Sie schien zu überlegen, woher der Wind gekommen war, der ihre Decke bewegt hatte.

Vida wirbelte noch einmal kräftiger durch den Raum, verharrte dann still neben der Pritsche und beobachtete die Reaktion der Königin. Keth setzte sich auf und fragte leise: »Wer ist da?« Sie ließ ihre Augen durch den Raum wandern. Dann etwas lauter: »Hier ist doch jemand.«

Vida hörte, wie der Wachmann zur Tür trat.

»Mit wem redet Ihr?« Dann waren Flüche zu hören, Schlüsselgeräusche, ein »Wo ist der verdammte Schlüssel?« und dann: »Urs, gib mir deinen Schlüssel!«

Sie hörte weitere Schritte, Gemurmel, kurz darauf wurde die Tür aufgeschlossen. Vida wehte vorsichtig in die äußerste Zimmerecke. Ein rotgesichtiger, feister Mann in schwarzer Uniform betrat die Kammer. Die Atmosphäre im Raum wurde grau und schwer.

»Ich frage Euch noch mal: Mit wem redet Ihr?« Seine Stimme klang rau und genervt.

Keth schaute ihn mit großen Augen an. »Ich? Mit niemandem, also, ich meine … mit mir selbst. Ihr seht ja, hier ist niemand. Wie hätte auch jemand hier hereinkommen können, Ihr bewacht mich ja.«

Der Mann trat näher, blieb vor ihrer Pritsche stehen. »Ist Euch nicht langweilig? Soll ich Euch ein bisschen Gesellschaft leisten?« Er grinste sie an, bückte sich und zog ihre Decke ein wenig nach unten. »Das könnte amüsant werden.«

Keth rutschte weg von ihm, drückte sich dicht an die Wand und riss ihm die Decke aus der Hand. Sie zog sie bis unters Kinn und sagte: »Müsst Ihr nicht draußen Wache halten? Was würde Euer Fürst sagen, wenn er davon erfahren würde?«

Der rotgesichtige Mann schien kurz zu überlegen, dann ging er mit zwei großen Schritten zur Tür. »Ihr habt recht. Am Tag ist es zu gefährlich. Aber heute

Abend, bei Einbruch der Dunkelheit, komme ich zu Euch zurück.« Er senkte seine Stimme und sagte in vertraulichem Ton: »Wir werden ein bisschen Spaß miteinander haben.« Er machte eine anzügliche Grimasse, zog die Tür hinter sich zu und drehte den Schlüssel um.

Für Vida war das die Aufforderung, sich zurückzuverwandeln. Langsam nahm sie wieder ihre menschliche Gestalt an.

»Ich wusste es, ich habe es gespürt, dass du im Zimmer bist. Eine Luftfrau!« Keths Gesichtszüge entspannten sich, sie rutschte von der Turmwand weg und atmete tief durch. »Ich wusste gar nicht, dass ihr euch so leicht verwandeln könnt.«

Vida nickte und hielt ihren Zeigefinger vor die Lippen. »Pst, Eure Hoheit. Wir müssen leise sein, sonst kommt der noch einmal hier rein.« Sie zeigte Keth den Schlüssel, den sie unter ihrem weiten Umhang verborgen hatte. »Wir werden gemeinsam die Kammer verlassen.«

Die Königin machte große Augen, ihre Wangen bekamen langsam wieder eine gesunde Hautfarbe, sie streifte die Decke ab und schwang ihre Beine von der Pritsche.

»Bin ich froh«, sagte Keth. »Ich habe mich so allein gefühlt und gehofft, dass mich irgendjemand hier herausholen kommt. Und jetzt noch dieser unsägliche Wachmann.« Sie schüttelte sich vor Ekel.

Vida ging zum vergitterten Fenster und blickte hinaus. Sie hoffte, ihr Schwager hielt sich an die ausgemachten Zeiten. Sobald Montaque und sein Bruder vor dem Schloss auftauchten, würden Vida und die Königin versuchen, das Zimmer zu verlassen.

Keth war in ihre Schuhe geschlüpft und neben Vida getreten. »Wie kommen wir von hier weg?«

Vida erklärte ihr flüsternd in wenigen Sätzen ihren Plan, dann brach sie abrupt ab und lauschte.

»Sie kommen, wir warten noch kurz, dann versuchen wir es.«

Sie steckte leise den Schlüssel ins Schloss, öffnete vorsichtig die Tür einen Spaltbreit und spähte in den kleinen Flur. Es war niemand zu sehen. Wie erhofft, hatten die Wachleute ihre Posten verlassen, als sie die galoppierenden Pferde mit ihren laut rufenden Reitern gehört hatten.

Dann ging alles ganz schnell. Der Tumult vor dem Turm, die aufgeregten Stimmen und die scheuenden Pferde, der vom Pferd stürzende Reiter, der scheinbar bewusstlos liegen blieb – das alles lenkte die Wachmannschaft so weit ab, dass Vida und die Königin unentdeckt den Turm verlassen konnten. Sie hetzten über das kleine Wiesenstück, rannten über die schmale Brücke, die den Schlossgraben überspannte, in den Wald und erreichten in wenigen Minuten Vidas unruhig wartende Schwestern. Keuchend und zitternd kamen sie am Picknickplatz an. Dort war alles zusammengeräumt und in den Kanus verstaut; die Schwestern waren fluchtbereit.

»Eure Hoheit, kommt«, rief Vaïa und winkte ihr zu. Sie streckte ihre Hand aus und half der zitternden Keth in das Kanu. Keth setzte sich neben Valja, die mit ihrem Paddel versuchte, das Boot ruhig zu halten.

Vida gab dem Kanu einen gewaltigen Schubs, damit es gut vom Ufer wegkam, dann sprang sie zu Vaïa, Valja und der Königin ins Kanu. »Schnell, ich höre Stimmen, sie kommen näher, sie haben schon bemerkt, dass Ihr fehlt, Königin. Wir müssen um die nächste Biegung paddeln, sonst sehen sie uns, und alles ist vorbei.« Ihr war die Anstrengung der Verwandlung und der Flucht hierher deutlich anzuhören. Sie klang schwach, atmete hektisch, schimmerte in einem verblassenden Altrosa.

Keuchend ruderten sie, tauchten ihre Paddel in irrsinnigem Tempo in das Wasser ein, um noch schneller zu werden, als Keth mit zitternder Stimme sagte: »Ich sehe die Uniform von Wachleuten. Sie werden uns gleich entdecken.«

»Werden sie nicht!« Vida biss die Zähne zusammen, Schweiß lief von ihrer Stirn. Sie sah, wie ihre sich laut unterhaltenden und kichernden Schwestern mit dem anderen Kanu eine Abzweigung in einen kleineren Seitenarm des Ungo nahmen. Wie ausgemacht, sollten sie, falls sie verfolgt würden, eine falsche Fährte legen. Das Ungogebiet bot sich hervorragend dafür an, denn vom großen Fluss bogen unzählige Seitenarme ab und bildeten ein unüberschaubares Gewirr an kleinen Flüssen, Bächen und Seen. Man musste sich gut auskennen, dass man hier wieder herausfand. Wenn alles gut ginge, würden sie sich heute Abend auf Schloss Vaïalan treffen, ohne Königin. Doch damit das wirklich klappte, mussten sie noch schneller paddeln und sich möglichst lautlos vorwärtsbewegen.

Keth flüsterte entsetzt: »Sie kommen näher, wir werden es nicht schaffen.«

Auch Vida hörte nun die stampfenden Stiefelschritte der Verfolger, die ihnen am Flussufer entlang hinterherrannten.

»Wir biegen hier ab, bückt euch!« Vaïa zeigte auf einen unter den herabhängenden Ästen einer Trauerweide abzweigenden kleinen Fluss. Sie bogen ab und ließen sich treiben, ihre Paddel hatten sie hochgezogen, und sie versuchten, keinerlei Geräusche zu machen. Nur das Vogelgezwitscher und das leise Plätschern des Wassers waren zu hören. Auch die Laufgeräusche waren verstummt.

»Hörst du sie noch? Wo sind sie hin?« Sie hörten eine aufgeregte Männerstimme, dann keuchende Atemzüge.

Eine andere Stimme antwortete: »Sie haben nur die Möglichkeit, hier weiterzufahren.«

Erneut waren rennende Schritte zu hören, Äste knackten, sie schienen sich zu entfernen.

Die Frauen saßen wie erstarrt, bewegten sich nicht. Das Kanu trieb den Fluss entlang, Vida sah, dass sie auf einen im Wasser liegenden Baumstamm zusteuerten. Sie würden gegenpaddeln müssen, sonst knallten sie mit ihrem Kanu dagegen und würden womöglich umkippen. Sie nickte Vaïa und Valja zu, sie senkten gleichzeitig ihre Paddel ins Wasser, doch sie waren zu langsam. Das Kanu stieß mit einem rauen Ton gegen den Baumstamm, schwankte bedrohlich; nur mit großer Mühe schafften sie es, das Gleichgewicht zu bewahren. Aber sie schrammten quietschend an dem Stamm entlang, das Geräusch war so laut, dass es weit zu hören sein musste. Vida rauschte das Blut in den Ohren, es fröstelte sie.

»Sie haben uns sicher gehört«, flüsterte Keth.

Vaïa schaffte es endlich, das Kanu mit ihrem Paddel in die Mitte des Flusses zu drücken. Sie gaben keinen Laut von sich, atmeten oberflächlich und wünschten sich weit weg.

»Ich habe was gehört. Bleibt stehen, da war was.« Die Männerstimme klang beängstigend nah. »Die sind hier irgendwo.«

Dröhnende Stille setzte ein, lediglich unterbrochen vom »Zwipzwip« des Flussregenpfeifers. Vida spürte ein Kratzen in ihrem Hals. Sie war so furchtbar erschöpft, sie konnte nicht mehr, eigentlich wollte sie nur noch die Augen schließen und schlafen. Und husten. Sie musste dringend husten. Es kratzte und kitzelte in ihrem Hals, sie schluckte dagegen an, ihre Augen begannen zu tränen. Sie würde es nicht schaffen, sie konnte den Hustenreiz nicht länger unterdrücken.

Aus der anderen Richtung waren lachende, laute Frauenstimmen zu hören. Ihre Schwestern versuchten, die Verfolger auf eine falsche Spur zu lenken.

»Da war nichts, wir verschwenden hier unsere Zeit«, erklang eine weitere Männerstimme. »Los, in die Richtung! Hört doch, wie sie lachen, dort finden wir sie.« Augenblicklich setzte das Stampfen rennender Stiefel wieder ein.

Vida ließ ihr Paddel los, ergriff ihren Umhang und drückte ihn sich gegen das Gesicht. Dann hustete sie los, es hörte sich fürchterlich an. Die Männer waren weit genug weg, sie schienen sie nicht mehr zu hören.

Keth streichelte Vida den Rücken. »Oh, du Arme, pssss, das wird schon wieder, pssss.«

Vida blieb vornübergebeugt sitzen, holte rasselnd Luft und sah zu ihren Schwestern. Vaïa beobachtete sie besorgt, sie kannte die Auswirkungen der Verwandlung ebenfalls, wusste, dass ihre Schwester sich dringend ausruhen musste. Vida sah die Sorge in den Augen ihrer Schwestern, schüttelte leicht den Kopf und nahm ihr Paddel wieder auf.

»Wir haben es gleich geschafft«, sagte sie mit heiserer Stimme.

»Wo bringt ihr mich hin?«, fragte die Königin.

Vaïa räusperte sich. »Ihr werdet nicht in Euer Schloss zurückkönnen. Der Schwarze Fürst lässt den König überwachen. Er und sein Heer können keinen Schritt tun, ohne dass der Schwarze Fürst informiert wird. Auch bei uns seid Ihr nicht sicher, wahrscheinlich nirgends im Königreich.«

Keths Augen wurden groß und füllten sich mit Tränen. »Aber wo soll ich dann hin? Was wird aus Cristan?«

»Zuerst ist es wichtig, Euch und Euer Kind zu retten«, sagte Vida und sah, wie Keth schützend die Hände über ihren Bauch legte.

»Wir bringen Euch nach Sanïa«, sagte Vaïa bestimmt. Vida bewunderte sie innerlich, denn es war klar, wenn die Königin sagte, dass sie sie in ihr Schloss bringen sollten, dann würden sie das tun müssen. So unvernünftig und gefährlich das auch wäre.

»Sanïa?« Keth sprach den Namen zögerlich aus, als müsse sie sich an den Klang erst gewöhnen. »Sanïa gibt es wirklich? Es ist nicht nur das Land in einer Sage?«

Vida nickte. »Nur wir Luftmenschen kennen den Zugang. Dort seid Ihr absolut sicher. Dort könnt Ihr Euer Kind in Ruhe zur Welt bringen und vor Ablauf der Fünf-Jahres-Frist wieder zurückkommen. Valja wird Euch begleiten.«

»Und Cristan?«, fragte Keth mit zitternder Stimme. »Könnt ihr ihn zu mir bringen? Oder werdet ihr ihm wenigstens sagen, wo ich bin? Und dass es mir gut geht?«

»Wir können ihm nicht sagen, wo Ihr Euch aufhaltet, aber wir werden ihm sagen, dass wir Euch rechtzeitig zurückholen.« Vaïa sah sie mitfühlend an.

»Und Ihr dürft in Sanïa niemandem sagen, wer Ihr wirklich seid«, meinte Valja. »Unsere Schwestern haben am Portal Kleider für Euch bereitgelegt, Ihr werdet dort als Magd leben müssen.«

»Wie soll das funktionieren?« Keth wirkte entmutigt und müde.

»Ich werde mit Euch durch das Portal gehen und Euch zu einer Familie bringen, die gerade eine Magd sucht«, sagte Valja. »Alles wird gut gehen, macht Euch keine Sorgen.« Sie nickte der Königin aufmunternd zu und drehte sich dann zu ihren Schwestern. »Los, lasst uns rudern, wir haben noch ein Stück vor uns. Wir wollen nicht in die Dunkelheit geraten.«

9. KAPITEL

KETH – SIEBEN MONATE VOR DEM SCHWARZEN TAG

Sie freute sich so auf das jährliche Sommerfest im großen Schlosspark. Alle Fürstentümer waren eingeladen, auch das des Schwarzen Fürsten. Wie jedes Jahr waren Stände im Park aufgebaut, es gab für die Kinder Unterhaltungsprogramme, und die Erwachsenen konnten den arcanischen Wein der letzten Reifung probieren. Ein herrlicher Tag stand ihnen bevor, und sie fühlte sich leicht und beschwingt. Eine große Last war von ihren Schultern genommen worden, glücklich berührte sie ihren Bauch. Man konnte noch nicht sehen, dass sie schwanger war, es würde jedoch nicht mehr lange dauern.

Keth drehte sich vor ihrem großen Spiegel, legte ihre silberne Kette um, ohne die sie heute nicht das Schloss verlassen wollte. Cristan hatte sie ihr an ihrem ersten Hochzeitstag geschenkt. Eine stilisierte Blüte des

Elfenspiegels, umrahmt von kleinen Diamantsternen, hing an einem zarten, geflochtenen silbernen Band. Noch einmal schaute sie in den Spiegel, dann verließ sie mit schnellen Schritten ihr Zimmer, ging die breite Schlosstreppe hinunter und durch die Terrassentür der Bibliothek nach draußen.

Sofort brandete Jubel auf, als die Arcanier sie sahen. Sie winkte ihnen fröhlich zu und hakte sich bei Cristan, der an der Tür auf sie gewartet hatte, unter. Gemeinsam gingen sie in den Park, zwischen den Ständen hindurch, an denen selbst gemachtes Spielzeug, Decken und viele andere Dinge verkauft wurden, und ließen sich vom Duft gebratener Riesenpilze leiten. Am großen Grill standen mehrere Männer, die die gefüllten Pilzköpfe hin- und herschwenkten und, bevor sie schwarz wurden, vom Feuer nahmen.

Keth nahm einen knusprig gegrillten Pilz entgegen. Vorsichtig hielt sie ihn an zwei Holzstäben zwischen ihren Händen und schnupperte genussvoll daran. Diese Spezialität gab es nur zum Sommerfest. Die Pilze wurden ausschließlich für diesen Tag gezüchtet und in der Nacht zum Fest geerntet. Die Frauen aus dem Fürstentum Augania füllten die Köpfe mit gerösteten Algen und fein gewürzten Teichrosenblättern oder mit klein geschnittenen Flussbarben, die monatelang in einer speziellen Soße eingelegt am Ufer des Ungo in großen Glaskugeln in den Trauerweiden hingen. Die Männer legten die gefüllten Köpfe am Morgen des Sommerfestes auf einen Rost über einem Feuer, das nur vor sich hinglimmen durfte. Die Pilze wurden regelmäßig gewendet, so wurden sie außen knusprig und blieben innen weich und saftig.

Keth pustete auf ihren Pilz, er war noch heiß, sie konnte es kaum erwarten, hineinzubeißen. Sie fühlte, dass Cristan ihr zusah, er kannte ihre Vorliebe für diese Spezialität. Er hingegen mochte lieber die mit scharfen Algen gefüllten Kaninchen der Magonier.

»Das könnte ich jeden Tag essen«, seufzte Keth und schob sich den letzten Bissen in den Mund. »Bevor wir das Fest verlassen, muss ich noch mal hierherkommen. Denn bis zum nächsten Schlossfest dauert es so lange.«

»Da werden wir zu dritt sein.« Cristan lächelte sie liebevoll an, legte seinen Arm um ihre Schultern und lenkte sie weg von den Pilzen.

Immer wieder mussten sie stehen bleiben, ihnen wurde gratuliert, zugelächelt, und viele verneigten sich vor ihnen. Keth staunte jedes Mal über die Vielfalt der Bewohner des Königreichs. Besonders gefiel ihr die bunte Kleidung der Wasserfrauen, die schillernde und glitzernde lange Kleider trugen und ihre Haare zu geflochtenen Kunstwerken auftürmten.

»Ich rieche es schon, wie lecker«, sagte Cristan und zog sie schneller weiter.

Die Kochstellen der Magonier, die ihre gefüllten Kaninchen in große Löcher legten, mit glimmender Holzkohle bedeckten und erst nach zwei Tagen wieder hervorholten, waren dicht umlagert. Es war ein Schauspiel, wenn die in dicke Tonschichten eingepackten Kaninchen ausgegraben und auf ein Eisengitter zum Abkühlen gelegt wurden. Sobald man sie ohne Handschuhe anfassen konnte, wurden sie mit einem Hammer vorsichtig freigeklopft, und ein rosa gegartes, dampfendes Kaninchen kam zum Vorschein, das so herrlich duftete, dass sogar Keth das Wasser im Mund zusammenlief.

Cristan nahm ein Kaninchen entgegen, das ihm auf einem großen Teller von einem Magonier überreicht wurde. Keth und er setzten sich an einen Holztisch, an dem auch andere ihr leckeres Fleisch verspeisten.

»Das schmeckt mindestens so gut wie dein Pilz.« Cristan genoss sichtlich das würzige Fleisch und strahlte sie an.

Keth zupfte ein Stückchen von einem Knochen ab und schob es sich in den Mund. Dann leckte sie ihre Finger ab und erstarrte. Ihr Herz raste, in ihren Ohren dröhnte es. Durch die dichten Hecken, die den Schlosspark von den Feldern trennten, brachen schwarz verhüllte Reiter auf riesigen Pferden, trampelten über die Kochstellen, ritten Arcanier nieder, die sich nicht schnell genug in Sicherheit bringen konnten, und stießen laute Schreie aus.

Die Verwirrung und das Chaos waren groß. Cristan packte Keth am Oberarm, riss sie von der Bank hoch und wollte sie vor den galoppierenden Pferden in Sicherheit bringen. Doch in dem Moment, als sie von der Bank wegrannten, wurde Keth um die Taille gepackt und von einem Reiter, der sich tief zu ihr herunterbeugte, aufs Pferd gezogen. Keth stieß einen schrillen Schrei aus, sah noch den entsetzten Gesichtsausdruck ihres Mannes, der sie nicht festhalten konnte, und wurde mit dem Gesicht nach unten auf das Pferd geworfen. Sie roch den schweißnassen Pferdekörper. Galle stieg in ihrer Kehle hoch, ihr empfindlicher Magen hob sich. Sie würgte, schluckte dagegen an, wollte sich nicht übergeben. Doch der Geruch des Pferdes direkt an ihrer Nase war so stark, dass ihr Mageninhalt nach oben drängte. Sie drehte ihr Gesicht zur Seite und übergab sich. Tränen stiegen ihr in die Augen – wie unwürdig war diese

Situation! Sie konnte sich nicht wehren, war dem schwarzen Reiter hilflos ausgeliefert, der sie in rasendem Tempo von ihrem Zuhause wegbrachte. Sie schluchzte und begann mit den Beinen zu treten. Der Mann drückte mit seiner Hand fest auf ihren Rücken.

»Hör auf zu zappeln, du machst deine Lage nur noch schlimmer.«

Keth blinzelte, sah am Bauch des Pferdes entlang den Aufruhr am Schloss, sah, dass die anderen schwarzen Reiter die völlig überrumpelte Schlossgarde an ihrer Verfolgung hinderten. Dann spürte sie, wie grauer Nebel sie umhüllte und in eine träge Dunkelheit führte.

10. KAPITEL

VALJA – SECHS MONATE VOR DEM SCHWARZEN TAG

Valja legte beschwörend ihren Zeigefinger auf ihre Lippen. Sie schaute Keth an und hoffte, die Königin würde keinen Ton von sich geben. Sie waren fast am Ziel, hatten das Kanu und damit auch Vaïa und Vida hinter sich gelassen und mussten nur noch ein kleines Waldstück durchqueren.

Doch Valja hatte etwas gehört. Sie war stehen geblieben und lauschte, schüttelte leicht den Kopf und wartete. Nichts, es war nichts zu hören. Hoffentlich hatte sie sich das Geräusch nur eingebildet.

Sie zeigte mit ihrer Hand in eine Richtung. »Nur noch wenige Minuten, und wir haben das Kleiderversteck erreicht«, flüsterte sie dicht am Ohr der Königin. Diese nickte ihr zu.

Sie versuchten, sich so lautlos wie möglich zu bewegen, schlüpften unter tief hängenden Ästen hindurch, kletterten über umgefallene Baumstämme, wichen morastigen Stellen aus. Und dann, wie aus dem Nichts, erschien vor ihnen eine sonnenbeschienene Lichtung, deren kleine Wiese einen roten Schimmer von Tausenden Elfenspiegelblüten aufwies.

Valja winkte Keth weiter, sie gingen am Rand der Lichtung entlang, blieben wenig später an einem dicken Baumstamm stehen. Valja bückte sich, streifte Moos und vertrocknete Blätter zur Seite und hob ein kleines Paket hoch.

»Hier, Eure Kleider. Das, was Ihr anhabt, ist zu auffällig. Ihr müsst Euch umziehen. Währenddessen setze ich mich da drüben hin.« Valja zeigte auf einen umgefallenen Baum, ging los, ohne auf die Entgegnung der Königin zu warten. Beim Baum angekommen, setzte sie sich und wartete.

Bis jetzt war alles gut gegangen. Hoffentlich würde ihnen der letzte Teil des Weges keine Probleme bereiten. Schon lange war sie nicht mehr in Sanïa gewesen. Sie überlegte – es war tatsächlich mindestens fünf Jahre her, dass sie ihre Freunde in der anderen Welt besucht hatte. Es hatte sich seitdem keine Gelegenheit geboten. Sie mussten sehr vorsichtig sein, dass niemand, wirklich niemand, von dieser Parallelwelt erfuhr, denn sonst würde der Durchgang für immer versperrt werden. Allein der Gedanke ließ sie frösteln. Sie sah hinüber zu Keth, die noch immer bewegungslos dastand, tief in Gedanken versunken. Sie wollte der Königin noch diese Momente der Ruhe gönnen, bevor sie in eine für Keth völlig fremde Welt eintauchen würden.

Valja dachte an das erste Mal, als ihre Mutter sie mit nach Sanïa genommen hatte. Sie war fasziniert und so begeistert gewesen, dass sie gar nicht mehr zurück nach

Arcania wollte. Aber ihre Mutter hatte ihr versprochen, sie immer wieder mitzunehmen, was sie auch getan hatte. Nach dem Tod ihrer Mutter wurden die Abstände zwischen den Besuchen immer größer, die Faszination hatte nachgelassen, denn als erwachsene Frau hatte sie erkannt, dass das Leben in Sanïa nicht immer leicht und ungefährlich war.

»Ich bin so weit.« Keth stand plötzlich vor ihr.

»Ihr seid kaum wiederzuerkennen«, staunte Valja.

Das graue, etwas zu weite Kleid hing schmucklos an der Königin herab, der hochgeschlossene Kragen machte ihr Gesicht streng und farblos. Das graue Häubchen saß schief auf ihren Haaren.

Valja schüttelte leicht den Kopf. »Ihr seht wie eine gewöhnliche Magd aus. Fast. Eure Haare passen nicht zu Euerm neuen Stand. Das müssen wir ändern. Wir wollen sicher sein, dass Euch niemand mit der Königin von Arcania in Verbindung bringt. Zwar ist das Risiko relativ gering, da nur wir Luftfrauen von Sanïa wissen, aber wir wollen absolut sicher sein, dass Ihr unerkannt bleibt.«

Keths Augen wurden groß. »Das heißt, dass ich dort Luftfrauen von Arcania treffen kann?«

Valja nickte. »Eher unwahrscheinlich, aber es kann sein. Und deswegen, müssen wir auch mit Euren Haaren etwas machen. Damit fallt Ihr viel zu sehr auf.«

Keth trat einen Schritt zurück. Sie ahnte wohl, was Valja gleich vorschlagen würde.

»Die Frauen in Sanïa haben keine langen Haare«, sagte die Luftfrau. »Im Gegenteil, sie haben sehr kurze Haare, tragen darüber gerne bunte Tücher oder stecken sich Federn ins Haar.«

»Nein.« Keths Stimme war tonlos. »Nein, das werden wir nicht machen.« Sie schüttelte energisch ihren Kopf.

Valja sah sie mitleidig an. »Doch, sonst kann ich Euch nicht hinüberbringen.« Sie betrachtete eingehend den Boden zu ihren Füßen. Sie wollte lieber nicht den Kampf beobachten, den die Königin jetzt mit sich ausfechten musste. Der längst entschieden war, denn Keth blieb nichts anderes übrig, als zuzustimmen.

»Ich habe keine Wahl, oder?« Tränen klangen in ihrer Stimme mit.

»Nein.«

»Dann schneide sie ab. Aber nur so kurz wie nötig!« Die Königin setzte sich auf den Baumstamm, nahm die Magdhaube ab und zog die vielen Haarklammern aus ihrer Frisur. Dann schüttelte sie ihre Haare aus, die bis auf den Boden hingen. Sie schlang einzelne Strähnen um ihre Finger, drückte sie an ihre Lippen und nickte dann Valja zu.

Valja zog ein kleines scharfes Messer aus ihrer Rocktasche und machte sich ans Werk. Zuerst säbelte sie die Haare auf Schulterlänge ab, während unaufhörlich Tränen über Keths Gesicht rannen. Dann begann sie, die Haare bis auf einen Zentimeter über der Kopfhaut abzuschneiden. Nur eine längere Strähne ließ sie über Keths Stirn stehen, die ihr auch sofort verwegen über die Augen fiel. *Auch ohne ihre Haarpracht ist sie eine wunderschöne Frau.* Laut sagte sie: »Ihr seht sehr gut aus, wie ich finde. Interessant.« Sie schob die abgeschnittenen Haare zusammen, sammelte sie ein und steckte sie in eine kleine Höhle unter einem schmalen Baumstamm.

Keth schaute ihr aus verweinten Augen zu, sie strich mit ihren Händen über ihren Kopf, hielt inne und verzog das Gesicht. Energisch wischte sie sich mit einem Rockzipfel die Wangen trocken, straffte ihre Schultern und stand auf. »Jetzt bin ich endgültig bereit. Vor dir steht Kethylin, eine Magd aus Sanïa.«

Valja berührte kurz tröstend ihre Schulter. Auch sie musste sich nun auf die Rolle der Magd vor ihr einlassen. »Deine Kleider hast du im Versteck verborgen?«

Kethylin nickte.

»Dann los!«

Sie gingen auf einem schmalen Pfad zwischen hohen Bäumen, bis Valja plötzlich stehen blieb. »Wir sind da.«

Kethylin sah sich suchend um. »Ich sehe nichts. Wo ist hier ein Durchgang?«

»Du stehst genau davor, aber natürlich können nur wir Luftfrauen ihn sehen.« Sie trat dicht neben Kethylin, nahm ihre Hand und drückte sie beruhigend. »Hab keine Angst. Wenn ich ›Jetzt!‹ sage, dann machst du einen großen Schritt nach vorne.«

Kethylin klammerte sich an Valjas Hand, atmete laut aus und murmelte: »In Ordnung.«

Valja nahm ihr scharfes Messer in die freie Hand und schien aus der Luft ein großes Stück auszuschneiden, dann steckte sie ihr Messer zurück und sagte: »*Jetzt!*«

Beide machten einen großen Schritt nach vorne, man hörte ein leises Surren, als würde sich ein kleiner Wirbelwind aufbauen. Nach einem weiteren Schritt entzog Kethylin Valja ihre Hand und blieb wie festgenagelt stehen. Sie starrte auf das Tal zu ihren Füßen, ein Laut des Erstaunens entschlüpfte ihren Lippen.

Auch Valja schaute hinunter, und wie jedes Mal überkam sie ein Gefühl der Unwirklichkeit. Wie musste dieser Anblick auf Kethylin wirken, die Sanïa nur aus alten Sagen kannte?

11. KAPITEL

CRISTAN – SECHS MONATE VOR DEM SCHWARZEN TAG

Erschüttert betrachtete er die Luftfrau namens Vaïa, die in schillernden Farben mit leuchtend roten Haaren und rosigem Gesicht vor ihm saß.

»Was sagtet Ihr?« Er musste etwas falsch verstanden haben, das konnte doch nicht sein.

Langsam wiederholte sie das Gesagte, sah ihn dabei an, als sei er nicht ganz zurechnungsfähig. Was er ihr nicht verübeln konnte. Seit seine Keth aus seinen Armen gerissen worden war, arbeitete sein Gehirn als träge Masse, eingebettet in einen wabernden Nebel. Er haderte mit sich – wie hatte er so handeln können, wie hatte er allen kundtun können, dass seine Keth in gesegneten Umständen war? Seine Mutter hatte ihn, sobald sie es erfahren hatte, zu sich gerufen und ihm in höhnischem Ton mitgeteilt, dass er damit die schlechteste aller Entscheidungen getroffen hatte. Er hätte es für sich behalten müssen, sie hätten es geheim halten müssen. So wusste der Schwarze Fürst bereits am nächsten Tag davon und konnte die Entführung von Keth in aller Ruhe planen.

Und seine Garde hatte es nicht verhindern können. Das Sommerfest war der denkbar schlechteste Platz gewesen, um ihn und seine Keth zu beschützen, für den Schwarzen Fürsten hingegen war es die beste Möglichkeit. Alle waren in Festlaune, aus allen Fürstentümern waren seine Untertanen angereist, auch die Garde durfte mitfeiern, denn niemand hatte damit gerechnet, dass irgendjemand der Königin ein Leid zufügen wollte. Er hätte es wissen müssen.

Jetzt schaute er die Luftfrau genauer an. Sie sprühte vor Energie, schien stolz darauf zu sein, dass sie seine Keth aus der Gefangenschaft befreit hatten. Aber er war zornig, so zornig, dass sein Herz wild schlug, und auf der anderen Seite war er so unsagbar erleichtert, dass seine Keth nicht mehr in der Gewalt des Schwarzen Fürsten war.

»Wie konntet Ihr nur so eigenmächtig handeln? Es wäre die Aufgabe meiner Garde gewesen, sie zu befreien. Und die Königin gehört an meine Seite, sie müsste jetzt hier sein.« Sein Gesicht war dunkelrot angelaufen. Schweiß stand auf seiner Stirn, seine Haare waren zerzaust, da er pausenlos mit seinen Händen hindurchfuhr. So viele Gefühle schwappten über ihm zusammen.

»Beruhigt Euch«, sagte die Luftfrau. »Das Wichtigste ist, dass die Königin nun sicher ist. Und dort, wo sie ist, kann sie in Ruhe ihr Kind zur Welt bringen. Außerdem werdet Ihr Tag und Nacht überwacht, Eure Garde hätte die Königin niemals befreien können. Und das wisst Ihr auch.«

Cristan schaute sie fassungslos an. »Sie sollte hier sein, bei mir, ihrem Mann.«

Vaïa nickte. »Das stimmt. Sie sollte hier sein. Aber die Umstände zwingen uns alle dazu, einen anderen Weg einzuschlagen. Die Gefahr einer erneuten Entführung oder etwas noch viel Schlimmeren ist viel zu groß.«

Die Frau ihm gegenüber schwieg. Auch er schwieg, er wusste nicht mehr, was er sagen sollte. Sie hatte recht, natürlich war es besser, Keth hielt sich nicht hier auf. So gut würde die Garde sie gar nicht bewachen können. Wenn der Schwarze Fürst noch einmal zuschlagen würde … nein, das könnte er sich niemals verzeihen.

»Ihr habt recht. Die Sicherheit meiner Keth geht vor.« Langsam beruhigte er sich. Cristan atmete tief durch und fragte: »Ihr würdet mir nicht doch vielleicht sagen, wo sie ist?« Er schaute die Luftfrau beschwörend an.

Vaïa hob leicht ihre Augenbrauen und schüttelte stumm ihren Kopf.

Cristan stieß laut seinen Atem aus, klopfte auf seine Oberschenkel und stand auf. »Werdet Ihr mich auf dem Laufenden halten?«

Auch Vaïa erhob sich. »Natürlich. Nur wird es nichts geben, was ich Euch sagen könnte. Auch ich werde nichts erfahren. Wir werden erst Nachricht erhalten, wenn das Kind zur Welt gekommen ist, denn dann wird die Königin wieder nach Arcania zurückkommen können.«

Cristan knetete seine Hände, die Situation war unerträglich. Wo waren sie da hineingeraten? So hätte es niemals sein dürfen. Gemeinsam hatten sie die Schwangerschaft genießen, die Geburt zusammen erleben und die ersten Atemzüge ihres Kindes hören wollen. Nun waren sie beide allein; Keth würde alles allein durchstehen müssen, und er konnte nichts anderes tun, als sich die Schuld für die Situation zu geben.

»Ich bin Euch sehr zu Dank verpflichtet. Bitte sagt mir, wenn ich Euch in irgendeiner Form helfen kann. Keth und ich stehen ewig in Eurer Schuld.« Demütig senkte er sein Haupt, von seinem Zorn war nichts mehr zu spüren. Er fühlte sich leer und verbraucht.

»Ihr müsst mir nicht danken«, erwiderte Vaïa. »Wir Luftfrauen wollten nicht, dass unsere Kinder in einem Reich des Schwarzen Fürsten aufwachsen. Deswegen haben wir die Königin aus seinem Schloss geholt. Jetzt hoffen wir, dass weiterhin alles gut geht und sie vor dem Winterfest wieder hier auf dem Schloss ist.« Sie verneigte sich leicht und wandte sich zur Tür.

Cristan ließ sich müde auf seinen Stuhl sinken, klemmte seine Hände zwischen die Knie und sackte in sich zusammen. Endlich konnte er seinen Tränen freien Lauf lassen. Seine Gefühle – Dankbarkeit, Wut, Entsetzen und Hilflosigkeit – hatten ihn fast erstickt. So viele Monate würde er warten müssen, die Sorge um Keth und ihr ungeborenes Kind würden ihn zerfleischen. Aber war das nicht die gerechte Strafe für sein unüberlegtes Handeln, für diese eine falsche Entscheidung, indem er allen verkündete, dass sie Eltern werden würden?

Seine Gedanken drehten sich im Kreis, aber nach und nach spürte er, dass die Erleichterung, seine Keth an einem sicheren Ort zu wissen, überhandnahm und auch die Schwere in seinem Herzen einem hoffnungsvollen Glücksgefühl wich, dass doch noch alles gut gehen konnte. Daran würde er sich festhalten. Alles würde gut gehen!

12. KAPITEL

KETHYLIN – SECHS MONATE VOR DEM SCHWARZEN TAG

Es war genauso schön, wie sie es aus den alten Sagengeschichten ihrer Mutter kannte. Sie kam aus dem Staunen nicht mehr heraus. Vor ihr breitete sich ein weites Tal aus, grüne Wiesen mit gelben Farbtupfern, auf manchen standen Kühe, auf anderen Schafe, kleine Dörfer schmiegten sich an sanft ansteigende Hügel, ein schmaler Fluss schlängelte sich durch die Landschaft, am Horizont sah man hohe Berge mit weißen Mützen darauf, und über allem wachte ein stahlblauer Himmel. Kethylin atmete tief ein und schaute zu Valja, die ruhig neben ihr stand.

»Wie im Bilderbuch, so habe ich mir Sanïa vorgestellt. Herrlich altmodisch, friedlich, ruhig.« Kethylin streckte eine Hand aus, und ein bunter Schmetterling ließ sich auf ihr nieder. Ihre Augen strahlten, welch herrliches, kitzelndes Gefühl der kleine Schmetterling auf ihrer Haut hinterließ.

Valjas Stirn war in kritische Falten gelegt. »Altmodisch vielleicht, auch ruhig, aber friedlich? Tja, ich weiß nicht. Dass du dich da mal nicht täuschst.«

Kethylin ließ noch einmal ihren Blick schweifen. Auf den Wegen sah sie Menschen gehen, Fuhrwerke fuhren langsam an ihnen vorbei, hier und da sah man Reiter. Alles erschien wie frisch geputzt, ordentlich und aufgeräumt.

»Dort drüben ist eine Burg. Gehören die Dörfer zu ihr?«, überlegte Kethylin laut. »Oder gehört da noch viel mehr dazu, und das hier ist nur ein Tal von vielen?«

Valja dachte kurz nach, dann gab sie sich einen Ruck. »Wie viel weißt du über Sanïa?«

»Das, was die Sagen so berichten. Meine Mutter hatte ein altes Bilderbuch aus Sanïa, das hat sie mit mir zusammen angeschaut und mir Geschichten dazu erzählt. Ich war mir nie sicher, ob es diese Welt tatsächlich gibt.« Kethylin fühlte sich verunsichert. Was wollte Valja andeuten?

Sie gingen einige Schritte den Weg entlang, bis zu einer Bank am Wegesrand. Valja zeigte darauf, und sie setzten sich.

»Ich muss dir einiges über deine neue Heimat auf Zeit erklären, damit du besser zurechtkommst.« Valja blickte auf ihre Hände. »Uns ist kein besseres Versteck für dich eingefallen, hierher kann nur das Luftvolk, niemand aus Arcania kann dich verfolgen oder dir etwas antun. Keiner hier weiß, wer du bist. Ich bringe dich dort hinüber.« Sie zeigte mit ausgestrecktem Arm auf die Burg, die auf einem kleinen Berg das Tal zu beherrschen schien. »Dort wirst du als Magd arbeiten. Die Geschichte, die wir erzählen: Du bist vor deinem gewalttätigen und übergriffigen Herrn geflohen.«

Kethylin stützte ihren Kopf in ihre Hände und schaute konzentriert zur Burg hinüber. »Das weiß ich schon. Aber anscheinend gibt es Dinge, die ich noch nicht weiß.« Sie klang ungeduldig und erschöpft. Ihr Leben war für ihren Geschmack zu unübersichtlich, das zehrte an ihr.

»Sanïa ist ein friedliches Land.« Valja schien zu zögern, in ihrer Stimme lag etwas, das Kethylin aufhorchen ließ. »Tagsüber ...« Wieder machte Valja eine Pause, als würde sie ihrem Wort nachhören. »Also tagsüber ist alles gut. Doch bei Einbruch der Dämmerung wird es schwierig in Sanïa. Jeder, der hier lebt, versucht, bei Einbruch der Dämmerung zu Hause zu sein, alle Arbeiten werden kurz zuvor eingestellt, dann werden die Fensterläden vorgelegt, die Türen geschlossen.«

Kethylin blickte Valja groß von der Seite an, wartete auf eine Erklärung.

»Kennst du die Kindergeschichten um den Drachenfürsten?«, fragte Valja.

Kethylin nickte. »Was hat das mit dieser Welt zu tun?«

»Der Drachenfürst lebte mit seinen Drachen vor vielen Hundert Jahren im Königreich Arcania. Er war ein gerechter Fürst, hat seine Untertanen gut behandelt, und die Drachen schützten Arcania.«

Beide schreckten zusammen, ein großer, dunkelrot gestreifter Vogel war auf sie zugeflogen und hatte sich zu ihren Füßen gesetzt. So nah, dass sie ihn hätten streicheln können. Mit schwarzen Knopfaugen starrte er sie an, legte seinen Kopf schräg und stieß einen lauten, krächzenden Schrei aus. Dann hüpfte er ein Stück von ihnen weg und zupfte an den orangefarbenen Beeren, die neben ihrer Bank wuchsen.

»So einen Vogel habe ich noch nie gesehen«, flüsterte Kethylin.

»Ich kenne sie auch nur von hier.« Valja streckte ihre Hand nach ihm aus. Doch der Vogel hüpfte weiter von ihnen weg, schlug ein paarmal mit seinen Flügeln und erhob sich dann elegant in die Luft. Er drehte einen großen Kreis über ihnen und flog ins Tal hinunter. Schweigend sahen sie ihm nach.

»Wo war ich?«, sagte Valja. »Ach ja, der Drachenfürst war angesehen in Arcania, die Drachen waren keine Gefahr für die Arcanier. Dann kam ein Vorfahre des jetzigen Schwarzen Fürsten auf die Idee, eine Drachenarmee zusammenzustellen und mit deren Hilfe die Regentschaft über Arcania an sich zu reißen. Er tötete den Drachenfürsten im Duell, zwang die Drachen, sich ihm unterzuordnen. Die wenigsten taten das, die ihm nicht gehorchten, tötete er ebenfalls.«

»Wie grausam!«

Valja nickte. »Ja, grausam. Leider war es danach mit der Friedfertigkeit der Drachen vorbei. Die Nachkommen waren gefährlich, wie tollwütige Ungeheuer. So konnte man in Arcania nicht mehr leben.«

»Wie kann es sein, dass in Arcania keine Drachen mehr sind?« Kethylin runzelte ihre Stirn. »Oder leben doch noch welche und wir wissen es nur nicht?«

»Nein, es leben keine Drachen mehr in Arcania. Denn vor fünfhundert Jahren gewann der damalige König von Arcania ein Duell gegen seinen Kontrahenten, den Schwarzen Fürsten. Wer das Duell verlor, musste Arcania verlassen. Der Schwarze Fürst ging aber nicht selbst in die Verbannung, er schickte seinen ungehorsamen Sohn. Und die Drachen. Das Land, in das sie geschickt wurden, war Sanïa.«

»Du willst mir jetzt nicht erklären, dass diese Bestien in Sanïa leben?« Kethylins Augen waren groß und fassungslos.

»Die Drachen wurden nach Sanïa gebracht, der Zugang wurde für Arcanier unsichtbar gemacht. Mit der Zeit vergaß das Volk, dass man jemals dorthin reisen konnte. Nur wir, die Luftfrauen, hielten die Erinnerung am Leben.«

»Und da bringst du mich jetzt hin?«, sagte Kethylin mit schriller Stimme. »Das ist doch nicht dein Ernst! Ich werde sofort wieder zurückgehen.« Sie sprang empört von der Bank auf und stemmte ihre Arme in die Seiten.

»Setz dich, Kethylin. Du kannst nicht zurück.« Valja klopfte mit ihrer flachen Hand neben sich auf die Bank. Sie wartete, die Stille dehnte sich aus.

Kethylin machte einen unwirschen Laut, dann setzte sie sich auf die Bank, rutschte ganz an den Rand, als wolle sie damit zeigen, was sie von der Idee der Schwestern hielt.

»Nicht nur, dass Sanïa für die Menschen mit der Zeit eine Sagenwelt wurde«, fuhr Valja fort, »es gab für die Drachen und den Sohn des Schwarzen Fürsten Auflagen. Die Drachen dürfen nur zwischen Sonnenuntergang und Sonnenaufgang ihre Burg, die auf dem höchsten Berg Sanïas gebaut wurde, verlassen.«

»Und das soll mich beruhigen?«, fragte Kethylin mürrisch.

»Mach dir keine Sorgen. Du bist auf der Burg sicher. Sobald die Dämmerung einsetzt, werden alle Türen und Fenster geschlossen. Und zu deiner Beruhigung: Ich bleibe so lange in Sanïa, bis du dein Kind zur Welt gebracht hast. Dann werden wir gemeinsam nach Arcania zurückgehen.«

Kethylin schluckte. Sie kam sich vor wie die Darstellerin in einem Märchen, bei dem noch nicht klar war, wie das Ende sein würde. Ob am Schluss der Satz »Und sie lebten glücklich bis an ihr Lebensende …« stehen würde?

Valja erhob sich. »Komm, wir haben noch einen kleinen Fußmarsch vor uns. Du weißt, wir müssen bis Einbruch der Dämmerung in der Burg sein.«

Kethylin murmelte leise vor sich hin, stand dann aber auf, und gemeinsam machten sie sich auf den Weg. »Du wirst auch auf der Burg wohnen?«

Valja schüttelte ihren Kopf. »Nein, ich bringe dich nur zur Burg. Sie suchen dort schon seit Wochen eine Magd. Ich erzähle ihnen, dass ich dich vor deinem prügelnden Herrn gerettet habe und du eine Stellung suchst. Sie werden dich nehmen. Ich werde eine Nacht bleiben müssen.« Sie schaute Kethylin vielsagend an.

»Ja, ich weiß, Dämmerung und so weiter …«

»Genau, dann wandere ich weiter zu entfernten Verwandten von mir, dort bleibe ich. Du bekommst von mir die Adresse, sodass du jemanden zu mir schicken kannst, sobald dein Kind auf der Welt ist.«

Kethylin zeigte in den Himmel. »Ist das nicht der Vogel von vorhin? Er scheint uns zu folgen.«

»Merkwürdig, normalerweise sind sie scheu, man sieht sie ganz selten.« Valja schaute kritisch nach oben. »Vielleicht findet er es ganz spannend, uns hinterherzufliegen. Egal. Siehst du, dort an der Biegung des Weges gehen wir nach links den Pfad durch den Wald, und dann haben wir schon den Park der Burg erreicht.«

Kethylin keuchte laut: »Wo bin ich da nur hineingeraten?«

13. KAPITEL

VAÏA – ZWEI TAGE VOR DEM SCHWARZEN TAG

Sie tigerte unruhig hin und her. Wo blieben sie bloß? In zwei Tagen lief die Fünf-Jahres-Frist ab, und Valja hatte die Königin mit ihrem Kind noch immer nicht zurückgebracht. Das Königreich wartete auf die Königin, auf den Nachfolger, alle verharrten untätig, unruhig. Der König wurde schier wahnsinnig, was sie verstehen konnte.

Natürlich war sie schon am Eingang zu Sanïa gewesen, doch sie hatte ihn nicht öffnen können, das war ihr noch nie passiert. Sicher, sie hatte früher ab und zu den Eingang nicht gefunden, aber das war diesmal nicht das Problem. Sie hatte ihn auf Anhieb entdeckt, hatte ihn mit ihrem Messer freilegen können, doch er hatte sich nicht öffnen lassen. Der Gedanke daran ließ ihr Herz rasen. Es war furchtbar gewesen. Sie hatte davorgestanden, bereit, hindurchzugehen, jedoch war dahinter nicht Sanïa, sondern noch immer Arcania. Sie hatte es mehrmals probiert, nichts, da war nichts. Und seitdem hatte sie ein unangenehmes Gefühl in der Magengegend. Eine Vorahnung vielleicht.

Sie hoffte so sehr, dass Valja jeden Moment vor ihr stehen und sie in ihrer unvergleichlichen Art anlachen würde. »Ha, liebe Schwester, warum hast du dir Sorgen gemacht? Die Königin wollte sich mit ihrem Kind noch ausruhen. Wir sind ja rechtzeitig da.« So stellte sie es sich vor, gleichzeitig spürte sie, dass es so nicht eintreten würde. Ihre Schwester war die Zuverlässigkeit in Person. Sie würde sie niemals warten lassen. Das Königskind musste mindestens einen Monat, wenn nicht länger auf der Welt sein. Wo blieben sie bloß?

Vaïa barg ihr Gesicht in den Händen und ließ sich in ihren geliebten Sessel fallen. Wenn sie ehrlich war, sie konnte es fühlen: Es war etwas passiert. Sanïa schien versiegelt zu sein. Wenn sie nicht hineinkonnte, dann konnten womöglich Valja und die Königin mit dem Kind nicht herauskommen. Was sollte sie nur machen?

Der Schwarze Fürst trieb derweil sein Unwesen in Arcania, führte sich auf, als würde ihm schon alles gehören. Die Lage spitzte sich zu, viele Landesfürsten machten sich große Sorgen um ihre Familien. Der König war zusammen mit seiner Leibgarde auf dem Schloss eingesperrt, keiner konnte mehr zu ihm durchdringen. Noch bis vor wenigen Tagen hatten sich große Menschenmengen vor dem Schloss versammelt. Sie wollten die neuesten Nachrichten hören, aber es gab keine. Sie wollten dem König Beistand leisten, aber er durfte sich ihnen nicht zeigen. Die Gardisten des Schwarzen Fürsten überwachten jeden seiner Schritte.

Nach und nach nahm der Unmut der Arcanier zu, die Sprechchöre wurden lauter, die Beschimpfungen gegenüber dem Schwarzen Fürsten bedrohlicher. Bis das Schwarze Heer gewaltsam den Platz vor dem Schloss räumte und bekanntgab, dass ab sofort alle Versammlungen bei Kerkerstrafe verboten seien.

Jetzt brodelte es hinter verschlossenen Türen, der Schwarze Fürst war verhasster denn je. Aber das half ihnen allen nicht weiter. Sollte die Königin mit ihrem Kind nicht in den nächsten Tagen in Arcania auftauchen, würde der König abgesetzt werden und der Schwarze Fürst die Herrschaft übernehmen.

Vaïa rieb hektisch ihre Stirn, hinter der sich ein dumpfer Schmerz einzunisten schien. »Was soll ich nur tun?«, flüsterte sie und wiegte ihren Oberkörper hin und her. Sie schrak zusammen, als sie die Hand auf ihrer Schulter spürte. Tränenblind schaute sie hoch und erkannte Montaque, der sie besorgt ansah.

»Mein Lüftchen, steigere dich nicht so hinein. Du kannst nichts tun. Wir können nur warten und hoffen, dass es deiner Schwester gelingt, die Königin und ihr Kind nach Arcania zu bringen.« Tröstend strich er über ihre Haare, nahm ihre Hände und zog sie zu sich hoch. Er drückte sie fest an sich, und Vaïa ließ sich traurig gegen ihn fallen.

»Montaque, was mache ich, wenn wir schuld sind? Wir hätten uns gar nicht einmischen dürfen. Alles hätte seinen Lauf genommen und wäre vielleicht gut ausgegangen. Doch jetzt, jetzt scheint Sanïa verschlossen, die Königin und Valja sind dort, und wir wissen nichts. Gar nichts!« Sie schluchzte laut auf.

»Psst, meine Liebe, beruhige dich. Wenn du dich so hineinsteigerst, wird es auch nicht besser. Wir haben noch zwei Tage.«

»Unsere armen Kinder. Sie werden wie Sklaven aufwachsen. Der Schwarze Fürst wird uns alles wegnehmen.« Ihre Stimme brach. »Und Valeria wird vor ihm nicht sicher sein. Es heißt, der Schwarze Fürst holt sich alle hübschen jungen Frauen in sein Schloss.« Wieder stiegen ihr heiße Tränen in die Augen.

»Schau mich an, Vaïa, Lüftchen. Schau mich an.« Montaque küsste sie auf die Stirn. »Ich war in den letzten Wochen nicht untätig. Wir werden morgen mit den Kindern abreisen. Unsere wichtigsten Dokumente und Wertsachen sind schon nicht mehr hier.«

»Aber wohin?« Vaïa sah ihn aus geröteten Augen an. »Und warum sagst du mir das erst jetzt?«

»Ich wollte zuerst sicher sein, dass alles gut vorbereitet ist. Du machst dir schon genug Sorgen.«

Sie zupfte nervös an ihrem Blusenkragen.

»Erinnerst du dich an die alte Villa meiner Eltern?«, fragte er.

Vaïa schüttelte langsam den Kopf, dann kam eine unscharfe Erinnerung hoch. »Du meinst das Haus im Tempesta-Gebirge?«

Montaque nickte. »Wir werden uns dort mit deinen Schwestern treffen. Auch sie haben schon wichtige Dinge vorausgeschickt. Das Haus ist erst einmal groß genug für uns alle. Sie werden einige Tage bei uns bleiben, dann weiterziehen, dort gibt es noch das Ferienhaus deiner Großeltern, nur ein oder zwei Reitstunden von unserem entfernt.«

»Ja, aber …« Vaïa fühlte sich mit dem Gedanken, alles aufzugeben, überfordert.

»Lüftchen, hör mir zu. Dort können wir unbeschwert leben. Es gibt zur Tempesta-Region nur einen Zugang. Diesen können wir sichern und überwachen. Der Schwarze Fürst wird keine Möglichkeit finden, uns zu versklaven. Unsere Kinder können sicher aufwachsen, und vielleicht wird sich im Laufe der Zeit alles zum Guten wenden.«

Vaïa hatte ihr Gesicht an seinen Hals gepresst. Ihre Gedanken rasten. Sie drückte sich dicht an ihren Mann und flüsterte: »Du bist mein Held. Niemals hätte ich erwartet, dass du dich so gut um uns kümmerst. Ich liebe dich.« Sie reckte sich ein Stückchen hoch und drückte ihren Mund auf seine warmen, weichen Lippen, während ihre Augen schon wieder überliefen.

14. KAPITEL

KETHYLIN – SECHS TAGE VOR DEM SCHWARZEN TAG

Kethylin kuschelte sich in den großen Ohrensessel, legte die Beine hoch und drückte das kleine Bündel eng an ihre Brust. Ihr Herz floss über, allein der Anblick ihrer wunderschönen Tochter ließ Tränen in ihre Augen schießen. »Mein Augenstern«, flüsterte sie und sog den zarten Babygeruch tief ein. Sie blickte in das prasselnde Feuer, das im großen Kamin vor ihr brannte. Müde seufzte sie auf und schloss ihre Augen.

Wie gerne wäre sie jetzt zu Hause, in ihrem Schloss, bei ihrem so bitterlich vermissten Cristan. Aber nur noch wenige Tage, und sie würden endlich aufbrechen und sich auf den Heimweg machen. Bei dem Gedanken daran schlug ihr Herz schneller, und ein warmes Gefühl machte sich in ihr breit. Cristan! Wie sehr sie ihn vermisste! Kaum ein Moment verging, in dem sie nicht an ihn dachte.

Ihre Tochter gab kleine quengelige Geräusche von sich, und Kethylin schreckte auf. Ihr Augenstern schien schon wieder Hunger zu haben. Sie blickte in das kleine Gesichtchen, knöpfte ihr Oberteil auf und legte sie schnell an, bevor aus dem leichten Gejammer lautstarkes Gebrüll wurde. Kethylin lehnte sich wieder entspannt zurück, hörte auf die schmatzenden Geräusche ihrer Tochter und schloss ihre Augen.

Ihre Gedanken wanderten durch die letzten Monate, wiederum stellte sie fest, wie gut sie es hier auf der Burg getroffen hatte. Damals, als sie erschöpft angekommen waren und Valja die Geschichte vom prügelnden Herrn erzählt hatte, war sie von der Burgfrau mit offenen Armen aufgenommen worden. Sie durfte in der Küche arbeiten, was sie gerne tat, bekam ein Bett in der Mägdekammer, und als man sah, dass ihr Bauch sich immer mehr rundete, sorgten sich alle um sie. Niemand sagte etwas, wenn sie zu langsam, zu ungeschickt, zu unkonzentriert war. Alle schoben es auf ihre Umstände. Und als die Wehen einsetzten, schickte die Burgfrau eine Magd zu Valja, sodass ihre Weggefährtin sie bei der Geburt unterstützen konnte. Alles war glattgegangen, jedoch hatte die Geburt viele Stunden gedauert, und sie hatte länger gebraucht, sich davon zu erholen, als sie gehofft hatten. Doch jetzt, gut drei Wochen später, ging es ihr wieder so gut, dass sie sich auf die Heimreise machen konnten. Bald hätte sie die Trennung von ihrem geliebten Mann überstanden, er würde seine Tochter in den Armen halten und sie dem Königreich und dem Schwarzen Fürsten präsentieren können.

Kethylin atmete tief durch. Ob Cristan mit dem Namen seiner Tochter einverstanden sein würde? Ein Name, über den sie nicht gemeinsam hatten entscheiden können. Sie blickte zu ihrer kleinen Tochter hinunter, die nach der Anstrengung des Trinkens tief und fest in ihrer Armbeuge schlief. Sie stand auf und legte ihren Stern, ihre Stjärna, in die große Holzkiste, die die Burgfrau ihr gegeben hatte. Dann schloss sie ihr Oberteil und stellte sich ans Fenster.

Der Blick von hier war wunderschön. Sie konnte über das ganze Tal sehen, bis zu den Bergen mit ihren weißen Kronen am Horizont. Und sie sah die riesige Burg, die an einem der steilen Berge zu kleben schien, die Burg des Drachenfürsten. Sie besaß eine Präsenz, die die immerwährende Drohung vermittelte, dass jeder, der nach Einbruch der Dämmerung in Sanïa unterwegs war, ein Geschenk für die Drachen sein würde. Kethylin fröstelte. So schön Sanïa tagsüber erschien, ein wahres Idyll, so kalt und gefährlich war es nachts. Sie war froh, dass sie in wenigen Tagen mit Valja aufbrechen und dieser permanenten Bedrohung entgehen würde. Sie lehnte die Stirn an das Fensterkreuz und hoffte so sehr, dass ihr Leben bald wieder die herrliche Gleichförmigkeit haben würde wie vor ihrer Entführung.

Laut klopfte es an ihrer Tür, Kethylin zuckte zusammen. Bevor sie etwas sagen konnte, wurde die Tür geöffnet, und Valja trat ein.

»Valja?« Kethylin schaute sie mit großen Augen an.

»Kethylin«, sagte Valja atemlos. »Wir müssen heute noch aufbrechen. Der Obermeteorloge des Tals hat vor wenigen Stunden verkündet, dass ein großer Schneesturm heraufziehen wird. Sollte seine Prognose eintreffen, werden wir womöglich nicht mehr rechtzeitig wegkommen.«

Kethylin hatte eine Hand vor den Mund geschlagen. Sie wandte sich ab und trat neben Stjärnas Holzkiste. »Da bleibt uns kaum Vorbereitung, mein Augenstern. Aber wir schaffen das.«

»Du musst sie dick einpacken, trage auch du mehrere Schichten übereinander. Es ist sehr kalt geworden, der Sturm treibt Eiseskälte und dicke Wolken vor sich her.« Ernst schaute Valja sie an.

Kethylin nickte und zeigte nach draußen. »Vorher war alles noch ganz still und sonnig. Jetzt biegen sich schon die Äste, und der Himmel ist grau. Ich bin in wenigen Minuten fertig.«

»Du denkst aber daran, dass wir niemandem etwas sagen dürfen? Wenn uns jemand draußen sieht und fragt, was wir machen, dann werden wir sagen, dass wir die wenigen Schritte außerhalb der Burgmauer zu Bekannten von mir unterwegs sind.«

Kethylin zog bedauernd die Schultern hoch. »Leider. Niemals werde ich den Sanïanern sagen können, wie unglaublich dankbar ich bin. Sie haben mich und meine Kleine gerettet. Und das Königreich.«

Valja ging die paar Schritte auf Kethylin zu und drückte sie kurz an sich. »Nicht traurig sein, irgendwann kommen wir zurück, dann kannst du ihnen deinen Dank zeigen. Aber jetzt beeile dich, wir treffen uns in zwanzig Minuten am kleinen Tor an der Brombeerhecke.« Sie ging zur Tür.

»Warte!«

Valja drehte sich um.

»Aber es wird bald dunkel«, sagte Kethylin. »Und wenn noch mehr Wolken über den Himmel ziehen, dann setzt die Dämmerung früher ein.«

»Wir werden uns beeilen. Kethylin, wir schaffen das rechtzeitig. Vertrau mir!«

Kethylin starrte auf das dunkle Holz der Tür, die hinter Valja zugefallen war. »Hoffentlich machen wir keinen Fehler.«

15. KAPITEL

CRISTAN – DIE NACHT VOR DEM SCHWARZEN TAG

Verzweifelt lehnte er sich gegen sein dampfendes Pferd. Stundenlang war er schon unterwegs, hatte versucht, diesen unfassbaren Schmerz in der Herzgegend loszuwerden, war in einem irrsinnigen Tempo geritten und hatte eingesehen, dass sich mit diesem Ritt nichts ändern würde, nur sein Pferd würde er zugrunde richten. Also hatte er an einem Seitenarm des Ungo gehalten und seinem Pferd die Möglichkeit gegeben, zu saufen und sich zu erholen.

Er trat einen Schritt zurück und sah sich um. Natürlich hatte er die Spione des Schwarzen Fürsten bemerkt, die ihm seit Monaten auf Schritt und Tritt folgten. Außer zum Ausreiten hatten sie ihn nicht mehr aus dem Schloss gelassen. Der Schwarze Fürst glaubte wohl, dass er den Aufenthaltsort seiner geliebten Keth kannte und nicht nur täglich stundenlang umherirrte, in der Hoffnung, ein Lebenszeichen von ihr zu bekommen.

Cristan schreckte zusammen. Laute Männerstimmen schallten zu ihm ans Ufer. Die Schergen des Schwarzen Fürsten versuchten nicht einmal mehr, sich im Hintergrund zu halten. Sie verhielten sich schon seit Wochen so, als würde ihnen das Königreich gehören. Was ab morgen bittere Realität sein würde. Ein dicker Kloß machte sich in Cristans Hals bemerkbar, er schluckte, atmete tief ein und aus und konnte doch nicht verhindern, dass ein Schluchzen seine Kehle emporstieg.

Er war schuld, er wusste es. Diese eine spontane Entscheidung, geboren aus einer glücklichen Situation heraus, würde alles zerstören, was ihm als König wichtig und seit Jahrhunderten von seinen Vorfahren aufgebaut worden war. Sein Königreich würde morgen in die Hände des Schwarzen Fürsten fallen und sich so verändern, dass innerhalb kürzester Zeit niemand mehr dieses blühende, von glücklichen Bewohnern bevölkerte Land wiedererkennen würde.

»Keth, Keth, wo bist du? Warum kommst du nicht zurück? Du weißt doch, was auf dem Spiel steht. Bitte, bitte, komm zu mir zurück, ich brauche dich, dein Volk braucht dich.«

Cristan hatte sich auf den Boden fallen lassen und barg das Gesicht in seinen Händen. Schluchzer schüttelten ihn, er sprang auf, stieß einen lauten Schrei des Jammers und der Hoffnungslosigkeit aus und hieb mit der Faust gegen den Stamm eines Baumes. Der Schmerz, der durch seine Hand schoss, ließ ihn zur Besinnung kommen. Vornübergebeugt, seine schmerzende Hand öffnend und schließend, versuchte er, sich zu beruhigen.

Nein, dachte er, *ich werde nicht aufgeben. Wir haben noch eine Nacht.*

Langsam richtete er sich auf, ging auf sein Pferd zu und streichelte dessen Hals. »Komm, mein Großer, wir machen uns auf den Weg nach Hause.« Mit einem Fuß im Steigbügel zog er sich hoch, setzte sich in den mit roten Symbolen verzierten Sattel und drückte seine Fersen zart in den weichen Bauch des Pferdes. Er trabte an und schlug den engen Weg durch den Wald ein.

Eine Nacht blieb ihm noch. Eine Nacht der Hoffnung und des Glaubens. Weiter konnte er nicht denken, denn dahinter kam für ihn und sein Volk die ewige Verdammnis.

16. KAPITEL

KETHYLIN – SECHS TAGE VOR DEM SCHWARZEN TAG

Sie kam sich dick und ungelenk vor. Sie hatte so viele Kleidungsstücke übereinander angezogen, wie es möglich war. Stjärna hatte sie sich, in ein dickes Tuch gehüllt, vor die Brust gebunden, darüber hatte sie ihren langen schwarzen Mantel gezogen und diesen vorne mit einer großen Spange zugemacht. Ihre Tochter würde es warm haben.

Unruhig blickte sie sich um, sie stand schon einige Zeit an der Brombeerhecke und wartete auf Valja. Sie mussten los, nicht mehr lange, und die Dämmerung würde hereinbrechen. Ihr Herz zog sich furchtsam zusammen. Sie hatte in den letzten Monaten immer wieder die riesigen Drachen durch die dunklen Gassen schleichen sehen, auf der Suche nach Sanïanern, die es nicht rechtzeitig hinter die sicheren Mauern ihrer Häuser geschafft hatten.

Neben ihr raschelte es. Sie zuckte zusammen, entspannte sich aber sofort, als sie den roten Vogel erkannte. Seit sie ihn das erste Mal bei ihrer Ankunft in Sanïa gesehen hatte, war er ihr ein lieber Begleiter geworden. Sobald sie das Schloss verließ, kam er angeflogen und hielt sich in ihrer Nähe auf. Er schien sie zu bewachen, ließ sich seit einigen Tagen sogar von ihr streicheln. Auch jetzt flatterte er mit seinen großen Flügeln von der Hecke auf den Boden herunter, machte zwei große Hüpfer in ihre Richtung und blieb direkt vor ihr sitzen. Mit schräg gelegtem Kopf blickte er sie an. Seine schwarzen Knopfaugen leuchteten, sein Gefieder, durchzogen von unterschiedlich satten Rottönen, glänzte in der kalten Luft.

»Gorria«, flüsterte sie, »ich gehe nach Hause.« Sie beugte sich vor und streckte vorsichtig ihre Hand aus. Ganz zart strich sie ihm über das feine Gefieder.

Der Vogel betrachtete sie weiterhin.

»Gorria, du bist ein ganz Feiner.«

Er schien sie zu verstehen, seit einigen Tagen konnte sie ihn mit dem Namen, den sie ihm gegeben hatte, herbeirufen. Ihm schien der Name zu gefallen, bedeutete er doch »Rotschopf«.

»Pst.« Das leise Zischen ließ sie zusammenzucken. Sie drehte sich um. Am kleinen Tor stand Valja und winkte ihr zu. »Komm. Es geht los!«

Kethylin schloss kurz die Augen, sprach sich selbst Mut zu und ging durch das Tor hindurch. Außerhalb der Burgmauern traf sie der kalte, stürmische Wind mit unvermittelter Wucht. Sie blinzelte. Feine Schneeflocken trieben waagerecht durch die Luft, setzten sich auf Boden und Dächer nieder, wurden aber vom Sturm wieder weitergeweht. Noch blieb der Schnee nicht liegen, er wirbelte durch die Luft. Aber es würde nicht mehr lange dauern, und alles würde schneebedeckt sein.

»Der Sturm scheint früher auf das Tal zu treffen.« Valja keuchte und zog sie an der Hand weiter. Zwar war die Wegstrecke bis zum Tor nach Arcania nicht sehr weit, aber bei diesem Unwetter würden sie länger brauchen. Und das letzte Stück ging steil bergauf.

Kethylin zog fröstelnd ihre Schultern nach oben. Sie atmete schnell und oberflächlich, hatte Schwierigkeiten, Valjas Tempo zu halten. Sie spürte, dass sie nach der Geburt noch immer nicht in bester körperlicher Verfassung war. Kalter Schweiß lief ihr die Wirbelsäule hinunter, sie blieb stehen.

»Valja, warte, ich muss kurz durchatmen!«

Die Luftfrau drehte sich zu ihr um, die Augenbrauen sorgenvoll nach oben gezogen. »Kethylin, wir haben keine Zeit. Der Sturm wird von Minute zu Minute stärker, ebenso der Schneefall. Schau, überall ist es weiß, und wir müssen noch dort drüben den steilen Hang hoch.« Sie zeigte mit ihrer Hand nach vorne.

»Gleich kann ich weitergehen.« Kethylin atmete tief ein und aus.

»Es wird heute viel zu früh dämmrig. Aber wir schaffen das. Geht's? Können wir weiter?«

Kethylin nickte Valja zu, dann richtete sie sich auf. Der Sturm brauste um sie herum, ihre Mäntel flatterten im Wind, die Schneeflocken klebten an ihren Wimpern und machten die Sicht verschwommen.

Kethylin keuchte laut. Sie hatte ihre Augen auf den Boden gerichtet, aus Sorge, den schmalen Weg vor ihr zu verfehlen. Links neben ihr fiel der Untergrund steil ab; wenn sie hier ausrutschte, würde sie sich nirgends festhalten können. Sie stützte ihre Tochter unter dem

Mantel mit einer Hand, damit sie nicht zu sehr durchgeschüttelt wurde. Stjärna schlief tief und fest in ihrem warmen Kokon, eingehüllt von Kethylins Fürsorge, und spürte nichts vom Sturm und der Eiseskälte.

Valja blieb auf einmal abrupt vor ihr stehen. Sie hob ihre Hand über die Augen, um sie vor dem wirbelnden Schnee zu schützen. »Wir haben es gleich geschafft. Siehst du den Mammutbaum dort rechts vom Weg?« Sie deutete mit einer Hand in die Richtung. »Wenn wir ihn erreicht haben, sind es nur noch wenige Meter.« Sie lief bei ihren letzten Worten los, zog das Tempo an. Inzwischen war es so kalt geworden, dass der Schnee unter ihren Schuhen knirschte und ihr Atem deutlich zu sehen war.

Hinter ihnen raschelte es. Kethylin drehte sich erschrocken um, versuchte, etwas in dem Schneegestöber zu erkennen.

»Kethylin, los, beeil dich!«, rief Valja ungeduldig.

Sicher hatte sie sich getäuscht, da war kein Geräusch, nur der Sturm und ihr Keuchen. Sie drückte ihre Tochter fester an sich und lief los. Der Weg vor ihr war so schmal, dass sie sich nach rechts gegen den Hang neigte. Links war in der Dämmerung nicht mehr zu erkennen, wie steil es bergab ging. Ihr Herz hämmerte, Schweiß benetzte ihre Stirn. Nun hörte sie deutlich ein Geräusch hinter sich. Es schien, als folgte ihr jemand, als würde jemand genauso schnell laufen wie sie. Sie blieb stehen, aber wie vorher hörte sie nur den Sturm und ihren Atem.

»Valja, warte auf mich!«, rief sie ängstlich nach vorne.

Valja hielt an, drehte sich um und schrie: »Pass auf!«

Doch zu spät. Kethylin war zu weit nach links geraten und rutschte Stück für Stück vom Weg ab. Schützend umklammerte sie Stjärna, hörte noch, wie Valja nach ihr rief, dann landete sie unsanft auf einem kleinen Vorsprung. Der Schnee hatte ihren Sturz abgefangen, ihr war nichts passiert, doch Stjärna war aufgewacht und begann schrill zu schreien.

Sie schaute nach oben, konnte aber wegen der wild tanzenden Schneeflocken nichts erkennen. Sie blinzelte den Schnee von ihren Wimpern und öffnete mit zitternden Händen ihre Mantelspange. Nach wie vor ruhte ihre Tochter in ihrem warmen Nest vor Kethylins Brust, doch ihr Gesicht war rot angelaufen und sie brüllte ihren empörten Ärger laut heraus.

»Pst, mein Augenstern, es ist nichts passiert. Aber du musst dich noch gedulden. Wir klettern da wieder hoch und sind in wenigen Minuten zu Hause. Pst.«

Während sie sprach, stand sie auf, schüttelte ihren Mantel aus und sah Gorria den steilen Hang vorsichtig herunterhüpfen. Als der Vogel bei ihr angekommen war, gab er klagende, schrille Laute von sich, trippelte hin und her und schien völlig außer sich zu sein.

»Pssst, alles ist gut gegangen. Schrei nicht so.«

Er flatterte hoch und setzte sich auf ihre Schulter. Eigentlich war er dafür viel zu groß und zu schwer, aber es schien ihn zu beruhigen. Sie ließ ihn kurz gewähren, drückte ihr Gesicht in sein Gefieder und schubste ihn dann von ihrer Schulter. Anschließend kletterten sie langsam den kleinen Hang hinauf, den sie abgerutscht war.

»Du konntest da hochfliegen, musst nicht neben mir durch den Schnee klettern.« Sie keuchte, Schweißperlen liefen über ihre Stirn.

»Du hast mich zu Tode erschreckt.« Valja hielt ihr schreckensbleich die Hände entgegen und half ihr das letzte Stück hinauf. Gorria flatterte mit einem schrillen Krächzen auf und putzte sich hektisch die Federn. Schnell drückten die beiden Frauen sich, Valja hauchte noch einen kleinen Kuss auf Stjärna, bevor Kethylin ihren Mantel wieder verschloss.

Der Schneefall war so stark geworden, dass es ihnen vorkam, als würden sie durch eine weiße Wand gehen. Die Dämmerung, die heute viel früher über das Tal gekommen war, wandelte seine graue Farbe in Schwarz. Es wurde dunkel. Zu schnell.

Sie erreichten laut keuchend den Mammutbaum. Geschützt unter seiner Krone, blieben sie stehen und schauten sich sorgenvoll an.

»Es wird Nacht«, flüsterte Kethylin.

»Wir haben es gleich geschafft. Nur noch wenige Augenblicke.«

Valja nickte ihr zu und machte drei große Schritte. Hier war das Tor nach Arcania. Sie zog ihr Messer heraus und schien zu überlegen, wo sie die Schnitte ansetzen sollte.

Kethylins Herz pochte so stark, dass sie die Schläge an ihrem Hals spürte. In ihren Ohren rauschte das Blut, vor ihren Augen flimmerten Flecken. Stjärnas Unmut war gewachsen, ihr Geschrei hatte an Lautstärke zugenommen. »Pst, pst, wenn wir durch das Tor sind, bekommst du zu trinken. Pst.«

Sie beobachtete, wie Valja das Messer durch die Luft zog, wartete auf das sirrende Geräusch, das sie beim ersten Mal vernommen hatte, und auf ein Zeichen von Valja, dass sie beide durchgehen könnten. Doch sie wartete vergebens. Valja fuchtelte immer hektischer mit dem Messer durch die Luft, ihr Gesichtsausdruck zeigte Fassungslosigkeit.

»Ich kann die Tür nicht öffnen. Sie geht nicht auf. Was ist hier los?« Valja wiederholte immer wieder: »Was ist los, verdammt? Geh auf!« Doch die Tür blieb verschlossen. Ungläubig starrte sie ins Leere.

»Wir kommen nicht durch«, stellte Kethylin fest. »Wir müssen hierbleiben? Bitte, Valja, das darf nicht wahr sein, bitte, ich muss nach Arcania!« Zitternd ließ sie sich zu Boden fallen. Das Flimmern vor ihren Augen hatte zugenommen.

Stjärna schien die Aufregung ihrer Mutter zu spüren, ihr Geschrei bekam einen hysterischen Beiklang. Mit ruckartigen Bewegungen öffnete sie ihren Mantel, zog ihre Tochter aus dem warmen Nest. Kurz küsste sie die tränennassen Wangen, dann öffnete sie ihr Oberteil, und gleich darauf hörte sie nur noch genussvolles Schmatzen. Die plötzliche Stille dröhnte in ihren Ohren.

»Valja, ist das vielleicht die falsche Stelle? Probier es weiter links oder rechts. Du hast mir versprochen, dass es völlig problemlos sei, zurückzugehen. Was machen wir? Es ist dunkel, wir können nicht mehr zurück. Die Drachen!« Panisch weiteten sich Kethylins Augen, die Worte reihten sich in einer beängstigenden Schnelligkeit aneinander.

Valja blieb stumm, schien völlig in sich versunken zu sein. Langsam hob sie das Messer und betrachtete es von allen Seiten. Dann zog sie es durch die Luft. Doch es passierte nichts, überhaupt nichts.

Kraftlos sank sie neben Kethylin zu Boden, barg ihr Gesicht in den Händen und bewegte ihren Oberkörper vor und zurück. »So etwas hat es noch nie gegeben«, sagte die Luftfrau mit dumpfer Stimme. »Das darf nicht wahr sein. Ich weiß mir keinen Rat. Wenn wir nicht durch das Tor kommen, müssen wir hierbleiben.« Ihre Stimme brach zitternd ab.

»Wenn mein Augenstern satt ist, dann pack ich sie wieder warm ein, und wir gehen rüber zum Mammutbaum. Dort sind wir ein bisschen geschützt.«

Kethylin hatte ihren Satz kaum beendet, da hörten sie sie. Keuchende, schlurfende, trampelnde Geräusche. Gänsehaut überzog Kethylins Körper, die kleinen Härchen an ihren Unterarmen richteten sich auf. Sie hatte das Gefühl, sich gleich vor Furcht übergeben zu müssen, schluckte krampfhaft die bittere Galle hinunter.

17. KAPITEL

VAÏA - DER SCHWARZE TAG

Das Wetter zeigte sich von seiner unschönen Seite. Es war kalt, regnete seit Stunden, und ein böiger Wind machte das Ganze noch unangenehmer. Vaïa war trotzdem froh, dass sie endlich unterwegs waren. Unterwegs – pah! –, wie ungewöhnlich für sie und ihr Volk. Obwohl ihr Element die Luft war, waren sie ein sesshaftes Volk. Sie liebten es, ihr Zuhause mit vielen Kindern zu füllen, es von Generation zu Generation weiterzuvererben, dort zu bleiben, wo sie schon immer gelebt hatten. Und jetzt waren sie entwurzelt, zumindest fühlte sie sich so. Am Horizont zeichnete sich das Tempesta-Gebirge mit seinen hohen Gipfeln ab. Dicke graue Wolken blieben daran hängen, sodass sie nur einen Teil des massiven Höhenzugs sehen konnte. Ihre Kutsche wackelte, und die Kinder johlten, der Wind hatte zugenommen. Vaïa zog mit zitternden Fingern ihr

Cape enger um sich und versuchte, ihr bangendes Herz zu beruhigen.

Die letzten zwei Tage waren aufreibend gewesen. Sie hatten Valeria in ihre Pläne eingeweiht und gemeinsam entschieden, dass ihre kleinen Geschwister erst kurz vor der Abreise informiert werden sollten. So hatten sie gepackt und alles für ihre Reise bereitgelegt, während die Kleinen zusammen mit dem Stallmeister auf den Ponys unterwegs waren. Am gestrigen Abend hatte Montaque nach dem Abendessen das Besteck beiseitegelegt und den Kindern eine warmherzige Geschichte von außergewöhnlichen Ferien mit vielen Abenteuern in der rauen Bergwelt aufgetischt. Die Kinder hatten zuerst still dagesessen, hatten von Montaque zu ihr, dann zu ihrer großen Schwester geschaut. Langsam hatten sie begriffen, was es für sie bedeutete, und waren begeistert gewesen. Sie würden lange Ferien in der alten Villa verbringen, die Hunde durften mit, und was das Beste an allem war: Ihre Cousins und Cousinen würden auch dorthin reisen.

Als Vaïa ihre Kinder ins Bett geschickt hatte, hatten sie, Valeria und Montaque noch zusammengesessen, zuerst sorgenvoll schweigend, dann noch einmal ihren Plan gemeinsam durchgehend. Es schien, als hätte ihr Mann an alles gedacht, und so versuchten sie, wenigstens ein paar Stunden zu schlafen, bevor sie noch mitten in der Nacht aufbrachen.

Sie wollten vor der großen Machtübernahme, die zur Mittagszeit stattfinden würde, das Tempesta-Gebirge erreichen. Der Schwarze Fürst hatte alle Landesfürsten zur Teilnahme verpflichtet. Nicht nur, dass er der neue König sein würde, nein, er wollte den beliebten König Cristan demütigen und dem ganzen Land deutlich machen, dass in Zukunft ein neuer Regierungsstil herrschen würde. Dunkle Zeiten kamen auf Arcania zu. Der Schwarze Fürst hatte bereits die Höhe der Abgaben verkünden lassen, die jeder Fürst für seinen Landesteil leisten musste. Außerdem würde er das Land mit neuen Gesetzen, Regeln und vor allem Verboten überziehen; die Leidtragenden würden die Kinder sein, die in einer veränderten, unfreien Welt aufwuchsen.

Vaïa stöhnte innerlich auf. Armes Arcania! Wie hatte das passieren können? Wo steckte bloß ihre Schwester mit der Königin und ihrem Kind? Was war schiefgegangen? Freiwillig würde ihre Schwester Arcania niemals in die Katastrophe stürzen. Sie machte sich unglaubliche Sorgen. Auch die Seherin, die sie beauftragt hatte, herauszufinden, wo sich ihre Schwester und die Königin aufhielten, war ohne weitere Informationen zurückgekommen.

Wieder wurde ihre Kutsche durchgeschüttelt, wieder johlten ihre Kinder. Diesmal stimmten die Hunde mit lautem Gebell ein, und am liebsten hätte sie sich die Ohren zugehalten. Valeria bemühte sich, ihre Geschwister zu beruhigen, und begann ihnen eine Geschichte über einen Prinzen zu erzählen, dessen Frau entführt worden war und nun in einem anderen Land viele Abenteuer bestehen musste.

Vaïas Gedanken wanderten zum König, der in den letzten Tagen um Jahre gealtert schien. Sie hatte gehört, dass er sein Pferd bis zur Erschöpfung durchs Land gejagt hatte, kaum schlief und das Essen verweigerte. Es schien, als würde er alles über sich ergehen lassen, sein Schloss nur mit dem verlassen, was er am Leibe trug, und sich der Knechtschaft des neuen Königs unterwerfen. Jeglicher Lebenswille war aus ihm gewichen.

Plötzlich hielt die Kutsche an. Vaïa schaute aus dem Fenster und sah ihren Mann zu ihnen reiten. Er zügelte sein Pferd neben ihnen, sprang mit einem eleganten Satz aus dem Sattel und öffnete die Kutschentür.

»Papa!«

Die Kinder drängten zur Tür, wollten Montaque umarmen, doch er drückte jedem nur kurz einen Kuss aufs Haar und schickte sie hinaus. »Wir machen eine kleine Pause, es regnet nicht mehr. Also rennt herum, schüttelt eure Arme und Beine aus und holt euch bei Monta in der hintersten Kutsche etwas Kuchen und zu trinken.«

»Kuchen!« Volodya stürmte wirbelnd nach draußen, dicht gefolgt von seinen Geschwistern.

»Valeria, gehst du mit ihnen und hast ein Auge auf sie?«, bat Montaque.

Valeria stöhnte leise und murmelte: »Ich bin nur ein besseres Kindermädchen, oder?« Sie drängte sich an ihrem Vater vorbei, der liebevoll ihre Schulter streichelte.

Montaque stieg ein und schloss die Kutschentür hinter sich. Zärtlich nahm er Vaïas Hand und hauchte einen leichten Kuss darauf.

»Was ist los?«, fragte Vaïa und sah ihn stirnrunzelnd an. »Du schickst doch sonst die Kinder nicht weg.«

»Hast du dir das Gebirge genauer angeschaut?« Montaque deutete zum Fenster. »Die meisten Berge sind wolkenverhangen. Doch der Himmel über uns ist seit einiger Zeit blau und wolkenlos.«

»Ja und?« Verständnislos blickte Vaïa hinaus.

»Das Volk der Wolkenreiter hat sich dort versammelt. Auch sie haben die Gefährlichkeit des Schwarzen Fürsten erkannt. Sie versuchen, zwischen den einzelnen Bergen geeignete Täler zu finden, um sich niederzulassen.«

Vaïa schwieg. Sie hatte die Augen zu schmalen Schlitzen zusammengekniffen, um etwas in der Ferne zu erkennen. Sie hatten in den letzten Jahren wenig Kontakt mit dem Volk der Wolkenreiter gehabt. Für Vaïas Geschmack waren die Frauen zu groß, zu sehr von sich eingenommen und darauf bedacht, es den Männern gleichzutun. Und sie hatte das Gefühl, dass die Wolkenreiterinnen die zarten, schillernden Luftfrauen nicht wirklich ernst nahmen. Bei dem Gedanken verdrehte Vaïa innerlich die Augen.

»Fürst Cavaljerie hat mir eine Nachricht geschickt«, fuhr Montaque fort. »Sie haben schon vor zwei Tagen das Fürstentum Scamaill verlassen und sich am Tempesta-Gebirge vorübergehend niedergelassen. Einige Wolkenreiter sind tiefer ins Gebirge vorgedrungen, um geeignete Siedlungsplätze zu finden.«

»Warum haben sie ihre Heimat verlassen?«, fragte Vaïa tonlos.

»Der Schwarze Fürst hat ihnen ein Ultimatum gestellt: Entweder sie übergeben ihm offiziell all ihre Besitztümer bei seiner Machtübernahme und dürfen dafür vorerst in ihrem Fürstentum bleiben oder er enteignet sie und sie müssen Scamaill verlassen.«

Vaïa barg ihr Gesicht in den Händen. Sie fröstelte, eigentlich war ihr, seit sie unterwegs waren, ständig kalt. Ihre Gedanken verdunkelten sich. Sie waren schuld an dieser Katastrophe. Wären sie nicht auf die irrsinnige

Idee gekommen, die Königin nach Sanïa zu bringen, bestünde jetzt vielleicht die Möglichkeit, dass alles gut ausgehen würde.

Montaque zog sie an sich. »Du machst dir nicht schon wieder Vorwürfe!« Zärtlich nahm er ihre Hände vom Gesicht. »Ich bin mit meinen Neuigkeiten noch gar nicht fertig. Das Interessanteste kommt noch.«

Hoffnungsvoll hob Vaïa ihr Gesicht zu ihm.

»Fürst Cavaljerie hat Informationen über Sanïa.«

»Was?« Vaïa sprang auf. »Und das sagst du so nebenbei?«

Zornig funkelte sie ihn an, ihre Wangen waren fast so rot wie ihr Haar.

»Jetzt warte mal und setz dich wieder.« Sanft zog er sie an ihren Händen auf die mit Samt bezogene Bank herunter. »Genaueres will er uns persönlich mitteilen. Er hat uns heute zum Abendessen eingeladen.«

Vaïas Augen blickten ihn ungläubig an. »Du weißt nicht mehr?«

Montaque schüttelte leicht grinsend den Kopf.

Vaïa spürte Zorn in sich aufsteigen. Für ihn schien das alles ein großes Abenteuer, ein großer Spaß zu sein. Das war so typisch für ihn. Kaum etwas nahm er ernst, alles war luftig leicht und überaus aufregend. Bis heute Abend zu warten war für ihn eher spannend. Sie dagegen wusste jetzt schon nicht, wohin mit ihrer Ungeduld.

Sie erhob sich. »Ich muss auch raus. Einige Schritte gehen.« Vaïa stieg die schmalen Kutschenstufen hinunter. Draußen entfernte sie sich mit schnellen Schritten und atmete tief die kühle, nach Regen riechende Luft ein.

Sie blickte sich um. Erst jetzt nahm sie die veränderte Landschaft wahr. Zu sehr war sie in der Kutsche auf das Gebirge fokussiert gewesen, als dass sie von der Natur, durch die sie fuhren, etwas mitbekommen hätte. Das Gebirge am Horizont dominierte die Landschaft, warf lange Schatten auf das Tal vor ihm. Die Sonne begann schon hinter den höchsten Bergen zu verschwinden, sodass große Teile vor ihnen im Schatten lagen. Hohe Bäume säumten den ausgefahrenen Weg, auf dem die Kutschen standen, links und rechts davon sah sie karges Ödland, ein kleiner Bach floss langsam dahin.

Sie blinzelte, doch das Bild veränderte sich nicht. Plötzlich überfiel sie so starkes Heimweh, dass es körperlich schmerzte. Sie krümmte sich leicht, atmete zischend aus. Sie wollte zurück in ihr Fürstentum Aïrenïa, zurück in die liebliche Natur mit saftigen Wiesen, blühenden Blumen und warmen Lüften. Tränen schossen in ihre Augen. Und es würde noch karger werden, denn ihre neue Heimat lag irgendwo dort vorne zwischen den hohen Berggipfeln des Gebirges.

Zornig wischte sie sich die Tränen aus den Augen. Wenn sie nur nicht an dieser ganzen Misere mitschuldig wäre. Dann könnte sie jetzt jammern, fluchen, alle beschimpfen. Aber so war es besser, zu schweigen. Unwirsch wandte sie sich um und ging mit lauten Schritten zur Kutsche. Montaque stand davor und hatte sie wahrscheinlich die ganze Zeit beobachtet.

»Komm her, mein Lüftchen.« Er breitete die Arme aus, und zögernd ließ sie sich hineinfallen. Und es wirkte, wie jedes Mal, sein herber Geruch beruhigte sie, seine muskulöse Brust, ach, überhaupt der ganze Kerl. Sie drängte sich an ihn, hob ihren Kopf und genoss die tröstlichen Küsse, die er auf ihrem Gesicht verteilte.

18. KAPITEL

KETHYLIN – FÜNF TAGE VOR DEM SCHWARZEN TAG

Kethylin fror erbärmlich. Zwar hatte sie ihren dicken Mantel so eng wie möglich um sich und Stjärna gezogen, doch das stundenlange Marschieren durch den mittlerweile alles bedeckenden Schnee hatte sie zuerst schwitzen und dann frieren lassen. Dankbar streichelte sie über das Bündel vor ihrer Brust. Ihr Augenstern schlief tief und fest, regte sich nur, wenn der große Hunger kam, und schlief dann sofort weiter. Das monotone Schaukeln der Vorwärtsbewegung wirkte einschläfernd, und die Nähe zu ihrer Mutter beruhigte sie.

Tränen stiegen in Kethylins Augen, die sie heftig blinzelnd zurückdrängte. Völlig erschöpft, wie sie war, hätte sie sich am liebsten unter einen der riesigen Bäume gekauert und sich ausgeruht. Dass das der sichere Tod wäre, war ihr bewusst, deswegen setzte sie stoisch einen

Fuß vor den anderen, versuchte, alles auszublenden, inklusive der furchtbaren Ereignisse der letzten Nacht. Sie hatte nur ein einziges Ziel: ihre Tochter und sich an einen Ort zu bringen, an dem sie einigermaßen sicher waren.

Der Sturm umtoste sie nun schon, seit sie die Burg am Tag zuvor verlassen hatten. Er wirbelte den Schnee vom Boden auf und nahm ihr die Sicht. Manchmal hatte sie das Gefühl, seit Stunden in einem weißen Nichts ohne Anfang und Ende herumzuirren. Ab und zu wurde das Einerlei durch die grauen Schatten der riesigen Bäume unterbrochen, doch ansonsten war alles eintönig weiß. Bis auf die grellroten Farbtupfer, die Gorria in die Schneelandschaft zauberte. Er blieb unermüdlich in ihrer Nähe, was sie als tröstlich empfand.

Sie biss die Zähne zusammen, weiter, immer weiter. Obwohl sie ihre Füße nur noch als eisigen Schmerz fühlte, gönnte sie sich keine Pause. Zu groß war ihre Angst, entdeckt zu werden. Und irgendwo musste es doch einen Unterschlupf für sie geben, irgendwo mussten Stjärna und sie in Sicherheit sein.

Wie viel Zeit wohl vergangen war? Es war unmöglich, sich an Sonne oder Mond zu orientieren, der Himmel war seit dem letzten Nachmittag gleichbleibend grau.

Kethylin keuchte, ihr war schwindelig, ihre Zähne schlugen vor Kälte aufeinander. Und plötzlich stolperte sie, irgendetwas lag unter dem Schnee, sie blieb daran hängen und fiel seitwärts in eine Schneeverwehung. Im letzten Moment konnte sie sich mit einer Hand abfangen, die andere Hand stützte das kleine Bündel vor ihrer Brust. Der tiefe Schnee hatte ihren Sturz abgefangen, ihre Landung war weich. Eigentlich war es eine Wohltat, auf dem Boden zu liegen, sich nicht mehr vorwärtsbewegen zu müssen. Ihr ganzer Körper vibrierte vor Anstrengung und signalisierte ihr, liegen zu bleiben, die verkrampften Muskeln kurz ausruhen zu lassen.

Sie drehte sich auf die Seite, zog ihre Knie an und umfasste ihre Tochter mit beiden Armen. Zu Tode erschöpft schloss sie ihre Augen. *Nur ein paar Minuten ausruhen, dann stehe ich auf.*

Lautlos fielen unzählige Schneeflocken auf sie herunter, färbten ihren schwarzen Mantel weiß, bedeckten sie gänzlich und machten sie unsichtbar. Stille senkte sich herab, nur einmal stöhnte Kethylin leise auf, Stjärna wimmerte kurz, danach waren beide still. Gorria kauerte sich neben Kethylin, breitete seine Flügel über sie aus und schloss seine Augen.

19. KAPITEL

FÜRST CAVALJERIE – DER SCHWARZE TAG

Fürst Cavaljerie staunte, wie schnell seine Wolkenreiter ein gemütliches Lager am Fuß des Tempesta-Gebirges aufgebaut hatten. Ihre Feder- und Altostratuswolken hingen am Gebirge, nahmen es zur Hälfte ein und machten es fast unsichtbar.

Die Stimmung war gut, viel besser als vor einigen Wochen. Der Schock war groß gewesen, als der Schwarze Fürst das Ultimatum ausgesprochen hatte. Danach war ihnen bewusst geworden, dass sie ihre Ländereien würden verlassen müssen. Außer ihre Königin würde mit ihrem Kind nach Arcania zurückkehren. Als die Zeit verstrich und der Tag der Machtübernahme immer näher rückte, machte sich langsam die Abenteuerlust, die die Wolkenreiter schon immer auszeichnete, breit. Sie würden neue Regionen bereisen, Abenteuer erleben, sich irgendwo, wo der

Schwarze Fürst keinen Zugriff hatte, niederlassen und das tun, was ihnen im Blut lag: Wolken reiten, Botschaften über die Lüfte und über Grenzen hinweg überbringen, Güter transportieren.

Fürst Cavaljerie ging von Zelt zu Zelt, wechselte mit seinen Leuten einige Worte und betrat dann sein eigenes Zelt. Dicke Teppiche lagen auf dem Boden, eine bunte Sitzgruppe lud zum Verweilen ein, daneben stand ein langer Tisch mit acht Holzstühlen, auf deren Sitzflächen bunte Kissen lagen. Ein grauer, mit goldenen Wolken bestickter Vorhang schützte den Schlafbereich vor neugierigen Augen. Mit einem müden Seufzen ließ er sich in einen der bunten Sessel fallen.

»Samu!« Der Zelteingang bebte, als eine füllige Frau hereinstürmte. »Samu, überall habe ich dich gesucht!« Mit diesen Worten setzte sie sich auf seinen Schoß, nahm sein Gesicht in ihre Hände und küsste ihn stürmisch.

Genießerisch schloss er die Augen. Seine Senija, ungestüm wie eh und je. Er zog sie fest an sich, atmete tief ihren einzigartigen Geruch nach wilden Rosen ein und streichelte ihr zärtlich über das schwarz schimmernde Haar.

»Samu, ich freu mich so. Vaïa habe ich schon so lange nicht mehr gesehen. Und sie bringt hoffentlich Valeria mit.«

»Sie bringen alle Kinder mit«, sagte er. »Im kleinen Zelt wird für die ganze Kinderschar Essen bereitstehen.« Fürst Cavaljerie zog eine spöttische Grimasse. »Wie kann man nur so viele Kinder haben.«

Senija boxte ihn spielerisch in die Seite. »Wir haben auch fast so viele Kinder«, sagte sie und lachte. Sie küsste ihn aufs Neue.

Zuerst genoss er ihren Kuss, dann schob er sie ernst von seinem Schoß. »Wir haben noch immer keine Nachricht von Aron. Ich hoffe, es war kein Fehler, ihn nach Sanïa zu schicken.«

Er stand auf und ging einige Schritte auf und ab. Dabei betrachtete er den Tisch, den er in der Mitte hatte aufstellen lassen, an dem sie nachher gemeinsam speisen würden. Das Geschirr, das auf der goldenen Seidentischdecke stand, war seit Jahrhunderten in Familienbesitz. Er hütete es wie seinen Augapfel, es war unvorstellbar kostbar, und nur zu besonderen Anlässen ließ er es aus den gepolsterten Truhen nehmen.

Heute hatte er das Gefühl gehabt, dass diese Teller eine beruhigende Ausstrahlung auf sie alle haben würden. So viele Lebensgeschichten, Tragödien, Lieben, Geburten und Tode waren in ihrer Anwesenheit schon erlebt worden. Zart strich er über die feine Linie, die der Teller neben ihm aufwies. Er hielt kurz inne und sagte noch einmal: »Wenn das nur kein Fehler war.«

Senija schüttelte energisch den Kopf. »Es war kein Fehler! Nach den Informationen, die wir hatten, musste er gehen. Er ist unser bester Wolkenreiter, er kommt mit seinen Federwolken überallhin, nichts hält ihn auf.«

»Ja, aber er ist auch unser Sohn. Und wenn ihm etwas passiert, werde ich mir das nie verzeihen können.« Gequält starrte er zu Boden. »Schließlich war uns klar, dass es eine schwierige Mission wird. Und vor allem eine äußerst gefährliche.«

Senija nickte, wirkte aber weniger besorgt als er. Wie immer war sie sein positiver Halt in allen schwierigen Situationen. Wenn er nur auch so optimistisch sein könnte, ohne diese dunklen Gedanken, die ihn immer wieder überfielen, sich schwer auf seine Schultern legten, manchmal fast zu Boden drückten. Er räusperte sich, nickte ihr liebevoll zu und machte einige Schritte auf den Zelteingang zu. Draußen waren fröhliche Stimmen zu hören. Die Fürstenfamilie von Aïrenïa war eingetroffen, der Abend konnte beginnen.

20. KAPITEL

KETHYLIN – VIER TAGE VOR DEM SCHWARZEN TAG

Mühsam öffnete sie ihre Augen, versuchte, durch mehrmaliges Blinzeln den Grauschleier davor wegzuwischen, und tastete hektisch mit ihrer rechten Hand nach ihrer Tochter. Aufatmend schloss sie ihre Augen wieder, die kleine Stjärna lag dicht neben ihr, warm eingemummelt, und schlief.

Sie war so müde, und sie hatte keine Ahnung, wo sie war. Wenigstens fror sie nicht mehr, im Gegenteil, so warm wie jetzt war ihr schon lange nicht mehr gewesen. Ihre Gedanken drifteten ab, brachten sie in einen Raum zwischen Wachsein und Schlaf, ließen sie zurückgehen zu vergangenen Ereignissen. Sie genoss eine Umarmung von Cristan, seinen warmen Mund, seinen herrlichen Geruch. Leider verschwanden diese Erinnerungen, schwebten an ihr vorbei, sie konnte sie nicht fassen, nicht aufhalten, nicht zurückholen.

Andere Erinnerungen blitzten auf, ließen sie trotz der Wärme frösteln. Alles war schemenhaft, eher ein verschwommenes Bild als ein klar umrissener Gedanke. Doch ein Bild kristallisierte sich aus dem Nebel heraus, wurde deutlicher, dann gestochen scharf. Ein jämmerlicher Laut entfuhr ihr, entsetzt riss sie die Augen auf. Das durfte nicht wahr sein, so konnte es nicht gewesen sein. Ihre Kehle schnürte sich zu, sie bekam nur noch schlecht Luft. Das musste ein Albtraum sein, niemals die Wirklichkeit.

Kethylin versuchte, sich abzulenken, holte tief Luft und blickte sich zitternd um, mühte sich, zu erkennen, wo sie war. Sie schien in einem kleinen Zelt zu liegen, dessen Stoffwände erkennen ließen, dass das Licht davor zwischen heller und dunkler, zwischen grau und hellblau wechselte. Zaghaft streckte sie ihren Arm aus und berührte die Zeltwand neben ihr. Ihre Finger strichen darüber, ertasteten grobe, kühle Leinwand und hinterließen eine feuchte Spur auf dem Stoff.

Stjärna regte sich, gab kleine schmatzende Geräusche von sich, schlug ihre Augen auf. Kethylin drückte sie leicht an sich, doch sie wusste, das würde nicht reichen. In wenigen Augenblicken würden die schmatzenden Geräusche in schrille, wehklagende Schreie übergehen. Ihr Augenstern hatte Hunger und würde es in Kürze allen mitteilen.

Kethylin schälte sich aus der warmen Decke, öffnete ihr Oberteil, drehte sich zu ihrer Tochter und legte sie an. Genussvoll begann diese zu saugen und gab dabei zarte Töne des Wohlbehagens von sich. Kethylin schloss ihre Augen, versuchte, ihre Gedanken zu ordnen, und tastete sich vorsichtig an das Geschehen heran, das ihr vorher als Erinnerung durch den Kopf geschossen war.

Ihr Atem beschleunigte sich erneut, sie zog ihre Tochter näher zu sich. Anscheinend war ihr Griff zu hart gewesen, Stjärna hörte auf zu trinken und gab einen empörten Schrei von sich. Hastig lockerte sie ihren Griff, beruhigte ihre Tochter und zwang sich zurück zu ihrer Erinnerung.

Die Drachen. Kethylin umkreiste das Geschehen, wollte nicht bis zum Kern vorstoßen, spürte, wie ihr Tränen über das Gesicht rollten. Aber sie musste sich erinnern. Sie waren näher gekommen, immer näher. Waren durch den Schnee gestapft, ihre riesigen Gestalten hatten große Schatten vorausgeworfen. So nah hatte sie sie noch nie gesehen. Ihre Haut wirkte derb und gummihaft, der Geruch, den sie ausströmten, erinnerte sie an vergammeltes Fleisch, aus ihren Mäulern tropfte dickflüssiger Speichel. Es waren mindestens drei. Und für Valja und sie hatte das unweigerlich das Ende bedeutet.

Trotzdem lag sie hier, konnte ihrer Tochter beim Trinken zusehen, und eindeutig lebte sie. Stjärna drehte sich weg, ein kleiner Milchfaden rann aus ihrem Mundwinkel. Kethylin setzte sich auf und nahm ihre kleine Tochter hoch. Sanft drückte sie sie an sich und tätschelte ihren Rücken.

Ja, sie und ihre Tochter waren hier, wo auch immer das war, und lebten. Doch Valja, ihre tapfere Retterin, war nicht hier. Kethylin drückte ihre Nase an die Halsfalte ihrer Tochter und sog den herrlich süßlichen Duft ein. Sie kniff ihre Augen so fest zusammen, dass sie blitzende Sterne sah und ihr Gesicht sich steif und zerknittert anfühlte. Valja, die monatelang mit ihr zusammen in Sanïa ausgeharrt hatte, getrennt von ihrer Familie, ohne Kontakt zu ihren Schwestern. Valja, die sich, ohne zu überlegen, den Drachen in den Weg gestellt hatte. Valja, die geschrien, gerufen, mit ihrem Messer zugestochen und ihr immer wieder zugebrüllt hatte, dass sie laufen, sich verstecken, ihre Tochter, ihr Königreich retten solle. »Lauf, Keth, lauf! Lauf, verdammt!« Die schrillen Worte rasten in ihrem Kopf herum. Grell und furchtbar.

Kethylin schluckte gegen die bittere Galle an, die unerbittlich ihre Speiseröhre hochstieg. Zitternd legte sie ihre Tochter aufs Bett und stand auf, barg ihr Gesicht in den Händen und wiegte sich hin und her.

Immer wieder hatte Valja geschrien. Und dann war sie tatsächlich losgerannt, hatte ihre Tochter fest an sich gedrückt, war durch den hohen Schnee gestapft, so schnell es ging, und, als sie keine Kraft mehr hatte, unter die herausstehenden Wurzeln einer riesigen Trauerweide gekrochen.

Ihr Körper reagierte noch immer auf die Panik, die sie dort verspürt hatte. Gänsehaut breitete sich über ihren ganzen Körper aus, und kalter Schweiß rann von ihrer Stirn.

Mit fieberhafter Hast hatte sie Schnee um sich aufgetürmt, hatte einen kleinen Wall um sich und ihre Tochter errichtet und sich so klein gemacht, wie es ihr möglich war. Wie lange sie dort ausgeharrt hatte, wusste sie nicht, aber als sie nichts mehr gehört hatte, als eine dröhnende Stille ihr zeigte, dass alles verloren war, war sie langsam aus ihrem Versteck herausgekrochen und hatte ihre Flucht fortgesetzt. Mühevoll, Schritt für Schritt, der Schnee türmte sich immer höher auf, trotzdem hielt sie durch. Bis sie nicht mehr konnte, frierend, zu Tode erschöpft.

An der Stelle brachen ihre Erinnerungen ab. Danach kam nur noch Schwärze.

Stjärna war wieder eingeschlafen. Sie stopfte die Decke dicht um ihre Tochter, sodass sie nicht von der Liege rutschen konnte. Sie musste herausfinden, wo sie war, und vor allem, wer hier noch war. Eine kleine Bewegung im Augenwinkel ließ sie innehalten. Dort in der Ecke, auf der anderen Seite der Liege, war etwas Rotes, das sich jetzt langsam aufrichtete und hin und her wackelte.

»Gorria, oh Gorria, du bist auch hier.« Mit wenigen Schritten hatte sie das Lager umrundet. Sie ließ sich auf die Knie fallen und zog den großen roten Vogel in eine Umarmung. Und Gorria hielt still, so als würde er spüren, dass Kethylin das jetzt dringend brauchte.

Dann wurde es ihm anscheinend doch zu eng, er begann seine Flügel zu bewegen, gab schrille, jedoch leise Schreie von sich und stupste sie mit seinem großen, gebogenen Schnabel gegen die Wange. Kethylin ließ ihn los, und der Vogel plusterte sich auf, schüttelte seine Federn, als wolle er prüfen, ob sie die Umarmung gut überstanden hatten.

»Ich bin so froh, dich hier zu sehen.« Kethylin blickte mit feuchten Augen in seine Knopfaugen.

Als hätte er sie verstanden, neigte er seinen Kopf zur Seite und klapperte mit seinem Schnabel.

Kethylin erhob sich. »Bleib du hier, ich muss herausfinden, wo wir gelandet sind.«

Gorria flatterte aufs Bett und breitete einen Flügel über Stjärna aus.

Sie drehte sich um, schob vorsichtig die Stoffplane zur Seite, die den Zelteingang verhüllte. Strahlendes Sonnenlicht blendete sie so stark, dass sie reflexartig ihre Augen schloss. Still blieb sie stehen und spürte der zaghaften Wärme und dem kühlen Wind auf ihrem

Gesicht nach. Dann öffnete sie langsam ihre Augen und schaute sich staunend um.

Außer ihrem kleinen Zelt stand in einiger Entfernung ein großes, mit bunten Tüchern verhülltes Zelt auf einem hellgrauen, fast weißen, feuchten Untergrund. Über ihr, eigentlich ringsherum, war alles hellblau und strahlend. Sie blinzelte, rieb sich mit beiden Händen über die Augen und machte einige Schritte in Richtung des anderen Zeltes. Der Boden unter ihren Füßen fühlte sich wattig an, aber sie konnte gut darauf laufen. Fröstelnd schlang sie ihre Arme um sich, denn die Sonnenstrahlen erwärmten die frostige Luft nicht richtig.

Auf einmal wackelte der Untergrund, auch das bunte Zelt bewegte sich leicht. Erschrocken blieb sie stehen.

»Keine Angst. Das war nur eine Windbö. Uns passiert nichts.«

Kethylin drehte sich schnell um. Woher war die Stimme gekommen? Da erblickte sie eine Gestalt, die in einiger Entfernung hinter ihrem Zelt auf dem Boden kniete und ein langes, dickes Tau in den Händen hielt.

Die Gestalt stand auf, ohne das Tau aus den Händen zu legen, verbeugte sich leicht in Kethylins Richtung und sagte: »Darf ich mich vorstellen, Hoheit. Mein Name ist Aron Cavaljerie, zu Diensten.« Er machte ein übertrieben dienstfertiges Gesicht, sodass Kethylin ein Schmunzeln unterdrücken musste.

»Erfreut, Aron Cavaljerie! Ich bin …« Sie konnte ihren Satz nicht beenden. Aron fiel ihr ins Wort.

»Ihr seid Eure Hoheit, Keth, vom Königreich Arcania.« Er deutete eine Verbeugung an.

Sie starrte ihn an. Woher wusste er, wer sie war? Kethylin musterte ihn. Vielleicht ein bisschen jünger als sie, groß, schlank, muskulös und in eng anliegende, bunte

Hosen und ein weites rotes Hemd gekleidet, das vorne aus dem Hosenbund gerutscht war. Darüber hatte er ein orangefarbenes Tuch über die Schultern gelegt, in das viele kleine grüne Karos gestickt waren. Solch eine bunte Kleidung hatte sie noch nie gesehen.

»Ihr seid verwirrt, Hoheit. Das verstehe ich. Wenn Ihr Fragen habt, bitte, fragt mich, ich werde Euch antworten.« Wieder eine kleine Verbeugung.

Kethylin schüttelte zaghaft den Kopf. »Zuerst hörst du bitte auf, mich Hoheit zu nennen. Ich bin seit vielen Monaten Kethylin und bleibe das auch, bis ich wieder den Boden von Arcania betrete.«

Er schaute sie mit großen Augen an. Dann nickte er.

Sie trat einen Schritt auf ihn zu. Erneut wackelte der Boden, und sie sah, wie der Mann sich blitzartig umwandte und das Tau straffer zog. Konzentriert blickte er in die Ferne, dann kniete er sich hin und sah nach unten.

Kethylin zog ihre Stirn in Falten. Was machte er bloß? Und warum wackelte es immer wieder? Sie drehte sich einmal um sich selbst. Und warum sah sie nichts? Nur blau und die Sonne?

Ein merkwürdiges Gefühl machte sich in ihr breit.

»Ich kann mir denken, dass du völlig verwirrt bist, Kethylin, aber ich erkläre dir alles ganz genau.« Aron stand auf, machte das Tau an einem dicken Stock fest, der im Boden verankert war. »Komm, wir setzen uns dort drüben hin.« Er zeigte auf eine Bank, die neben dem bunten Zelt stand. An der Armlehne der Bank war ein kleines Brett befestigt, auf dem ein Krug und zwei Becher standen.

Jetzt spürte Kethylin, wie durstig sie war. Ihr Mund fühlte sich an, als hätte sie Sand gegessen. Aron goss ihr einen Becher voll und reichte ihn ihr.

»Kühles Wolkenwasser«, sagte er. »Trink. Ein wahrer Genuss!«

Kethylin nahm den Becher mit der durchsichtigen Flüssigkeit und nippte vorsichtig daran. Herrliche Kühle umspielte ihre Lippen, sie konnte sich nicht zurückhalten. Mit großen Schlucken trank sie den Becher leer und hielt ihn Aron hin.

»Herrlich«, sagte sie. »So etwas Gutes habe ich schon lange nicht mehr getrunken. Wie hast du das genannt?«

»Wolkenwasser. Ich gewinne es aus meiner Wolke. Du siehst, dass der Boden nicht überall weiß ist. Dort, wo graue Flecken sind, ist mehr Wasser, und man kann aus den Stellen das Wolkenwasser herausholen.« Aron machte ein stolzes Gesicht. »Wenn man weiß, wie es geht«, fügte er an.

In Kethylins Kopf schwirrten verrückte Gedankenfetzen. Wolken, Wolkenwasser – deshalb war alles blau um sie herum? Waren sie auf einer Wolke?

Aron machte eine einladende Geste, sie setzten sich auf die knallrote Bank.

Kethylin räusperte sich. »Bitte sag mir, wo ich bin und was das hier ist.« Sie machte eine ausholende Bewegung mit ihrem Arm. »Es ist alles so verwirrend für …« Sie stieß einen schrillen Schrei aus. Ihr Magen hob sich, der Boden zu ihren Füßen senkte sich in einer irrsinnigen Schnelligkeit. *Wir stürzen ab. Wo auch immer wir uns befinden, jetzt stürzen wir ab.* Sie klammerte sich an die Armlehne, sah noch, wie Aron in Richtung Tau rannte. Er stürzte, überschlug sich, rutschte wild mit den Armen fuchtelnd über den Rand des Bodens und verschwand.

21. KAPITEL

VAÏA – DER SCHWARZE TAG

»Wir bedanken uns herzlich für das vorzügliche Essen. Das war eine Wohltat!« Vaïa nickte Fürstin und Fürst Cavaljerie lächelnd zu. »Nach diesen herrlichen Stunden in diesem wunderschönen Zelt kann morgen die Reise ins Gebirge hinein weitergehen. Ich hoffe so sehr, dass wir spätestens übermorgen ankommen.«

Fürst Cavaljerie nahm die Weinflasche, die vor ihm im Kühler steckte, und goss zuerst seiner Frau, dann seinen Gästen und sich nach. Er hob sein Glas, prostete Vaïa und Montaque zu und trank einen Schluck.

Montaque trank andächtig. »Ein herrlicher Tropfen. Er erinnert mich sehr an einen Merlot des Weingutes Mondavi.«

Fürst Cavaljerie nickte. »Da hast du recht. Auch dieser hier kommt von Mondavi und gehört zu meinen Lieblingsweinen.«

Vaïa rutschte unruhig auf ihrem Stuhl hin und her. Sie konnte nicht mehr länger warten. »Montaque meinte, du hättest Informationen über die Königin und meine Schwester.«

Senija nickte und schaute ihren Mann auffordernd an. »Jetzt mach es nicht so spannend. Ist doch verständlich, dass Vaïa und Montaque danach lechzen, die Neuigkeiten zu erfahren. Du hast sie lange genug hingehalten.«

»Also, ja, ich habe Neuigkeiten. Ob sie gut oder schlecht sind, das müsst ihr selbst entscheiden.« Fürst Cavaljerie räusperte sich vielsagend, setzte sich aufrecht hin und schaute abwechselnd Vaïa und Montaque an. »Vor fünf Tagen haben wir eine anonyme Information bekommen. Glaubwürdig.« Er blickte in die Runde, die Aufmerksamkeit aller war ihm gewiss. »Die Königin mit ihrem Kind war auf dem Weg nach Arcania.«

Vaïa atmete hörbar ein. »War? Warum sind sie noch nicht hier?«

»Sie konnten Sanïa nicht verlassen. Das Tor ist versiegelt.«

Ein ungläubiger Ton entfuhr Vaïa. Sie hatte ihre Hände vor den Mund gelegt und starrte ihn an. »Aber nur das Luftvolk weiß von Sanïa. Nur wir wissen darüber Bescheid.« Vaïas Stimme war nur ein Flüstern. »Woher weiß das Wolkenvolk davon?«

Fürst Cavaljerie nickte bedeutungsvoll und machte eine vielsagende Miene. »Den Wolkenreitern bleibt nichts verborgen. Wir wissen schon lange, dass Sanïa nicht nur ein Land in einem Märchenbuch ist. Wir wissen, dass es eine Parallelwelt gibt, die ihr nur über bestimmte Pforten betreten könnt. Wir jedoch können mit unseren verschiedenen Wolken hoch über allen

Ländern fliegen. Und wir wissen, dass es Luftfrauen gibt, die diese Pforten öffnen können.«

»Es müssen ja noch mehr von Sanïa wissen. Oder haben die Wolkenreiter das Tor versiegelt?«, sagte Montaque und schaute Cavaljerie kritisch an.

Fürst Cavaljerie schüttelte empört den Kopf. »Wir glauben, dass der Schwarze Fürst seine Hände im Spiel hat. Natürlich will er nicht, dass die Königin heute mit ihrem Kind im Königreich auftaucht. Das wäre sein Ende.«

Montaque fasste nach Vaïas Hand, die kraftlos auf dem Tisch lag. Sie war eiskalt, Vaïa war totenblass.

»Wir wussten also, dass die Königin ein Kind bekommen hat und sie noch in Sanïa ist. Deshalb haben wir den besten Wolkenreiter unseres Volkes nach Sanïa geschickt.« Fürst Cavaljerie nahm einen großen Schluck aus seinem Weinglas. Dann setzte er sich wieder aufrecht hin und fuhr fort: »Der beste Wolkenreiter in unserem Volk ist unser Sohn Aron.«

»Und ihn hast du nach Sanïa geschickt?«, fragte Montaque skeptisch.

Fürst Cavaljerie nickte stolz. »Ja, ihn haben wir geschickt. Wenn jemand die Königin und ihr Kind finden und dort rausholen kann, dann ist es Aron.«

»Und meine Schwester?«

»Und wie soll das gehen?«

Vaïas und Montaques Fragen überschnitten sich.

Fürst Cavaljerie hob eine Hand, als wolle er sein Publikum um Ruhe bitten. »Hat der Schwarze Fürst seine Hände im Spiel, dann kann er nur die Tür nach Sanïa versiegeln, nicht aber den Luftraum. Und wir gehen davon aus, dass er dafür verantwortlich ist. Also kann Aron mit den Wolken hineingelangen. Was jedoch mit deiner Schwester ist, Vaïa, das kann ich dir nicht sagen. Dazu haben wir keine Informationen.« Bedauernd sah er sie an, zog seine Schultern hoch.

Senija machte ein beruhigendes Geräusch, räusperte sich und sagte: »Wenn die Königin unterwegs nach Arcania war, dann war sie das niemals ohne deine Schwester. Denn ohne sie hätte sie Sanïa niemals betreten können, und ohne sie kann sie das Land nicht verlassen.«

Vaïa schloss kurz ihre Augen und nickte dann. »Das stimmt. Also hoffen wir, dass sie bei der Königin ist.«

»Und wir hoffen, dass euer Sohn alle zurückbringen kann.« Montaque hob sein Glas und betrachtete konzentriert den dunklen Inhalt. »Und woher weiß der Schwarze Fürst von Sanïa?«

»Aber das war vor einigen Tagen. Warum sind sie noch nicht zurück?«, fiel Vaïa ihrem Mann ins Wort, ihre Stimme klang auf einmal leise und schwach.

Montaque ließ sein Glas sinken und schaute sie grüblerisch an. »Du hast recht, meine Liebe, wo bleiben sie so lange?«

Fürst Cavaljerie stand auf und ging einige Schritte auf und ab. »Bei so einer Mission kann immer etwas zu Verzögerungen führen. Denkt dabei an schlechtes Wetter, falsche Windrichtungen, Zwischenlandungen oder längere Pausen. Wir sind sehr optimistisch, dass sie in den nächsten Tagen eintreffen werden.«

»Und wenn nicht?«, erklang eine leicht heisere Stimme vom Zelteingang zu ihnen herüber.

Vaïa zuckte zusammen und drehte sich um. Ein junger, groß gewachsener Mann stand am Eingang, die Arme in die Taille gestemmt, die Haare zu einem unordentlichen Zopf geflochten.

»Was passiert, wenn Euer Sohn es allein nicht schafft?«, fragte der Mann.

Senija fuhr empört von ihrem Stuhl auf, doch ihr Mann hielt sie mit einer beschwichtigenden Geste zurück.

»Aber natürlich wird er erfolgreich zurückkehren«, sagte der Fürst. »Und überhaupt, warum belauschst du unser Gespräch?« Er blieb ruhig und gelassen, seine Augen strahlten jedoch eine zornige Kälte aus.

»Ich habe nicht absichtlich gelauscht. Aber Ihr seid so laut gewesen, dass man dort drüben alles gehört hat.« Der Mann deutete zu einem Zelt, das nur durch einen schmalen Durchlass vom Fürstenzelt getrennt war. Dort hatten die Kinder unter Valerias Aufsicht gegessen.

»Was hast du in dem Zelt gemacht?«, fragte Senija empört und ging auf ihn zu.

»Ich habe bei der Aufsicht der vielen Kinder ausgeholfen. Habt Ihr da etwas dagegen? Ist das verboten?« Seine Stimme klang ärgerlich.

Senija schüttelte den Kopf. »Nein, nicht verboten, aber durchaus ungewöhnlich.«

Fürst Cavaljerie machte eine abwehrende Handbewegung. »Du kannst wieder zu den Kindern gehen. Sei gewiss, Aron wird seine Aufgabe vorbildlich erledigen.«

»Pah!«, machte der Mann. »Wie immer. Ihr seid so überzeugt von Euerm Sohn, dass Ihr gar nicht erkennt, wer wirklich der beste Wolkenreiter ist. Aber ich werde es Euch zeigen.« Mit diesen Worten machte er kehrt und verließ das Zelt, nicht ohne mit einer erregten Geste gegen die Zeltwand zu schlagen.

22. KAPITEL

VALERIA – DER SCHWARZE TAG

Dieser überaus langweilige Abend, an dem sie mal wieder als Aufpasserin ihrer vielen Geschwister eingesetzt war, zerrte an ihren Nerven. In ihrem Leben passierte rein gar nichts. Und wenn etwas passieren könnte, wurde sie bei ihren kleinen Geschwistern abgestellt. Als sie langsam vor Überdruss hätte schreien können, öffnete sich die Zeltplane, und ein großer Junge trat ein. Oder besser gesagt: ein großer Mann, denn bei genauer Betrachtung war er sicher einige Jahre älter als sie. Sie konnte kaum den Blick von ihm wenden, so beeindruckend war seine Erscheinung.

»Brauchst du Unterstützung? Das Getobe hört man bis zur Gebirgswand.« Spöttisch verdrehte er die Augen und zog einige kleine Bälle aus einem dunkelbraunen Lederbeutel heraus. Stumm begann er zu jonglieren und wartete, bis alle Augen auf ihn gerichtet waren. Die

Kinder scharten sich um ihn und bestaunten sein Tun mit offenem Mund.

»Ich will das auch!«

»Ich auch!«

Sie bedrängten ihn, wollten nach den Bällen greifen. Doch er jonglierte mit hocherhobenen Armen, sodass sie sie nicht erreichten. Dann fing er einen Ball nach dem anderen auf, trat einen Schritt zurück und verneigte sich, als hätte er seine Künste einem zahlenden Publikum vorgeführt.

»Wenn ihr ganz leise seid, werde ich euch in die Kunst des Jonglierens einführen.« Seine Stimme hatte einen dunklen, geheimnisvollen Unterton. Die Kinder verstummten, blieben still vor ihm stehen.

Auch Valeria schaute ihm verzaubert zu. Er wandte sich ab, holte eine große Holzkiste, die er vor dem Zelt abgestellt hatte, herein und öffnete sie. Die Kinder jauchzten, als sie sahen, dass sie bis zum Rand mit kleinen bunten Bällen gefüllt war. Er gab jedem Kind zwei davon und zeigte ihnen, wie sie sie werfen und fangen sollten. Konzentriert, mit geröteten Wangen, begannen sie zu üben.

Der Mann kam zu Valeria, machte eine angedeutete Verbeugung und sagte in verschwörerischem Tonfall: »Hoffentlich hält der Ehrgeiz der Kinder an, und wir können uns ein bisschen unterhalten. Aber zuerst möchte ich mich vorstellen.« Er richtete sich zu seiner ganzen Größe auf, schaute auf sie herab und sagte: »Lazar de Nuvoles, der beste Wolkenreiter auf diesem Planeten. Und du bist die Tochter des Fürstenpaars Aïrenes und heißt Valeria.«

Valeria erhob sich von ihrem Stuhl. Es war ihr unangenehm, dass sie ununterbrochen zu ihm hochsehen musste. Sie nickte ihm zu. »Aha, interessant, der beste Wolkenreiter. Was noch nachzuprüfen wäre.« Ironisch zog sie ihre Augenbrauen hoch.

»Ich werde es dir beweisen.« Bevor er jedoch weitersprechen konnte, begann eine lautstarke Auseinandersetzung zwischen den Kindern, und er eilte zu ihnen, um Schlimmeres zu verhindern.

Valeria setzte sich wieder. Ihr Herz schlug zu schnell, und sie spürte, dass ihre Wangen sich gerötet hatten. Dieser Lazar hatte sie mehr beeindruckt, als sie sich eingestehen wollte. Endlich ein Mann, der sie nicht wie ein Kind behandelte, sondern wie eine junge Frau. Die sie schließlich auch war.

Sie sah ihm zu, wie er den Kindern eine weitere Aufgabe stellte. Eigentlich hatte sie erwartet, dass er wieder zu ihr zurückkommen würde, doch er verließ mit großen Schritten das Zelt. Sie wunderte sich, dass er vor dem Eingang stehen blieb, dann jedoch das benachbarte Zelt, in dem ihre Eltern zu Abend aßen, betrat.

Augenscheinlich hatte sie sich getäuscht. Auch er hatte in ihr wohl nur ein uninteressantes Mädchen gesehen. Schulterzuckend griff sie zu ihrem Glas und trank einen großen Schluck des schrecklich süßen Saftes, den es den ganzen Abend über für sie und die Kinder gab. Wie langweilig ihr Leben war. Sie war begeistert gewesen, als ihre Eltern ihr gesagt hatten, dass sie ihr Fürstentum und damit das Schloss Vaïalan verlassen würden. Dort passierte nie etwas. Sie wohnten so weit weg von allem und jedem, dass sie wochenlang nur ihre Geschwister zu Gesicht bekam. Und jetzt waren sie unterwegs, und wieder wurde sie zu ihren kleineren Schwestern und Brüdern gesteckt. Mit ihren achtzehn

Jahren hätte sie im Nachbarzelt bei ihren Eltern und dem Fürstenpaar Cavaljerie sitzen sollen. Aber ihr Vater legte Wert darauf, dass sie im Hintergrund blieb, wie ein kostenloses Kindermädchen auf ihre Geschwister aufpasste und ja keinem Mann zu nahe kam. Sie hatte es so satt. Ihre Mutter war in diesem Alter schon Ehefrau und Mutter gewesen. Und sie? Sie blies gedankenverloren ihre Wangen auf.

»Welch ungewöhnliche Mimik.«

Valeria schrak zusammen, und die Luft prustete aus ihrem Mund. Vor ihr stand Lazar und schaute auf sie herunter.

»Was hast du im Zelt nebenan gemacht?«, fragte sie und betrachtete sein rotes Gesicht.

»Ich habe dem Fürsten erklärt, dass ich der bessere Wolkenreiter bin und nun nach Sanïa aufbrechen werde, um ihm genau dies zu beweisen.«

»Äh?« Mehr konnte sie nicht sagen, denn in einem ärgerlichen Wortschwall erklärte er ihr, was er belauscht hatte. »Du brichst heute Nacht schon auf?«, fragte sie nach.

Er nickte mit strahlenden Augen. »Jetzt, sofort.« Prüfend blickte er sie an. »Komm mit! Ich zeige dir, dass ich der beste Wolkenreiter bin. Wir werden nach Sanïa reiten, die Königin mit ihrem Kind und deine Tante retten und damit den Schwarzen Fürsten vertreiben.«

Valeria war langsam von ihrem Stuhl aufgestanden. Sie fasste sich nervös in ihre rote Mähne, blinzelte mehrmals, als wolle sie die Bilder, die seine Worte heraufbeschworen hatten, verscheuchen.

»Aber du musst dich schnell dazu äußern.«

Ihr Schweigen zog sich in die Länge.

Wie in Trance sah sie zu ihren Geschwistern, zählte durch, dachte nicht zum ersten Mal, dass es viel zu viele waren und sie keine Lust mehr hatte, immer und überall auf sie aufzupassen. Dachte an die Langeweile, die sie gefangen hielt wie ein starres Korsett, und daran, dass ihr Vater sie noch immer wie ein kleines Kind behandelte.

Valeria entfernte sich mit einigen Schritten von Lazar, kniff sich leicht in die Wangen, versuchte, ihren rasenden Herzschlag unter Kontrolle zu bringen. Hier war das Abenteuer, damit konnte sie sich von allen Zwängen befreien. Sie musste nur zugreifen.

Trau dich, sonst sitzt du morgen wieder in der Kutsche deiner Eltern, fährst in ein Tal mitten im Gebirge und kannst dein Leben lang auf die unzähligen Geschwister aufpassen, die deine Eltern womöglich noch in die Welt setzen werden.

Abrupt drehte sie sich zu ihm um, trat dicht an ihn heran. Mit leiser Stimme und funkelnden Augen sagte sie: »Wenn du mir auf deiner Wolke zu nahe kommst, bist du ein toter Wolkenreiter.« Sie machte einen Schritt zurück: »Ich komme mit!«

23. KAPITEL

KETHYLIN – DREI TAGE VOR DEM SCHWARZEN TAG

Irgendwie musste es doch gehen, Aron hatte gesagt, dass dort, wo der Boden grau war, Wasser entnommen werden konnte. *Wenn man es kann.* Ihr Gehirn hatte den Satz nicht vergessen. Frustriert setzte sie sich neben das Wolkenloch, das sie gemacht hatte. Ohne Erfolg, es war kein Wasser herausgesprudelt, sie hatte nur ein riesiges Loch in die Wolke geschabt und konnte nun auf die weit unter ihr liegende Landschaft sehen.

Wenigstens ging es ihrer Tochter gut. Sie musste keinen Durst leiden. Noch hatte sie genug zu trinken für sie. Stjärna lag dick eingepackt neben ihr in einer großen Kiste, die sie in Arons Zelt gefunden hatte, und schlief. Wie die meisten Stunden des Tages, bewacht von Gorria, der kaum von ihrer Seite wich.

Stirnrunzelnd schaute Kethylin sich um. Keine Veränderung. Wie sollte das weitergehen? Gestern hatte die Wolke zwar sehr stark an Höhe verloren, aber sich wieder gefangen, und seitdem schwebten sie geruhsam dahin. Und würden verhungern. Denn ihr war klar, sie konnte weder diese Wolke steuern noch kamen sie irgendwie von ihr herunter. Ohne fremde Hilfe würden sie hier mitten im Hellblau der unendlichen Weiten sterben.

Zornig wischte sie sich eine Träne von der Wange. Warum war Aron auch so ein Tollpatsch gewesen? Das Bild des fallenden Wolkenreiters hatte sich in ihrem Gehirn eingeprägt und ließ sie noch immer frösteln. Sie sah sich, wie sie verzweifelt auf den Wolkenrand zukroch und erkennen musste, dass ihr einziger Begleiter abstürzte. Wild fuchtelnd und irgendetwas schreiend, das sich wie »Tau« anhörte, fiel und fiel er.

Und dann war er verschwunden. Eine riesige graue Wolke hatte ihn verschluckt. Wahrscheinlich war er durch sie hindurchgefallen und lag jetzt irgendwo mit zerschmetterten Knochen auf dem Boden von Sanïa.

Am liebsten hätte sie laut geschrien, gebrüllt, auf irgendetwas eingeschlagen. Aber es würde ihre Situation nicht verändern. Also musste sie sich beruhigen und eine Lösung suchen. Doch wie? Von Wolken oder Wolkenritten hatte sie keine Ahnung. Bis zu Arons Absturz war sie sich nicht einmal sicher gewesen, dass sie auf einer Wolke war. Doch nach und nach hatte sie sich alles zusammengereimt. Aron hatte sie irgendwo in Sanïa aufgesammelt und versucht, sie rechtzeitig nach Arcania zu bringen. Immerhin hatte sie noch drei Tage Zeit. Es hätte gelingen können.

Doch jetzt saß sie auf dieser verdammten Wolke und würde zusammen mit ihrer wunderschönen Tochter verdursten, verhungern und ihren geliebten Cristan zusammen mit allen Arcaniern ins Elend stürzen.

Schluchzer bahnten sich ihren Weg, ihre mühsam aufrechterhaltene Selbstbeherrschung brach wie ein Kartenhaus zusammen. Tränenströme durchnässten ihr Oberteil, untröstlich gab sie sich ihrem Elend hin. Gorria hüpfte näher zu ihr, stupste sie mit seinem großen Schnabel an und machte kehlige Geräusche.

Nach einiger Zeit schaffte sie es, sich zu beruhigen. Mit einem Zipfel ihres Mantels trocknete sie ihr Gesicht ab, zog laut und undamenhaft ihre Nase hoch und blickte in die Kiste. Zwei große blaue Augen schauten ihr entgegen, kleine Händchen wedelten unkoordiniert in der Luft herum, ihre Tochter war wach. Ein großes Glücksgefühl durchströmte sie, wärmte sie von innen und zauberte ein Lächeln in ihr verweintes Gesicht. In diesem Moment veränderte sich etwas in ihr. Unbewusst straffte sie ihre Schultern. Nein, sie würde sich nicht unterkriegen lassen. Sie beide würden auf dieser Wolke nicht verrotten. Sie, Keth, Königin von Arcania, würde einen Ausweg finden und zusammen mit ihrem Augenstern zurückkehren und den Schwarzen Fürsten besiegen.

Zärtlich nahm sie ihre Tochter aus der Kiste, drückte ihr kleine, engelszarte Küsschen aufs Gesicht und flüsterte ihr zu: »Meine geliebte Tochter, ich verspreche dir, gemeinsam werden wir nach Hause zurückkehren, so wahr ich Keth heiße.«

24. KAPITEL

VAÏA – DER SCHWARZE TAG

Sie schrie und tobte vor ungezügelter Wut. Wie hatte das passieren können? Valeria unterwegs mit einem Wolkenreiter? Irgendeinem Lazar Irgendwer? Nach Sanïa? Um die Königin und ihr Kind zu retten? Und ihre Schwester? Ihr Gesicht verzog sich zu einer ironischen Grimasse. Ja, klar, der beste Wolkenreiter hatte es nicht geschafft, rechtzeitig wieder hier zu sein. Aber ein Lazar Irgendwer schnappte sich ihre Tochter, und gemeinsam stürzten sie sich in dieses gefährliche Abenteuer.

Erschöpft sank sie auf ihren Stuhl zurück, blickte in entsetzte Gesichter und spürte, wie leise Scham in ihr aufstieg. Wieder war ihr ungezügeltes Temperament mit ihr durchgegangen. Und alle hatten ihr bei ihrem Wutausbruch zugeschaut.

Fürst Cavaljerie räusperte sich. »Es tut mir sehr leid, liebe Vaïa, dass ich das nicht verhindern konnte. Es ist eine Schande, was sich dieser Lazar erlaubt hat.«

Vaïa schnaubte empört durch die Nase. Montaque trat neben sie. »Lüftchen, beruhige dich. Ich denke, Valeria hat die Gunst der Stunde genutzt und sich bereitwillig in dieses Abenteuer gestürzt. Sie wird auf sich aufpassen.« Zärtlich tätschelte er ihre Hand.

»Die Gunst der Stunde?!«, kreischte Vaïa. »Die Gunst der Stunde! Sie sollte hier bei uns sein. Mit uns ins Gebirge fahren, die Villa dort beziehen, auf ihre Geschwister aufpassen und nicht mit einem …«, sie holte tief Luft, »nicht mit einem Wolkenreiter auf einer Wolke davonziehen.« Tranen schossen in ihre Augen. »Wer weiß, was er mit ihr anstellt. Meine kleine Valeria, sie hat doch überhaupt keine Erfahrung mit solchen, mit solchen …« Fahrig suchte sie nach dem richtigen Wort.

»Männern«, half ihr Montaque aus. »Männer ist vielleicht das Wort, das du gesucht hast.«

Sie schaute zu ihm auf. Wie immer schaffte er es mit seiner ruhigen Art, mit seinen liebevollen Gesten und Worten, sie zu beruhigen. Dankbar drückte sie seine Hand.

»Das ist jetzt nicht unbedingt das Wort, das ich gewählt hätte, aber nun gut, belassen wir es dabei.« Sie atmete tief durch. »Und nun? Was machen wir nun?«

Senija reichte ihr ein Glas Rotwein und lächelte ihr vorsichtig zu. »Wir können nichts tun. Außer abwarten. Unser Aron ist schon in Sanïa, sie werden sich irgendwo treffen und gemeinsam mit unserer Königin zurückkommen.«

»Und mit ihrem Kind und deiner Schwester«, vervollständigte Fürst Cavaljerie ihren Satz.

»Komm!« Montaque streckte ihr seine Hand hin. »Wir werden ein wenig schlafen und weiterreisen. Wenn wir gut vorankommen, sind wir vielleicht heute

Nacht schon im Hodeiak-Tal, und du kannst dich von den Strapazen der letzten Stunden erholen.«

»Und wann sehen wir unsere Tochter wieder?« Zorn und Wut waren aus Vaïa gewichen, zurück blieben Verzagtheit und mütterliche Sorge.

»Sie werden zurückkommen, und dann wird euch eure Tochter ins Hodeiak-Tal folgen.«

Vaïa bemerkte, dass Fürstin Cavaljerie sehr vage blieb, aber sie hatte keine Kraft mehr, dagegen aufzubegehren. Ihr war bewusst, dass die Fürstin genauso viel wusste oder genauso wenig wie sie.

Jetzt hatte sie nicht nur ihre Schwester verloren, auch ihre Tochter hatte sich auf eine gefährliche Mission begeben, und darüber hinaus war der Tag der Machtübernahme durch den Schwarzen Fürsten ungehindert vorübergegangen. Arcania war dem Untergang geweiht.

25. KAPITEL

LAZAR – DER SCHWARZE TAG

Was war nur in ihn gefahren? Jetzt hatte er die Tochter des Luftfürsten an der Backe kleben, ein schillerndes Persönchen mit roter Mähne. Innerlich schnaubte er. Es würde kein leichter Ritt werden, und er musste sich auf seine Wolke konzentrieren. Und nicht auf ein Mädchen aufpassen, das zum ersten Mal in seinem Leben auf einer Wolke reiten würde.

Andererseits, er blickte verstohlen zu ihr – andererseits war sie eine Augenweide. Anders als die Mädchen der Wolkenreiter, die wild und ungestüm den Männern seines Volkes in nichts nachstanden, groß und muskulös waren. Diese junge Frau neben ihm war zart, hatte unfassbar viele lange rote Haare auf dem Kopf und schillerte, wenn sie sich aufregte, in vielen Farben. Jetzt schien sie sich beruhigt zu haben, sie sah fast durchscheinend aus, nur ihre Augen leuchteten wie Sterne. Und sie schien sanft, zurückhaltend und doch mit einem gewissen eigensinnigen Temperament gesegnet zu sein.

Was machte er sich für unnütze Gedanken? Er beschleunigte seinen Schritt. Sie mussten schnell sein, bevor sein Vater merkte, dass er aufgebrochen war, ohne sich mit ihm abzusprechen.

»Warum rennst du so?«, fragte sie und zupfte an seinem Ärmel. »Hast du Angst, dein Vater hält dich auf?«

»Vielleicht. Aber uns rinnt die Zeit durch die Finger. Und der Wind steht günstig, wir werden schnell vorankommen. Ist eine Windflaute, dann stehen wir irgendwo da oben und kommen nicht vom Fleck, oder wir müssen mit den Segeln arbeiten, und das ist richtig anstrengend.«

Sie waren an der Felswand angekommen. Steil ragte sie vor ihnen auf. Er hätte sich ohrfeigen können. Wie brachte er das Mädchen da hoch? Für ihn war das kein Problem, sie trainierten von Kindesbeinen an, die steilsten Berge hochzuklettern, um ihre Wolken zu erreichen. Doch sie würde niemals da hochkommen.

Valeria betrachtete ihn von der Seite. »Wo ist deine Wolke?«

Lazar zeigte nach rechts. »Siehst du die schneeweiße, die dort am Gipfel hängt? Mit ihr werden wir schnell wie der Wind sein.«

Valeria grinste. »Du siehst leicht verzweifelt aus. Bereust du es, mich dabeizuhaben?«

»Na ja …« Er räusperte sich verlegen. »Nicht direkt. Aber wie bekomme ich dich dort hinauf?« Jetzt schaute er ihr direkt in die Augen, die in ihrem zarten Gesicht riesig wirkten.

»Das ist dein Problem?« Sie schüttelte anscheinend amüsiert den Kopf. »Du weißt nichts über uns Luftvölkler, oder?«

Stumm blickte er sie weiter an.

»Wir können uns in Luft verwandeln.«

Seine Augen wurden groß und ungläubig.

»Na ja, einige von uns können das.«

Er hatte es gewusst, einige, tja, sie bestimmt nicht.

»Ich kann das nicht«, sagte Valeria.

Innerlich klopfte er sich auf die Schulter. Er hatte es doch gewusst.

»Aber alle die, die das nicht können, können sich leicht wie Luft machen.«

Ein Laut des Erstaunens kam aus seinem Mund.

»Was bedeutet, dass du mich problemlos tragen kannst oder ich ganz leicht da hochhüpfen kann.« Jetzt schillerte sie wieder in verschiedenen Farben. Sie hatte sich wohl beim Reden aufgeregt.

»Das ist ganz hervorragend«, sagte Lazar. »Dann werden wir keine Probleme haben, auf meine Wolke zu kommen.«

Er machte eine auffordernde Handbewegung in Richtung Gipfel, gab ihr einen leichten Schubs und begann zu klettern. Valeria hielt sich dicht an seiner Seite, schien die Steilheit mühelos zu überwinden und kam zeitgleich mit ihm oben an. Nur beim Besteigen der Wolke musste er kurz ihre Hand halten, damit sie über den Wolkenrand steigen konnte.

»Siehst du?« Valeria zeigte keine Anzeichen von Anstrengung. »Kein Problem für mich.« Interessiert schaute sie sich um.

»Wie du siehst, wir haben auf unseren Wolken einen gewissen Komfort.« Stolz präsentierte er ihr seine

Wolke, die mit einem kleinen grauen Zelt und einem etwas größeren Sitzkissen schon recht ausgefüllt wirkte. »Am besten setzt du dich dorthin.« Lazar zeigte auf das Sitzkissen. »Es wird vielleicht etwas unruhig, bis wir aus dem Einzugsgebiet des Gebirges raus sind.«

Er machte sich an einem Tau zu schaffen, das um einen großen Holzstab gewickelt war. Als er es straff in die Hand nahm, begann die Wolke sich zuerst langsam, dann mit immer größerer Geschwindigkeit vom Gipfel zu entfernen. Er sah zu Valeria, die auf dem Sitzkissen gebannt zum Horizont schaute.

»Es ist herrlich, so hoch oben mit dem Wind zu fliegen«, sagte sie. Ihre Augen glänzten, Strähnen ihres langen Haares hatten sich aus dem dicken Zopf gelöst und flatterten um ihr gerötetes Gesicht. »Ich glaube, ich werde es genießen.« Begeistert nickte sie zu ihren Worten.

Auch als die Wolke immer wieder in Luftlöchern absackte, entlockte ihr das lediglich kleine Quietscher, die sich eher begeistert als ängstlich anhörten.

Lazar holte aus dem Zelt eine große gräuliche Plane, die er an dem Holzstock befestigte und in Windrichtung ausrichtete. »So steuern wir unsere Wolken. Wenn wir das nicht machen, sind wir dem Wind ausgeliefert. Doch mit unserem Segel können wir die Richtung bestimmen, in die wir reiten wollen. Man muss zwar sehr konzentriert dabei sein und auf Dauer ist es körperlich anstrengend, aber man kommt viel schneller voran.«

»Warum heißt es ›reiten‹? Wir schweben doch.« Valeria sah ihn fragend an.

»Spätestens wenn wir in unruhige Luftströme kommen oder in Schlechtwettergebiete, wirst du sehen, dass aus deinem ›Schweben‹ ein gefährlicher Ritt werden kann. Es fühlt sich an, als würde man ein ungestümes junges Pferd an den Sattel gewöhnen.«

Ihr Gesichtsausdruck hatte sich bei seiner Erklärung verändert. Die gelassene, fröhliche Miene war einer leichten Anspannung gewichen.

»Du musst keine Angst haben«, sagte Lazar. »Es ist gutes Wetter angesagt. Außerdem bist du in erfahrenen Reiterhänden. Du weißt, ich bin der beste Wolkenreiter, den es je gegeben hat.«

Er stand breitbeinig auf der Wolke, um die Bewegungen, die die Luftwirbel machten, sicher abzufedern. Ihre Blicke brachten seine Haut zum Kribbeln, seine Härchen im Nacken stellten sich auf. *Du bist ein Narr, Lazar. Warum bloß hast du sie mitgenommen?*

»Wie lange werden wir unterwegs sein?« Valeria stand auf einmal neben ihm, beschattete ihre Augen mit einer Hand und blickte sich um.

»Siehst du dort die kleinen Berge? Wir werden zwischen ihnen hindurchreiten. Danach müssen wir versuchen, an Höhe zu gewinnen. Und wenn der Wind weiterhin auf unserer Seite ist und wir mit dieser Geschwindigkeit vorwärtskommen, vielleicht einen Tag, höchstens zwei.«

Die Wolke sackte plötzlich ab. Reflexartig zog er Valeria an sich und hielt sie fest. Sie reichte ihm bis zum Kinn, ihre Haare wehten ihm ins Gesicht, kitzelten seine Nase. Eine Mischung aus geriebener Tonkabohne und Pfeffer lag auf einmal in der Luft. War das ihr ganz eigener Geruch? Tonkabohne und Pfeffer, tief atmete er ein. Das alles würde schwierig werden, und er hatte es sich selbst eingebrockt.

26. KAPITEL

CRISTAN – DER TAG NACH DEM SCHWARZEN TAG

Verzweifelt barg er das Gesicht in seinen Händen. Zusammengekauert saß er auf dem kalten Felsen, fror so sehr, dass seine Zähne unkontrolliert aufeinanderschlugen. So fühlte es sich wohl an, wenn man am Ende angekommen war. Ein vernichteter König, bewacht von den Schwarzen Schergen, auf dem Weg in ein karges Exil.

Jemand schlug gegen seine Schulter, er nahm die Hände herunter und blickte sich um.

»Hier, dein Essen.«

Ein Stück trockenes Brot und eine Flasche mit abgestandenem Wasser lagen vor seinen Füßen. Es schüttelte ihn innerlich. Seit Stunden waren sie unterwegs, es war die erste Rast, er musste unbedingt etwas essen, um bei Kräften zu bleiben, aber der Anblick des grauen, grobporigen Brotes ließ ihn würgen.

»Der Herr ist sich zu fein, um das Angebotene zu essen?« Ein weiterer Schlag gegen seine Schulter folgte. »Dann wird der Herr eben hungern. Und wer nichts isst, braucht auch nichts zu trinken.« Vor seinen Augen wurde die Flasche geöffnet und umgedreht. Trübe Flüssigkeit floss heraus, spritzte auf den trockenen Boden.

Angeekelt schloss er die Augen. Sie würden ihn leiden lassen, da war er sich sicher. Es reichte ihnen nicht, ihn von seinem Besitz und aus seinem Land zu vertreiben, sie würden sich an seiner Qual ergötzen. Doch es war ihm egal. Sein Leben war nichts mehr wert, ohne seine wunderbare Frau wollte er sowieso nicht mehr leben. Also konnten sie ihn jetzt gleich töten oder ihn während der nächsten Tage verhungern lassen. Es war ihm gleich. Niemand würde ihn vermissen.

»Aufstehen!« Noch ein Schlag traf ihn an der Schulter.

Mühsam erhob er sich, kurz wurde ihm schwarz vor Augen. Er blinzelte, versuchte damit, die Punkte und Schlieren aus seinem Blick zu vertreiben.

»Weiterlaufen!« Der Schwarze Gardist vor ihm hob drohend seine Peitsche, bohrte sie ihm dann schmerzhaft in die Seite. Langsam setzte er sich in Bewegung. Seine Bewacher scharten sich mit ihren Pferden um ihn, gaben ihm die Richtung vor, schrien ihn an. Er konnte nicht schneller gehen, auch wenn er gewollt hätte, er war zu schwach.

»Wir kommen so nicht schnell genug vorwärts. Entweder wir packen ihn auf ein Pferd oder wir lassen ihn hier irgendwo zurück.« Der Anführer hatte sich umgedreht, sah mit einem angeekelten Gesichtsausdruck auf Cristan herunter.

Cristan nutzte die kurze Pause, ließ sich auf den Boden fallen und schloss entkräftet die Augen. Plötzlich rissen ihn Hände nach oben, wuchteten ihn bäuchlings auf ein Pferd und banden ihn darauf fest.

»Los, Leute, jetzt im Galopp!«

Cristan wurde auf dem Pferd hin- und hergeschaukelt, sein Gesicht tief in die stinkende Pferdedecke gegraben. Angewidert drehte er seinen Kopf zur Seite, um Luft zu holen. Bilder rasten vor seinen Augen dahin, Bilder der Erinnerung, wie seine Keth, genauso auf einem Pferd liegend, von ihm weggebracht wurde. Ein Schluchzen stieg in seiner Kehle hoch, Tränen rannen über seine Wangen. Seine Keth und sein Kind, das er niemals kennenlernen würde. Wo waren sie? Warum waren sie nicht zurückgekommen? Alle hatten versagt. Er, das Luftvolk, seine Untertanen, alle.

Er spürte, wie das Seil, das ihn auf dem Pferderücken festhielt, die Spannung verlor. Durch die großen Galoppsprünge des Pferdes lockerte es sich immer mehr, und er wurde hart von links nach rechts geschleudert. Immer wieder. Er biss seine Zähne zusammen, stöhnte gegen den Schmerz an, und dann passierte es. Das Pferd unter ihm scheute vor einer grauen Beutelratte, die ihren Weg kreuzte. Es stieg auf die Hinterbeine, dann ließ es sich wieder auf alle viere fallen, um sofort nach hinten auszukeilen.

Cristans Hände waren gefesselt, so war er der Raserei des Tieres hilflos ausgeliefert. Als das Pferd erneut laut wiehernd stieg, rutschte er unaufhaltsam von der Decke nach hinten, konnte sich nicht abfangen, nicht drehen, nichts dagegen tun. Er knallte mit voller Wucht auf den sandigen Boden, spürte einen harten

Schlag gegen sein rechtes Auge, wie Staub in seinen Mund drang und ein metallischer Geschmack sich ausbreitete.

Ich werde sterben, jetzt, waren seine letzten Gedanken, bevor eine gnädige Dunkelheit sich über ihn legte.

27. KAPITEL

KETH – DREI TAGE VOR DEM SCHWARZEN TAG

Keth schreckte aus einem unruhigen Schlaf auf. Völlig erschöpft hatte sie sich mit ihrer Tochter im Arm kurz auf die Liege in ihrem Zelt gelegt. Dabei musste sie eingeschlafen sein. Sie hatte Aron im Traum gesehen, immer wieder war er von der Wolke gefallen, hatte mit den Armen gerudert, ihr unverständliche Worte zugerufen. Sie grübelte, versuchte, den Worten einen Sinn zu geben, übrig blieb immer nur das Wort »Tau«. Was hatte er damit gemeint? Ihr Herzschlag beschleunigte sich. Vielleicht hatte er das Seil an dem einen Ende der Wolke gemeint. Langsam stand sie auf, nahm ihren dicken Mantel und verließ leise das Zelt. Gorria schaute sie aus seinen dunklen Knopfaugen an, es war ihr, als wolle er sie beruhigen, er würde auf ihre Tochter aufpassen.

Mit zitternden Händen schob sie die Plane zur Seite, nichts hatte sich geändert. Wie immer in den letzten Stunden war sie von einem strahlenden Blau umgeben. Es war absolut still, die Sonne flimmerte golden auf sie herab, kühler Wind blies ihr die Haare ins Gesicht, sie fröstelte. Mit zusammengekniffenen Augen ging sie zum Rand der Wolke, vorsichtig, mit schlurfenden Schritten, immer darauf gefasst, dass die Wolke ohne Vorwarnung ins Nichts stürzen konnte.

Dort war das Tau. Nach wie vor war ein Ende an den dicken Stock gebunden, der Rest verschwand in der Wolke. Sie blieb davor stehen, betrachtete es und grübelte. Was sollte sie damit anfangen? Wie konnte dieses Tau ihr weiterhelfen? Keth kniete sich nieder, berührte es vorsichtig mit den Händen. Es fühlte sich grob und rau zwischen ihren Fingern an, straff gespannt zwischen dem Pflock und dem Wolkenboden.

Wiederholt fuhr sie mit der Hand darüber, verfolgte den Weg vom Pflock zum Boden. Erstaunt fuhr sie zurück. An der Stelle, an der das Tau im Boden verschwand, fühlte sich die Wolke wie feuchte Watte an. Ihre Finger spürten die weiche Kühle; ungefähr zwei Handbreit danach veränderte sich die Beschaffenheit, und es fühlte sich an wie der Boden, auf dem sie kniete.

Ihre Augen wanderten zum anderen Ende des Taus zurück. Der Knoten, mit dem das Tau am Pflock befestigt war, schien eng geschnürt zu sein. Sie würde versuchen, den Knoten zu lösen. Denn wenn sie genau darüber nachdachte, hatte Aron mit diesem Tau die Bewegungen der Wolke abgefangen, ja vielleicht hatte er damit sogar die Wolke gesteuert.

Aufgeregt tasteten ihre Finger über den Knoten, versuchten, eine Stelle zu finden, an der sie ansetzen könnten. Doch der Knoten war so fest zugezogen, dass er sich wie eine glatte Einheit anfühlte. Mit den Fingernägeln suchte sie eine Vertiefung, irgendetwas, wo sie beginnen konnte. Doch alles fühlte sich glatt und eben an. Frustriert stand sie auf, trat mit dem Fuß gegen den Pflock. Sie schaute sich den Knoten noch einmal konzentriert an, dann drehte sie sich weg. Vielleicht konnte ihr Gorria helfen.

Leise betrat sie ihr Zelt, lächelte kurz ihrer schlafenden Tochter zu und rief: »Gorria, komm, ich brauche deine Hilfe.« Innerlich schüttelte sie den Kopf über sich, denn der Vogel würde sie so sicher nicht verstehen. Also winkte sie ihm kurz zu, deutete an, dass er zu ihr kommen solle. Gorria gab leise schnarrende Geräusche von sich, klapperte mit dem Schnabel und verließ neben ihr her hüpfend das Zelt.

Sie zeigte mit zitternden Händen auf das Tau, machte aufknotende Bewegungen und blickte hilfesuchend zu Gorria. Er hatte sie unbeweglich beobachtet, machte einen großen Hüpfer, bewegte seine Flügel und flog davon. Keth schaute ihm mit offenem Mund nach. Alles hatte sie erwartet, aber nicht, dass er sie hier im Stich lassen würde. Ihre Knie gaben nach, kraftlos sank sie neben den Pflock. Wie hatte sie auch erwarten können, dass der Vogel sie in irgendeiner Weise verstehen würde, dass er ihr helfen konnte? Wahrscheinlich war es sowieso nur ein Zufall, dass er mit ihnen hier auf der Wolke war.

Ein schriller Schrei riss sie aus ihren schwarzen Gedanken. Sie erhob sich mühsam, ging mit hängenden Schultern zum Zelt und betrachtete regungslos ihre schreiende Tochter. Was sollte aus ihnen werden? Sie würden auf dieser verdammten Wolke sterben. Träge

Müdigkeit senkte sich auf sie, machte sie stumpf gegenüber Stjärnas Geschrei, blicklos für das rote, hungrige Gesicht des Babys. Sie sank auf den Boden und bewegte ihren Oberkörper vor und zurück.

Ein Ruck ging durch das Zelt. Für einen Moment herrschte absolute Stille, dann setzte Stjärnas Geschrei noch lauter und schriller wieder ein. Keth schob die Zeltplane am Eingang zur Seite und sah nach draußen.

»Gorria!«

Sie rannte zu dem großen roten Vogel, der das gelöste Tau im Schnabel hielt und damit hin und her hüpfte. Und die Wolke bewegte sich mit ihm. Keth traute ihren Augen nicht. Ihre Haut kribbelte, Hoffnung keimte leise in ihr auf. Das Tau verband sie mit der Wolke, sie konnten sie steuern, vielleicht auch damit irgendwo ankommen. Das Geschrei ihrer Tochter war in hysterische Schluchzer übergegangen. Keth nickte Gorria zu und ging zurück ins Zelt, um ihren Augenstern zu beruhigen. Sie legte sich zu ihrer Tochter auf die Liege, öffnete ihr Oberteil und legte sie an. Während Stjärna trank, ließ sie ihre Gedanken wandern. Sie waren nicht mehr ausgeliefert, sie konnten die Wolke steuern, vielleicht sogar irgendwo landen. Sehnsucht durchzog sie. Cristan! Sie würden es schaffen. Zurück in ihr herrliches Land, zu ihrem liebevollen Mann!

Als Stjärna fertig war, wickelte sie sie in trockene Tücher und band sie sich vor die Brust. Dann zog sie wieder ihren großen Mantel an und ging hinaus.

Vorsichtig nahm sie Gorria das Tau aus dem Schnabel, zog daran und bemerkte, dass dadurch ihre Fahrt verlangsamt wurde, sie schienen sogar etwas zu sinken. Keth kniete sich an den Rand der Wolke und blickte nach unten. Sie erkannte Wälder, Wiesen und am

Horizont einen Berg. Sollten sie versuchen, in diese Richtung zu fliegen, dort vielleicht sogar zu landen?

Gorrias Knopfaugen ruhten auf ihr, es war ihr, als könne der Vogel ihre Gedanken lesen. Er flatterte mit seinen riesigen Flügeln, hob mit einem Satz von der Wolke ab und flog einen großen Bogen, presste die Flügel dicht an seinen Leib und stieß wie ein Pfeil in die Tiefe. Atemlos schaute Keth ihm zu, bis eine graue Wolke ihr die Sicht nahm.

Sie hielt das Tau locker in ihren Händen. Gleichmäßig sanken sie, gleichzeitig schwebten sie in Richtung des Berges. Es schien zu funktionieren. Ein breites Grinsen überzog Keths Gesicht, sie hielt ihr Überleben mit diesem Tau in den eigenen Händen. Die Sonne strahlte grell auf sie herab, fasziniert beobachtete sie den Schatten, den ihre Wolke auf das Land unter ihr warf. Und aus diesem Schatten heraus löste sich ein roter Fleck, der immer größer wurde.

»Gorria!«, schrie sie. »Gorria!«

Als hätte er sie gehört, flog er einen großen Bogen, dann blieb er direkt vor der Wolke, als wolle er sie sicher ans Ziel geleiten.

»Du bist der Beste!«, jubelte Keth und winkte ihm begeistert zu, bewunderte sein schillerndes Gefieder, das durch die Sonnenstrahlen glänzte wie poliert. Doch der Glanz nahm ab, Gorrias Federkleid wirkte auf einmal stumpf und dunkelrot. Die Sonne war hinter einer großen grauen Wolke verschwunden, die dicht über ihnen schwebte. Leichter Nieselregen fiel auf sie herab, machte ihre Sicht verschwommen, ihre Sinne fühlten sich dumpf an, wie in Watte gepackt. Gorria war nicht mehr zu erkennen, grauer Nebel hatte ihn verschluckt. Irritiert bemerkte Keth, dass das bunte Zelt neben ihr grau und düster wirkte, ja dass alles von dichtem Nebel überlagert wurde.

»Eure Hoheit, schaut nach oben!«, hallte eine tiefe Männerstimme durch den Nebel. Keth fröstelte, ein unangenehmes Gefühl breitete sich in ihrem Magen aus. Ihre Gedanken überschlugen sich. Die Wolke über ihr war nicht einfach eine Wolke, denn von dort kam die Männerstimme. Und diese Stimme hatte sie mit Hoheit angesprochen. Ihr Bauchgefühl sagte ihr, dass derjenige, dem diese Stimme gehörte, nicht ihr Retter war.

28. KAPITEL

VALERIA – DER TAG NACH DEM SCHWARZEN TAG

Die Mauer war hoch, aber für sie nicht unüberwindbar. Ihr ganzer Körper vibrierte. Was für ein Abenteuer! Lazar nickte ihr stumm zu und begann konzentriert die Mauer hochzuklettern. Der Wind riss an seiner Kleidung, einmal wäre er fast abgerutscht, Valerias Herz setzte einen Schlag aus. Doch wenig später zog er sich auf die Mauerkrone, duckte sich und kroch zu der Stelle, an der die Mauer in die Stallwand überging. Dort verharrte er, blickte nach unten und winkte ihr zu.

Für sie war es ein Leichtes, nach oben zu kommen. Valeria huschte mit dem Wind die Mauer entlang und war mit einem kleinen Satz dicht neben Lazar. Sie fühlte sich so lebendig wie noch nie in ihrem Leben. Gemeinsam kletterten sie auf das Stalldach, immer darauf bedacht, möglichst keinen Lärm zu machen.

Dann waren sie an der Dachluke, durch die sie hoffentlich ins Innere gelangen würden.

Lazar legte sich auf den Bauch und spähte durch die verdreckte Luke. »Ich kann nichts erkennen. Aber uns bleibt nichts anderes übrig, wir werden hier runtermüssen.«

Valeria nickte stumm, schaute ihm zu, wie er den Rand des Fensters packte und vorsichtig nach oben zog. Die rostigen Scharniere machten ein schauriges Geräusch. Hoffentlich hörte sie niemand.

»Was war das? Habt ihr das gehört?«, klang eine tiefe, donnernde Stimme von unten zu ihnen.

Vorsichtig schloss Lazar die Luke und legte sich flach auf das Stalldach. Mit dem Zeigefinger vor seinem Mund signalisierte er Valeria, dass sie still sein sollte. Sie verdrehte die Augen. Was glaubte er? Dass sie jetzt lauthals losplapperte? Sie hatte ihm doch wohl in den letzten Stunden gezeigt, dass sie eine Frau war, die mitdachte.

»Das Geräusch kam von oben«, ertönte eine andere Stimme. »Geh du raus und schau nach, ob dieser große Vogel schon wieder auf dem Dach sitzt. Dann schieß ihn runter!«

Lazar winkte ihr aufgeregt zu. Sie krochen zurück über das Dach zur Mauer, kauerten sich dicht an die Stallwand und hofften, nicht entdeckt zu werden.

Valeria drückte sich eng an Lazar und lauschte. Es waren einige Schritte zu hören, Stille, wieder Schritte und dann eine polternde Stimme: »Wenn es der verdammte Vogel war, dann ist er auf jeden Fall weg. Das Dach ist leer.«

Sie harrten noch einige Zeit aus, dann starteten sie einen zweiten Versuch. Diesmal schaffte es Lazar, die

Luke fast geräuschlos zu öffnen. Ein unangenehmer Geruch stieg ihnen in die Nase. Valeria hatte so etwas noch nie gerochen. Eine Mischung aus Pferdemist, verschimmeltem Obst und einem Putzmittel, mit dem zu Hause die Türklinken geputzt wurden. Sie rümpfte die Nase. Was war da unten, dass es so stank? Angewidert wandte sie ihr Gesicht ab, holte tief Luft und sah dann wieder hinunter.

Fahles Licht beleuchtete die Stallgasse. Sie schien leer zu sein. Lazar nickte ihr zu. Behutsam löste er das Seil, das er sich um die Taille geschlungen hatte, und knüpfte es an die Querstange der Luke. Anschließend kletterte er in die Öffnung, schlang sich das Seil um den Körper und rutschte Stück für Stück nach unten. In der Stallgasse angekommen, schaute er sich um, wartete einige Zeit und winkte Valeria zu.

Ihr Herz schlug bis zum Hals. Entschlossen nahm sie das Seil in die Hände, schwang sich über die Querstange, und einen Augenblick später stand sie neben Lazar. Der Geruch war kaum zu ertragen, sie atmete so flach wie möglich. Neugierig sah sie sich um. Sie standen auf der breiten Stallgasse in der Mitte des riesigen Gebäudes. Die Wände konnte man nur erahnen, die Beleuchtung war zu schummrig. Was sie aber gut erkennen konnte, waren die vielen unglaublich breiten Türen, die sich links und rechts der Gasse befanden. Dahinter war es still, hin und wieder waren dumpfe Schnarchgeräusche oder kleine Grunzer zu hören.

Lazar nahm Valerias Hand und zog sie zu einem Zwischengang, der linker Hand abzweigte. Sie schauten hinein, auch hier das gleiche Bild: breite Türen, alle geschlossen.

Sie gingen einige Schritte weiter, als plötzlich am Ende des Gangs die übergroße Stalltür geöffnet wurde. Ein heller Lichtstrahl fiel in die Gasse. Sie rannten zurück, bogen in den breiten Hauptgang ein. Hektisch suchten sie eine Möglichkeit, sich zu verstecken, aber es gab nur die geschlossenen Türen und der Lichtkegel näherte sich der Abzweigung. In wenigen Momenten würde er die breite Stallgasse erreichen, und sie würden entdeckt werden.

»Wir müssen hier weg. Sie werden uns gleich sehen«, flüsterte Valeria atemlos. Ihre Befreiungsaktion durfte nicht hier enden. Bis jetzt war alles gut gegangen. Sie hatten einem Schneesturm getrotzt, der sie gehindert hatte, ihre Wolke an einem kleinen Berg in Sanïa festzumachen, sie hatten deswegen einen steilen Abstieg auf sich nehmen müssen. Sie waren mit knapper Not den Drachen des Drachenfürsten entkommen, hatten bei Freunden von Lazar Unterschlupf gefunden und waren Gerüchten gefolgt, die sie hierhergebracht hatten.

Lazar zog sie hinter sich her, versuchte, die nächstliegende Tür zu öffnen. Er rüttelte daran, doch sie ging nicht auf, auch die nächsten beiden Türen waren verschlossen. Valeria keuchte, spürte, wie sich Panik in ihr ausbreitete. Sie stolperte, ohne Lazars stützende Hand wäre sie gestürzt. Sie schaute sich um, jetzt würde derjenige, der das Licht hielt, um die Ecke biegen und sie sehen und losschreien, und die Hölle würde über sie hereinbrechen.

Lazar wurde immer schneller, zerrte an der nächsten Tür, an der daneben. Alle zu. Jetzt flackerte der Lichtschein in ihre Richtung. Valeria stockte der Atem, sie kniff die Augen zusammen, spannte ihre Muskeln an und lauschte, wartete auf ihre Entdeckung.

Ein heftiger Ruck an ihrer Hand löste ihre Starre. Lazar zog sie durch eine geöffnete Tür und schloss diese mit vorsichtigen Bewegungen. Den Rücken gegen die Tür gepresst, rutschten sie daran herunter und setzten sich auf den Boden. Valeria atmete bewusst ein und aus und unterdrückte mühevoll ein Stöhnen.

Ihre Nackenhaare stellten sich auf, Schritte kamen näher, blieben vielleicht zwei Türen von ihnen entfernt stehen. Licht drang durch die Ritze unter der Tür hindurch. Eine der Türen wurde geöffnet, etwas polterte, die Tür wurde wieder geschlossen. Die Schritte kamen näher. Valeria spürte, wie ihr Herz raste, Gänsehaut sich auf ihren Armen ausbreitete, ihre Zunge am Gaumen klebte. Sie drückte sich an Lazar, war dankbar für den Arm, der sich schützend um sie legte. Neben ihnen waren die gleichen Geräusche wie vorher zu hören: Die Tür wurde geöffnet, etwas polterte auf den Boden, die Tür wurde geschlossen.

Lazar zog sie heftig nach oben, weg von der Tür. Sie pressten sich an die Wand, hofften, dass sie hinter der sich öffnenden Tür auf den ersten Blick nicht zu sehen waren, und hielten den Atem an.

Die Schritte stoppten vor ihrer Tür. Sie ging auf, ein greller Lichtschein fiel in den Raum. Valeria blinzelte, wollte die Hände vors Gesicht schlagen, zwang sich aber, hinzuschauen. Und dann flog an ihnen ein großes Stück Fleisch vorbei, die Tür wurde zugeschlagen, und die Schritte entfernten sich.

Doch hier, in diesem Raum, näherten sich Schritte, schwer, geräuschvoll.

»Was ist das hier?« Valeria hielt krampfhaft Lazars Hand fest.

Er beugte sich zu ihrem Ohr und raunte ihr zu: »Ich glaube, wir sind in der Kinderstube der Drachenzucht.«

Valeria konnte gerade noch einen Aufschrei unterdrücken. Schemenhaft sah sie einen großen grauen Schatten, der sich über den blutigen Fleischbrocken hermachte. Schmatzend und vor Wohlbehagen stöhnend genoss das unbekannte Etwas sein Mahl.

»Was machen wir jetzt?«, fragte Valeria, sie zitterte am ganzen Leib.

»Wir werden versuchen, die Tür zu öffnen und rauszugehen«, sagte Lazar. »Werden wir hinbekommen. Du musst aber ganz leise sein. Und hör auf zu zittern.«

Valeria verspürte die ungezügelte Lust, ihn zu treten. Sie hatte so große Angst wie noch nie. War sie doch mit den Geschichten um den Drachenfürsten und seinen blutrünstigen Drachen aufgewachsen. Sie wusste genau, was ihnen blühte, wenn der Drache sie entdeckte. Sie entriss Lazar ihre Hand und machte einen Schritt von ihm weg. Dabei fiel ein Steinchen aus der Mauer hinter ihr auf den Boden, sie erstarrte. Auch das graue Etwas hatte sie gehört, es schnappte sich den letzten Fleischfetzen, drehte sich dann zu ihnen und kam mit zwei großen, stampfenden Schritten auf sie zu.

Jetzt konnten sie den grauen Schatten genauer sehen. Tatsächlich, ein junger Drache blinzelte sie an.

Valeria konnte einen Schrei nicht unterdrücken, presste ihren Rücken gegen die Mauer und kniff ihre Augen zu. Und wartete darauf, in einem großen Drachenmaul zu verschwinden.

29. KAPITEL

ARON – DREI TAGE VOR DEM SCHWARZEN TAG

»Los, steig da runter!«

Aron wurde unsanft zu der Strickleiter geschubst, die sein Cousin an der Wolke befestigt hatte.

»Du Verräter!«, brüllte Aron Riker an. »Wer hat dich gekauft? Warum machst du so was?«

»Wenn du nicht sofort die Klappe hältst, stopfe ich dir wieder dein loses Mundwerk.« Riker fuchtelte mit dem dreckigen, zusammengedrehten Tuch vor Aron herum.

Aron verzog sein Gesicht, er war froh, den Knebel endlich los zu sein. Er schwieg. Seine Gedanken überschlugen sich, seit er nach seinem Sturz, der durch das Anrempeln einer Wolke, die von Rikers Gefolgschaft gelenkt wurde, verursacht worden war, auf dessen Wolke gestürzt war. Er hatte es nicht glauben können, als er den Wolkenreiter der grauen Wolke erkannt hatte. Sein Cousin Riker, den er als Kind wie einen Bruder geliebt hatte, der vor zwei Jahren von einem Transportauftrag nicht zurückgekommen war, stand vor ihm und erklärte ihm, dass er nun ein Gefangener des Drachenfürsten sei. Danach hatte er ihn geknebelt und gefesselt und ihn in ein Zelt gelegt.

Aron hatte versucht, Geschwindigkeit und Richtung sowie Höhe zu fühlen, doch ohne jegliche Anhaltspunkte, umgeben von grauem Zeltleinen, war es ihm unmöglich, zu sagen, wohin sie ritten. Zwar spürte er immer wieder Kursänderungen, doch mit der Zeit verlor sich sein Orientierungssinn in träger Müdigkeit, in die ihn sein Gedankenkarussell getrieben hatte. Dies und die Sorge um Keth hinterließen ein dumpfes Gefühl des Versagens, und er biss die Zähne zusammen, um nicht heiße Tränen zu vergießen.

Er musste eingeschlafen sein, denn als Riker ihn unsanft am Oberarm gepackt und auf die Füße gezerrt hatte, waren keine Wolkenbewegungen mehr zu spüren. Sie waren irgendwo angekommen. Riker befreite ihn von seinen Fesseln, und plötzlich stand er vor einer Strickleiter. Er blickte nach unten und sah einen Turm, der aus einem schneebedeckten Schloss emporragte.

»Du wirst erwartet, also runter mit dir!« Noch einmal schlug ihm Riker gegen die Schulter, Aron schwankte und wäre fast über den Wolkenrand in die Tiefe gestürzt. Und diesmal wäre dort keine Wolke gewesen, die seinen Sturz aufgefangen hätte.

»Warum?« Aron schaute Riker in die Augen, drehte sich dann um und setzte einen Fuß auf die oberste Sprosse der Strickleiter. »Warum tust du deiner Familie das an?«

Riker kniete sich auf den Wolkenrand, mit den Händen umklammerte er Arons Schultern, sein Gesicht nur Zentimeter von Arons entfernt. Seine Stimme war dunkel: »Hier in Sanïa bin ich jemand. Der Drachenfürst weiß, was er an mir hat. Hier bin ich der beste Wolkenreiter und nicht nur der Cousin von Aron dem Herrlichen.« Hass blitzte in Rikers Augen auf, und Aron erkannte, dass er ihn am liebsten an den Schultern nach unten geschleudert hätte.

»Für mich warst du wie ein Bruder.« Aron sah ihn traurig an, schüttelte mit ruckartigen Bewegungen Rikers Hände ab und begann die Strickleiter langsam hinabzusteigen.

Er musste immer wieder innehalten, der Wind bewegte die Leiter zu stark. Schneeflocken verschleierten die Sicht, seine kalten Hände konnten kaum mehr das eisige Seil festhalten. Arons Zähne klapperten, sein Körper bebte vor Kälte. Als er schon glaubte, ewig so weiterklettern zu müssen und dabei zu erfrieren, sah er die Balustrade des Turms unter sich. Die letzten Meter rutschte er mehr, als dass er noch die Tritte mit den Füßen berührte, und fast unten angekommen, ließ er los und sprang hinunter.

Schwer atmend blieb er auf dem Boden liegen, blinzelte den Schnee von seinen Wimpern und sah blank geputzte Schuhspitzen vor seinen Augen. Am liebsten wäre er liegen geblieben, doch der Jemand, der dastand, drückte ihm roh einen Schuh in die Seite und sagte: »Besser, du stehst schnell auf. Der Vizekanzler von Sanïa wartet ungern.«

Aron stand ächzend auf. Es gab kaum eine Stelle an seinem Körper, die nicht wehtat oder sich abgefroren anfühlte. Seine Zehen waren taub, seine Knie fühlten sich an wie Pudding, in seinen Ohren rauschte es unangenehm. Doch würde er sich keine Schwäche erlauben, nicht vor dieser Person. Denn trotz heftigem Blinzeln änderte sich das Bild nicht: Vor ihm stand die schönste Frau, die er jemals gesehen hatte. Sie war groß, hatte helle Haare, die ihr über die Schultern fielen, große dunkle Augen, die von einem dichten Kranz heller Wimpern umgeben waren, und eine Figur ... Aron schluckte, konnte seinen Blick nicht von ihr lösen.

»Glotzt du alle Frauen so an? Mach wenigstens deinen Mund zu, sonst sieht das zu bescheuert aus.« Trotz der harschen Worte war ihre Stimme warm, er hätte ihr ewig zuhören können. Sie stieß ihn mit einem dünnen Schwert, das sie in beiden Händen hielt, gegen den Brustkorb, dann bewegte sie ihren Kopf nach links und sagte: »Du gehst vor mir her, wir gehen dort drüben durch die Tür, dann die Treppe hinunter. Am Ende der Treppe befindet sich der große Saal, dort wartet der Vizekanzler auf dich.« Sie stieß mit ihrem Schwert stärker zu. »Los!«

Aron setzte sich in Bewegung, spürte die Schwertspitze jetzt am Rücken. Seine Gedanken wirbelten umher. Was wollte der Vizekanzler von Sanïa von ihm? Ihm war klar, dass es nicht um ihn ging, sondern um Keth und ihre Tochter. Wie würde es weitergehen? Würden seine Eltern erfahren, was hier passierte? Könnten sie ihm helfen, oder war er völlig auf sich allein gestellt?

»Gehst du immer so langsam wie ein frisch geschlüpftes Drachenjunges?« Die Frage der Frau riss ihn aus seinen Gedanken. Automatisch beschleunigte er seinen Schritt, rannte fast die Treppe hinunter und stand schnell atmend vor der Tür, hinter der sich der große Saal befand. Die Frau raunte ihm noch »Mach jetzt keinen Fehler!« zu, öffnete die Tür, und Aron riss die Augen auf.

Er presste seine Lippen aufeinander, fast wäre ihm ein »Oha!« herausgerutscht. Vor ihm breitete sich ein Saal aus, der aus einem Märchenbuch gefallen sein musste. Der Boden bestand aus glänzendem, hellem Stein, die Wände glitzerten und blinkten, von der Decke hingen riesige Kristallleuchter, und in der Mitte lag ein dicker bunter Teppich, auf dem ein eckiger Holztisch stand.

Aron wusste nicht, wohin er als Erstes schauen sollte. Der Gesamteindruck war atemberaubend. Er drückte seine Fingernägel tief in die Handinnenflächen, der Schmerz ließ ihn erkennen, dass er tatsächlich hier war und nicht irgendwo lag und träumte. Das Verrückteste war jedoch, dass neben dem Tisch auf beiden Seiten kleine, rundliche Drachen lagen, die ihn aufmerksam beäugten. Aron spürte seinen Herzschlag, der sich immer mehr steigerte.

Die Frau hinter ihm pikste ihn wieder mit ihrem Schwert. »Geh weiter, bis zum Teppich!« Sie hörte sich auf einmal genervt und hektisch an.

Er tat, wie ihm geheißen, stellte überrascht fest, dass er den Mann, der hinter dem Tisch saß, erst jetzt bemerkte. Aron war vom Anblick des Saales und der Drachen so fasziniert gewesen, dass er ihn tatsächlich übersehen hatte. Obwohl er eigentlich nicht zu übersehen war. Er glitzerte fast so grell wie die Wände um ihn herum, war bestimmt dreimal so breit wie Aron und hatte einen grauen Bart, den er zu einem langen Zopf geflochten hatte. Und auch in diesem Zopf glitzerte und funkelte es. Aron nahm an, dass vor ihm der Vizekanzler saß. Aufgeregt strich er sich die Haare aus der Stirn.

»Knie nieder.«

Die hohe Stimme, die so gar nicht zu dem feisten Mann passte, erschreckte Aron so sehr, dass er sich augenblicklich auf seine Knie fallen ließ.

»Und jetzt berichte. Du sagst alles, was du weißt. Sei gewiss, wenn du etwas verschweigst, spüre ich es. Meine kleinen Tierchen hier neben mir werden dich dann mit ihrem heißen Atem erinnern, dass du dich besser genau erinnerst.« Wie zur Bestätigung richtete sich der linke Drache auf und schickte eine kleine Feuerwolke zu Aron.

Aron sprang hoch, war jedoch nicht schnell genug, seine linke Augenbraue knisterte und kokelte weg. Das tat verdammt weh. Am liebsten hätte er laut aufgeschrien, doch er konnte sich gerade noch zurückhalten. Diese Blöße würde er sich nicht geben.

»Knie dich sofort wieder hin, und solltest du noch einmal aufstehen, wird mein Tierchen zur Rechten sich bemerkbar machen.«

»Nein, nein, ich bleib auf den Knien und werde Euch alles berichten.« Aron versuchte, sich zu sammeln, seine Gedanken zu sortieren, musste sich aber eingestehen, dass er nicht wusste, was er erzählen sollte. Er räusperte sich. »Was genau wollt Ihr von mir wissen?« Seine Stimme hörte sich unangenehm leise und quietschend an. Er räusperte sich noch einmal.

»Wann bist du losgeritten, um die Königin zu suchen, wo hast du sie gefunden, und wohin wolltest du mit ihr?«, fragte der Vizekanzler schrill.

Mit einem Fingerschnippen zeigte er den Drachen, dass sie aufstehen sollten. Sie wandten sich Aron zu, öffneten ihre Mäuler und ließen kleine heiße Wölkchen aufsteigen.

Aron knetete aufgeregt seine Hände. Dann holte er tief Luft und begann zu erzählen.

30. KAPITEL

CRISTAN – ZWEI TAGE NACH DEM SCHWARZEN TAG

Cristan spürte, wie kühle Feuchtigkeit seine Lippen berührte. Langsam versuchte er, mit seiner Zungenspitze etwas von dem erfrischenden Nass aufzufangen.

»Mutter, Mutter, er wacht auf«, ertönte eine laute Frauenstimme neben ihm. Er wollte seine Augen aufmachen, wollte sehen, wer sich da neben ihm befand, doch er schaffte es nicht. Irgendetwas hielt seine Lider davon ab, schwer und eng.

Noch einmal fuhr er sich mit der Zunge über die Lippen.

»Macht Euren Mund ein bisschen auf, ich tröpfle etwas Flüssigkeit hinein.« Die warme Frauenstimme schien mit ihm zu reden. *Gut*, dachte er, *ich bin am Verdursten.* Langsam machte er seinen Mund auf und hätte wohlig aufstöhnen können, als die ersten

Wassertropfen auf seine Zunge fielen. Gierig schmatzte er, schluckte, öffnete wieder seinen Mund und hoffte, mehr zu bekommen.

»Du musst langsam machen«, vernahm er eine andere Stimme, rauer, tiefer und nicht so melodiös. »Er hat so lange nichts bei sich behalten können. Jetzt reichen erst mal die wenigen Tropfen, dann werden wir sehen, ob er mehr bekommen kann.«

»Du hast recht, Großmutter«, antwortete die erste Stimme.

Er benetzte seine Lippen mit der Zunge, hustete und stöhnte. Eine Hand berührte seine, irgendwie tröstend. Ein kühlendes Tuch wischte über seine Stirn, tupfte an seinen Schläfen entlang.

»Wo bin ich?« Endlich hatte er es geschafft. Zwar hörte sich seine Stimme schwach und tonlos an, aber er konnte sprechen. »Wo bin ich? Und warum ist es hier so dunkel?«

Stille, er hörte nur das Rascheln von Stoffen. Dann antwortete jemand: »Ihr seid in Woestijna. Wir haben Euch gestern in der Wüste gefunden, Eure Hoheit.«

Er schluckte trocken, versuchte, seine Gedanken zurückzudrängen. Erinnerungen stoben auf wie aufgeregte Vögel. Die Beleidigungen, die Misshandlungen, der Ritt auf dem Pferd, das Scheuen und Ausbrechen und das Gefühl, zu fallen.

»Pst, regt Euch nicht auf. Ihr fiebert stark. Besser, Ihr konzentriert Euch auf das Hier und Jetzt.«

Langsam schüttelte er seinen Kopf, ein jammervoller Ton kam aus seinem Mund. Tausend Nadeln schienen in seine Stirn zu stechen, Wellen von Übelkeit überzogen ihn, bitterer Gallensaft stieg in seinen Mund empor. Er würgte, schluckte, hörte, wie jemand sagte:

»Schnell, heb die Schüssel unter seinen Mund!« Und schon erbrach er sich schwallartig.

Die Übelkeit ließ nach, die Schmerzen in seinem Kopf jedoch nicht. Es raste, pochte und stach, das Dunkel vor seinen Augen blieb. Mühsam hob er einen Arm, die Anstrengung verkrampfte seine Muskeln. Schwach und zitternd fiel sein Arm wieder herunter.

Seine Lippen wurden feucht abgetupft, etwas Flüssigkeit in seinen Mund getropft. Er setzte erneut an: »Was ist mit mir passiert, warum kann ich meine Augen nicht öffnen? Ihr müsst es mir sagen!« Seine Stimme war kaum hörbar. Nervös versuchte er erneut, seine Hand zu seinem Gesicht zu führen.

»Lasst das, ich werde Eure Fragen beantworten.«

»Danke.« Seine Hand sank zurück, bewegungslos und angespannt lauschte er in die Stille.

Nach einigen Momenten begann die Stimme zu sprechen: »Ihr seid beim Wüstenvolk in Woestijna, wie haben Euch gestern am ausgetrockneten Großen See gefunden. Wir dachten, Ihr seid tot.«

Seine Hand verkrampfte sich. Wieder trat Stille ein.

»Bitte, lasst mich nicht warten«, krächzte er. »Berichtet weiter.«

»Wir waren auf dem Heimweg, wollten eigentlich Beuteltiere jagen, doch wir fanden kein einziges. Aber wir fanden Euch, in der heißen Sonne, ungeschützt, blutüberströmt. Und wir haben Euch sofort erkannt.«

Eine warme Hand drückte seine verkrampfte, streichelte und beruhigte.

»Wir haben Euch notdürftig verbunden und mit zu uns genommen. Meine Großmutter hat Eure Wunden versorgt, und seitdem kämpfen wir gegen das Fieber.«

Wieder schwieg die Stimme, die Stille zog sich in die Länge.

»Sagt endlich, was mit mir passiert ist!« Unruhig bewegte er seinen Kopf hin und her.

»Ihr habt schlimme Verletzungen im Gesicht. Meine Großmutter hat heilende Kräuter aufgetragen und einen Verband über Eure Augen gelegt.«

Kalte Furcht stieg in ihm hoch, ein Gefühl des Ausgeliefertseins, der dunklen Vorahnung und der Hilflosigkeit. Diesmal erreichte seine Hand sein Gesicht, er tastete über seine Wangen, dann spürte er das Tuch, das sich breit über seine Augen zog. Er zupfte daran, wollte seine Hand darunterschieben.

»Bitte lasst das. Der Verband sollte nicht verrutschen.«

»Aber was ist mit meinen Augen? Ihr müsst es mir sagen!«

Wieder spürte er eine warme Hand, sie ergriff seinen Arm und legte ihn neben seinen Körper zurück.

»Ihr habt ein Auge verloren, Eure Hoheit. Es tut mir so leid, aber wir konnten nichts mehr tun.«

»Und mein anderes Auge? Was ist damit?«

»Wir hoffen, dass wir es retten können. Ihr müsst einen Schlag gegen die Augen bekommen haben. Meine Großmutter vermutet, dass Ihr von einem Pferd getreten worden seid. Ein Auge wurde wohl direkt getroffen, das andere Auge gestreift.«

»Ich werde alles dafür tun, dass Ihr nicht erblindet«, schaltete sich die andere, rauere Stimme ein.

Gänsehaut überzog seinen Körper, er begann zu zittern, staunte über die klagenden Geräusche, die aus seinem Mund kamen, verachtete sich dafür, aber er konnte nicht damit aufhören.

»Macht Euren Mund auf, ich gebe Euch einen Kräutersud auf die Zunge, er wird Euch helfen.«

Dankbar schluckte er die bitteren Tropfen, die kläglichen Geräusche wurden leiser. Endlich konnte er der wärmenden Ruhe, die im Hintergrund auf ihn gewartet hatte, nachgeben, endlich verstummte alles um ihn herum.

31. KAPITEL

VAÏA – ZWEI TAGE NACH DEM SCHWARZEN TAG

Die Kinder tobten laut schreiend über die große Rasenfläche, die sich vor dem alten Haus erstreckte, dicht gefolgt und umrundet von der Hundemeute, die sie mit hierher ins Gebirge genommen hatten. Wenigstens die Kinder waren glücklich, durften sie doch, nachdem sie endlich angekommen waren, aus der engen Kutsche heraus und ihrem Bewegungsdrang nachgeben.

Ach, wenn doch ihr Leben auch so einfach gewesen wäre: aus der Kutsche heraus, etwas herumspazieren, das alte Haus sich zu eigen machen und das frühere Leben hinter sich lassen. Vaïa lachte ironisch auf, schüttelte den Kopf und schluckte gegen ihre aufsteigenden Tränen an. Sicher, das alte Haus von Montaques Eltern war groß, bot ihnen allen genügend Platz, war wunderschön eingebettet zwischen schneebedeckten Bergen und einem Gebirgsbach, ihre Kinder konnten hier sorgenfrei aufwachsen, aber es war nicht ihr herrliches Schloss, ihr Zuhause. Und sie war sich nicht sicher, ob es das jemals sein würde. Ihre Schwestern würden mit ihren Familien auch hier leben, nur einen kleinen Ausritt entfernt, das würde ihr helfen. Aber im Moment wollte sie sich ganz ihrem Selbstmitleid hingeben.

Fröstelnd zog sie ihre Schultern hoch, steckte das Wolltuch fest und hielt ihr Gesicht in die untergehende Sonne. Wo war Valja, warum meldete sie sich nicht? Was steckte hinter den verschlossenen Zugängen nach Sanïa? Sie rieb ihre Hände aneinander, versuchte so, ihre wirren Gedanken zu verscheuchen; vor allem den Gedanken an die Königin wollte sie auf keinen Fall zulassen. Und den Gedanken an ihre wunderschöne, törichte Tochter, die mit einem Wolkenreiter irgendwo unterwegs war und sich wahrscheinlich unglaublichen Gefahren ausgesetzt sah.

Montaque kam ihr mit strahlender Miene aus den Stallungen entgegen. »Lüftchen, wie herrlich es hier ist! Ich war viel zu lange nicht mehr hier, kann mich an vieles gar nicht mehr erinnnern.« Er umfasste ihre Taille, zog sie an sich und wirbelte sie im Kreis herum. »Bitte lächle mich einmal an. Schau nicht so sorgenvoll, das macht mir richtig Angst.« Zärtlich strich er einzelne Strähnen aus ihrer Stirn. »Wir werden hier glücklich leben können, schau nur, wie unsere Kinder strahlen. Sie werden frei leben, keine Angst vor Sklaverei haben müssen.« Er blickte ihr tief in die Augen, senkte seinen Kopf und küsste sie, zuerst leicht und vorsichtig, dann, als sie ihm entgegenkam, leidenschaftlich und wild.

»Wollen wir beide ins Haus gehen? Die Kinder werden uns nicht vermissen!«

Sie stupste ihn leicht gegen die Schulter. »Woran du schon wieder denkst! Ich kann vor lauter Sorgen kaum geradeaus schauen, und du willst mich am helllichten Tag ins Bett bekommen.«

Schnell packte er ihre Hand, zog sie wieder an sich und drehte sie in Richtung Haus. »Lüftchen …«

»Montaque, du sollst mich nicht so nennen!«

Gespielt zerknirscht blickte er sie an. »Ich schwöre Besserung, aber lass uns gemeinsam das Haus anschauen. Montus und die Stalljungen kümmern sich ums Gepäck, Monta hat schon die Küche in Besitz genommen.«

Langsam gingen sie auf das Haus zu. Vaïa ließ sich widerstrebend mitziehen, obwohl sie innerlich zugeben musste, dass ein bisschen Vergnügen in Montaques Armen sie von allem ablenken würde. Aber erst einmal würde sie sich zieren und sich alle Zimmer von ihm zeigen lassen. Und dann würde man weitersehen, zu leicht wollte sie es ihm nicht machen, ihrem Luftikus.

32. KAPITEL

KETH – FÜNF MONATE NACH DEM SCHWARZEN TAG

Versteinert saß sie neben ihm. Starr schaute sie geradeaus, verzog keine Miene, schwieg. Es war ihr egal, dass er sie dafür bestrafen würde, es war ihr egal, dass er sie wieder in ihr Zimmer sperren würde, sie würde sogar froh darüber sein. Er war ihr zuwider, es ekelte sie vor ihm, eher würde sie sich von der Balustrade am Wolkenturm stürzen, als ihn zu heiraten.

Nein, innerlich schüttelte sie empört den Kopf über sich, niemals würde sie ihre Tochter bei diesem Monster lassen. Nein, sie würde alles auf sich nehmen, damit ihrer Tochter nichts passierte. Wenn sie jedoch ohne ihren Augenstern hier gewesen wäre, hätte sie es getan.

Verzweifelt versuchte sie, ihren Gedanken Einhalt zu gebieten, Gedanken, die ihren Cristan erscheinen ließen, der ihr zuwinkte und immer das Gleiche rief: »Du bist eine starke Frau, du schaffst das! Wir werden uns wiedersehen und glücklich zusammen sein.«

Tja, dachte sie, *so wäre es im Märchen. Aber nicht in der Realität.* Vor allem nicht in ihrer Realität. Oder ihre Realität war ein Märchen, eines dieser grausamen, das ihre Mutter ihr niemals vorgelesen hätte. Seit Monaten war sie im Schloss des Drachenfürsten gefangen. Zwar hatte er ihr jeglichen Luxus zugestanden, den es in Sanïa gab, hatte auch für ihre Tochter das Beste ins Schloss bringen lassen, aber er hielt sie beide gefangen, er ließ sie nicht zurück nach Arcania, zu ihrem König, zu ihrer Liebe, in ihr Land.

Lange hatte sie gebraucht, bis sie verstanden hatte, wie alles zusammenhing und warum sie es nicht geschafft hatten, nach Arcania zurückzukehren. Überall hatte der Schwarze Fürst seine Hände im Spiel, und sogar in Sanïa, von dem alle glaubten, dass es ein Land in einer Sage sei, besaß er so viel Einfluss, dass der Drachenfürst die unsichtbaren Zugänge ins Land, von denen nur wenige wussten, versiegelte und Keth nach einiger Überlegung als begehrliches Objekt ansah.

Monatelang hatte sie die Hoffnung gehabt, dieses verdammte Sanïa irgendwie verlassen zu können. Als sie aber erfahren hatte, dass sowohl Aron als auch die Tochter von Vaïa und ein weiterer Wolkenreiter mit ihren Befreiungsversuchen gescheitert waren und nun als Sklaven in den Drachenstallungen leben und arbeiten mussten, war sie mutlos geworden und hatte sich aufgegeben.

»Meine Liebe, ich wünsche, dass du ein freundliches Gesicht machst«, sagte er und sah sie ernst an. »Die Sanïaner, die draußen Schlange stehen und dir ihre Aufwartung machen wollen, sollen eine glückliche zukünftige Drachenfürstin erleben. Und du weißt, was passiert, wenn du meinen Wünschen nicht Folge leistest.«

Keth kniff die Augen zusammen und nickte leicht.

»Schau mich an!« Seine Stimme klang düster und bedrohlich.

Keth musste sich zwingen, ihren Kopf zu ihm zu drehen. In ihrem Magen rumorte es; wenn sie sich nicht konzentrierte, würde sie ihren Mageninhalt auf seinen fürstlichen Schoß befördern. Sie öffnete ihre Augen und blickte ihn an.

»Und jetzt lächelst du noch freundlich, dann können wir die Türen öffnen lassen, und das Defilee kann beginnen.«

Mühsam hob sie ihre Mundwinkel, gleichzeitig krampfte sie ihre Hände in die Rockfalten des voluminösen Kleides, das er sie gezwungen hatte zu tragen.

Angst war das kleinste Gefühl, das sie hatte, wenn sie ihn anschauen musste, Ekel das größte. Dazwischen spielten sich Gefühlsdramen ab, die sie jedes Mal erschöpft zurückließen. Und von Mal zu Mal wurde es schlimmer. So schlimm, dass nur der Hauch seines Geruchs sie zum Würgen brachte. Diese Kombination aus vergorenen Eiern, Schwefel, ungewaschenem Körper und saurem Atem war für sie nicht zu ertragen.

Das Knarren der sich öffnenden Türen schreckte sie auf. Vor ihr erstreckte sich der in dunklem Rot gehaltene Fürstensaal, an dessen Ende nun die deckenhohen Türen offen standen und ihr klarmachten, dass der Tag noch lange nicht zu Ende war. Denn vor den Türen stand eine unüberschaubare Menschenmenge, die anscheinend nichts Besseres zu tun hatte, als einmal im

Leben den Fürstensaal betreten und die zukünftige Fürstin anfassen zu dürfen.

Ihr graute davor. Wie hatte das hier passieren können? Sie war verheiratet, sie war Königin eines wunderbaren Landes, sie konnte niemals Drachenfürstin werden, und sie konnte sich nicht von all diesen Sanïanern anfassen lassen.

Man hatte sie darauf vorbereitet, seit der Drachenfürst es sich in den Kopf gesetzt hatte, sie zu seiner Frau zu nehmen. Seitdem wurde sie gefüttert, gepflegt, es wurde versucht, ihre kurzen Haare zu verlängern, sie wurde mit den schönsten Kleidern und dem teuersten Schmuck behängt und in die Drachentradition eingeführt, zu der auch gehörte, dass eine zukünftige Drachenbraut es erdulden musste, dass jeder den Rock ihres Kleides berühren durfte, weil das Glück und reichen Kindersegen bringen sollte.

Ihr Magen machte sich wieder bemerkbar. Sie drückte eine Hand dagegen, beugte sich in ihrem Thronsessel nach vorne.

»Geht es dir nicht gut, meine Liebe? Schwanger kannst du ja wohl noch nicht sein. Aber bald!« Dröhnend lachte er und schlug sich mit seiner riesigen Pranke auf den Oberschenkel.

Das war eindeutig zu viel. Schwallartig erbrach sie ihren Mageninhalt vor seine Füße.

Wie von der Tarantel gestochen sprang er auf und schrie: »Schließt die Türen, sofort! Wir brauchen noch etwas Zeit.«

Mit angeekelter Miene drehte er sich zu seiner Hofmarschallin: »Finde sofort jemanden, der diese Sauerei wegwischt. Lüftet. Putzt meine Schuhe sauber.«

Dann drehte er sich zu Keth um, die kreidebleich in ihrem Sessel saß, die Augen geschlossen, den Mund mit ihrer rechten Hand bedeckt.

»Wenn du das noch einmal machst, werfe ich dich in den Drachenstall.« Er trat dicht vor sie, fasste ihr ins Genick und zog sie zu sich hoch. »Geh, mach dich sauber, und wenn du nicht sofort wieder zurückkommst, siehst du dein Balg die nächsten Tage nicht mehr.« Er ließ sie los, Keth fiel in ihren Sessel zurück.

Sie öffnete ihre Augen, riss sie regelrecht auf und flüsterte: »Ich weiß nicht, ob das nicht noch mal passieren wird, denn Ihr ekelt mich an.« Dann stand sie auf, raffte ihren voluminösen Rock und rannte auf die Bedienstetentür zu. Dort angekommen, drehte sie sich noch einmal um und spuckte mit Schwung in seine Richtung. Sie riss die Tür auf, ging hindurch und lehnte sich mit schnell klopfendem Herzen gegen die Wand.

Das war zu viel gewesen, sie hätte ihm diese Worte nicht an den Kopf knallen dürfen. Warum hatte sie nicht ihren Mund gehalten? Langsam rutschte sie an der Wand hinunter, zog ihre Knie an und legte schluchzend ihren Kopf darauf.

33. KAPITEL

LAZAR – SECHS MONATE NACH DEM SCHWARZEN TAG

Er zog sie näher an sich, vergrub seine Nase in ihren Haaren und genoss den Geruch, den sie verströmte. Trotz aller Schwierigkeiten, sich hier täglich zu waschen, schaffte sie es, immer sauber zu sein. Und so herrlich zu riechen. Müde schloss er seine Augen, doch wie so oft in letzter Zeit konnte er nicht einschlafen. Obwohl die Tage zermürbend und körperlich anstrengend waren, er es kaum schaffte, beim Abendessen die Augen offen zu halten, war er, sobald sie auf seiner schmalen Pritsche lagen, hellwach, und seine Gedanken liefen im Kreis.

Seit Monaten waren sie in diesem furchtbaren Drachenstall eingesperrt, mussten wie die Sklaven arbeiten, wurden auch so behandelt und hatten bis jetzt keine Möglichkeit gefunden, zu fliehen. Sie hatten sich angepasst, sich anlernen lassen in der Kunst der

Drachenaufzucht und waren, zumindest in seinen Augen, ganz passable Drachenpfleger. Aber das war nicht ihr Leben! Daran durften sie sich nicht gewöhnen. Sie hatten seit Monaten keinen frischen Wind mehr gespürt, keinen Himmel und keine Wolken gesehen, nur Drachenscheiße, Drachenfressen und diesen Stall.

Valeria regte sich in seinen Armen, gab leise gemurmelte Geräusche von sich, kuschelte sich dichter an ihn und schlief weiter.

So durfte es nicht weitergehen. Mit schwindelerregendem Tempo wurde die Hochzeit des Drachenfürsten vorbereitet, und die Königin konnte sich nicht wehren. Auch sie schauten nur fassungslos zu. Sie hörten über den Hoftratsch einiges. So wussten sie, dass die Königin litt, kaum mehr etwas aß, nur noch mit ihrer Tochter sprach und vor ihrer aller Augen immer weniger wurde.

Auch hatten sie gehört, dass das Defilee ein Desaster gewesen war, angefangen vom Erbrechen Keths auf die Schuhe des Fürsten bis zur Stürmung des Saales durch die Sanïaner, die alle gleichzeitig ihr Kleid berühren wollten.

Diese Hoffnungslosigkeit musste aufhören, sie mussten sich aus diesem Sog der Mutlosigkeit und Trägheit befreien. Vielleicht hatte Aron etwas ausfindig machen können. Er hatte ihn heute Abend getroffen. Noch einmal ließ er sich die wenigen Sätze, die er mit Aron an der Essensausgabe gewechselt hatte, durch den Kopf gehen. Aron war auch in der Drachenpflege eingeteilt, jedoch in einer anderen Stallgasse als Valeria und er. Ab und zu sahen sie sich beim Essen, so nahe wie heute waren sie sich jedoch in den letzten Monaten nicht mehr gekommen. Lazar hatte von den anderen

Drachenpflegern schon einiges über Aron gehört. Er wusste, dass er einen florierenden Tauschhandel aufgebaut hatte, woher auch immer er die Sachen hatte. Und er schien ein Charmeur zu sein, die Frauen lagen ihm zu Füßen.

Dazu passte auch, was Aron ihm zugeflüstert hatte. Morgen Abend, wenn der Mond aufgegangen war, sollte er mit Valeria in die Geschirrkammer kommen. Er hätte eine Idee.

Valeria murmelte etwas, drehte sich von ihm weg und zog dabei die Decke mit. Fröstelnd verschränkte er seine Arme vor der Brust und starrte an die Decke. Dieses Treffen morgen Abend war ein klitzekleiner Hoffnungsschimmer. Irgendwie musste es ihnen gelingen zu fliehen, zusammen mit der Königin und ihrer Tochter. Er wollte gar nicht darüber nachdenken, wie es den Wolkenreitern zu Hause ging oder Valerias Lufteltern oder dem ganzen Land Arcania. Nein, diese Gedanken schob er weit nach hinten. Er machte sich schon genug Sorgen um Valeria, um sich, die Königin und auch um Aron, was er irgendwie komisch fand.

Vorsichtig zog er an der Decke und schaffte es, einen Zipfel über sich zu ziehen. Er legte einen Arm um Valeria und schloss wieder die Augen. Valeria, seine Valeria, die ihn immer wieder in Erstaunen versetzte. Aus einem behüteten Luftmädchen war eine selbstbewusste, belastbare junge Frau geworden, die sich bei den derben Drachenpflegern verstand durchzusetzen und von den Jungdrachen respektiert und sogar geliebt wurde.

Sein Herz zog sich zusammen, als er an ihren ersten Kuss dachte. Ein herrlicher, losgelöster Moment, den er so genossen hatte, dass er während der nächsten Tage fieberhaft versucht hatte, sie wiederzusehen. Als sie zufällig in derselben Kammer Futter für ihre Drachen geholt hatten, hatte er sie an sich gezogen und zärtlich geküsst. Seitdem teilten sie eine winzige Schlafstelle, was von den anderen Pflegern toleriert wurde.

Leise stöhnte er. Ob sie jemals mehr teilen würden als dieses winzige Lager, abgetrennt durch fadenscheinige Laken, umgeben von anderen Drachenpflegern?

Das Laken vor ihm wurde zu Boden gerissen, das Licht einer Laterne leuchtete ihm ins Gesicht. »Los aufstehen, einer deiner Drachen ist krank!«

Lazar setzte sich ruckartig auf.

»Mach schon!«, drängte die Stimme.

Er streichelte kurz über Valerias Haar. »Ich bin gleich wieder da, schlaf weiter.« Seine Stimme war bemüht ruhig und gelassen, obwohl sein Herz raste und sein Magen sich krampfartig zusammenzog. Zitternd stand er auf, schlüpfte in die Arbeitsschuhe und ging hinter dem Wärter her. Seine Hände waren feucht vor Aufregung, sein Kiefer angespannt. Er schluckte gegen die Angst an. Denn Lazar hatte gehört, was mit Pflegern passierte, deren Drachen krank wurden. Oder noch viel schlimmer – starben.

34. KAPITEL

VALERIA – SECHS MONATE NACH DEM SCHWARZEN TAG

Hektisch schaute sie sich um. Sie wusste nicht mehr, in wie vielen Stallgängen sie schon gesucht hatte. Lazar war verschwunden. Als sie heute Morgen aufgewacht war, hatte sie allein auf ihrer schmalen Pritsche gelegen. Das war noch nie vorgekommen. Schnell hatte sie sich mit einem nassen Tuch frisch gemacht und war losgestürmt. Zuerst hatte sie bei Lazars Drachen nachgesehen. Aber dort war alles ruhig gewesen, ihre Boxen waren noch nicht sauber gemacht worden. Sie rannte von einer Stallgasse in die nächste, fragte jeden, der ihr über den Weg lief – nichts, keine Spur von Lazar. Tränen drückten hinter ihren Lidern, ihr Herz pochte verzweifelt, sie schluckte gegen ihre Panik an.

Als Letztes blieb ihr noch die Kantine, vielleicht war er ja so hungrig gewesen, dass er ohne sie zur Essensausgabe gegangen war. Aber als sie den

Gedanken zu Ende gedacht hatte, wusste sie bereits, dass sie falschlag. Niemals würde er ohne sie zum Essen gehen.

Trotzdem stieß sie mit Schwung die Tür auf und blickte sich um. Der riesige Raum war voller Pfleger, ein lautes Stimmengewirr schlug ihr entgegen, Geschirr klapperte, Stuhlbeine kratzten über den Steinboden. Sosehr sie es sich auch wünschte, nirgends war Lazar zu sehen. Am liebsten hätte sie sich an Ort und Stelle auf den Boden geworfen, hätte geschrien und geweint. Valeria ging weiter in den Raum hinein, suchte nach bekannten Gesichtern. Sie konnte jedoch niemanden aus ihrer Stallgasse entdecken. Zwei Drachenpfleger gingen an ihr vorbei, und sie schnappte einige Wörter ihres Gesprächs auf: »Zu klein, krank, frisst nicht …«

Und da wusste sie, wo sie Lazar suchen musste. Ihm wurden immer wieder Drachenkinder anvertraut, die schlecht fraßen. Lazar schien ein Händchen dafür zu haben, und meistens begannen sie nach wenigen Tagen ganz normal zu fressen und Gewicht zuzulegen. Sie rannte los, verließ die Kantine, querte den Hauptgang und spurtete einen schwach erleuchteten schmalen Gang entlang, an dessen Ende sich eine rote Tür mit Guckloch befand.

Atemlos blickte sie durch das verglaste Loch und hätte vor Erleichterung jubeln können. Am anderen Ende des Raums saß Lazar neben einem unnatürlich ruhig daliegenden kleinen Drachen. Ihre Erleichterung schwand jedoch, als sie sah, dass Lazar eine große Bürste in der Hand hielt und mit ihr in kreisenden Bewegungen über den aufgeblähten Drachenbauch fuhr. Er kümmerte sich um einen kranken Drachen. Das war gefährlich, denn wenn er es nicht schaffte, dass der

Kleine wieder gesund wurde, würde man ihm das anlasten. Sie schauderte.

Valeria drückte die Klinke herunter, aber wie nicht anders erwartet, war die Tür verschlossen. Die Drachenräume in diesem Gang durften nur von Wärtern geöffnet werden, Lazar war also eingesperrt. Sie klopfte vorsichtig gegen das Fenster, wedelte aufgeregt mit ihrer Hand, als Lazar aufblickte.

»Was machst du da?« Eine barsche Stimme ließ sie zusammenfahren.

»Ich habe nur nach Lazar geschaut«, sagte sie, »er arbeitet mit mir im Gang zwölf.«

»Du hast hier nichts zu suchen, geh an deine Arbeit!« Der Wärter packte sie am Arm und zerrte sie von der Tür weg. Im Augenwinkel konnte sie noch erkennen, dass Lazar ihr zuwinkte. Er hatte sie also gesehen.

»Lass mich los, ich geh ja schon.« Flink duckte sie sich unter den Händen des Wärters weg und rannte den Weg zurück, den sie gekommen war. Tatsächlich musste sie sich sputen, sie war spät dran, das würde unangenehm auffallen. Und sie hatte schon einige Ermahnungen erhalten.

In ihrem Gang angekommen, schnappte sie sich den großen Futtereimer, füllte ihn in der Futterkammer mit frischen Fleischbrocken und begann mit ihrer zermürbenden Arbeit: füttern, Boxen frisch machen, Drachen bürsten, dann ein kleiner Spaziergang im großen angrenzenden Stall, füttern, Ruhezeiten überwachen, füttern, Boxen für die Nacht vorbereiten, dann zum Essen in die Kantine und endlich wieder schlafen dürfen. Und während all dieser Arbeit machte sie sich große Sorgen um ihren Lazar.

35. KAPITEL

CRISTAN – VIER MONATE NACH DEM SCHWARZEN TAG

Zögernd trat er nach draußen. Es war sehr früh am Morgen, die Luft war noch frisch. Das würde sich schnell ändern, wenn die Sonne hinter dem großen Gebirge hervorkam. Dann würde die Hitze dafür sorgen, dass das Wüstenvolk sich in den Schatten ihrer Hütten verzog. Sie lebten in einem Rhythmus, den die Wüste ihnen vorgab. Ihre Hütten hatten sie so gebaut, dass jeder Luftzug für Abkühlung sorgte, sie nachts jedoch vor der Kälte geschützt waren. Er lauschte in die Weite der Wüste. Stille, herrliche Stille umgab ihn, umschmeichelte seine Seele, legte sich wohltuend auf sein von Sorgen zermartertes Gehirn.

Er griff nach seinem kunstvoll geschnitzten Gehstock und ging die schmalen Holzstufen von der Terrasse zu der Gruppe großer Josuabäume. Vorsichtig rutschte er am Stamm eines der Bäume auf den Boden, versuchte, eine bequeme Sitzposition zu finden, und atmete tief durch. Dies war einer seiner Lieblingsplätze, auch wenn er große Mühe hatte, wieder aufzustehen. Aber das war es wert.

Still schaute er in die Wüste. Wie oft er hier schon gesessen und seinen Gedanken freien Lauf gewährt hatte. Wie oft er hier schon mit seinem Schicksal gehadert und sich gestattet hatte, den Tränen der Sehnsucht nachzugeben. Jede Nacht erschien ihm seine Keth im Traum, jede Nacht schien sie ihm zuzuwinken und ihn zu bestärken, durchzuhalten für sie und ihr Kind.

Es hatte Momente in den letzten Monaten gegeben, in denen er nahe daran gewesen war, aufzugeben. Zum Beispiel als Maeva ihm gesagt hatte, dass er ein Auge verloren habe. Als sie nach vielen Wochen seinen Verband abgenommen hatte und er mit dem verbleibenden Auge nicht klar sehen konnte, als er deswegen vor einigen Wochen die Stufen hinuntergestürzt war und sich dabei sein Bein gebrochen hatte – ja, es hatte einige Momente gegeben.

Jetzt saß er hier, konnte zwar seine Umgebung wieder deutlich erkennen, hatte jedoch noch große Beschwerden beim Gehen, denn die Knochen in seinem Bein wollten nicht richtig zusammenwachsen. Wenn jetzt seine Keth zurückkommen würde, würde sie ihn noch lieben können? Er war nicht nur kein König mehr, er sah mit seiner Augenbinde angsteinflößend aus, dazu musste er noch diesen Gehstock benutzen. Nein, mit ihm war nichts mehr anzufangen. Vielleicht war es ganz gut so, dass Keth nicht mehr nach Arcania zurückgekehrt war. So einen wie ihn konnte sie sicher nicht mehr lieben.

Aber sein Kind hätte er gerne kennengelernt. Schmerzhaft zog sich sein Herz zusammen. Ob es Keth ähnlich sah oder vielleicht ihm? Ob es ein Junge oder ein Mädchen war? Er blinzelte diese verdammten Tränen zurück, die ihn immer wieder überfielen, wenn er an sein Kind dachte.

»Cristan. Hätte ich mir denken können, dass du hier sitzt. Wie geht es dir?« Maeva kam den Weg entlang. Sie war eine hübsche Frau, hatte ihn gepflegt und ihm in dieser schweren Zeit immer zur Seite gestanden. Er fühlte sich wohl in ihrer Gegenwart, spürte jedoch in letzter Zeit, dass sie mehr für ihn zu empfinden schien, als es gut für sie beide war.

»Heute geht es ganz gut, mein Bein macht zwar noch nicht richtig mit, aber auch das wird hoffentlich einmal besser werden.« Er klopfte mit seiner flachen Hand auf den Boden neben sich. »Komm, setz dich zu mir. Oder hast du keine Zeit?«

Sie kam näher, stellte ihren Korb ab und setzte sich mit einem leisen Ton des Wohlbehagens neben ihn. »Tut das gut, endlich zu sitzen.«

»Wo warst du denn? Du musst ja mitten in der Nacht aufgestanden sein.«

Maeva lächelte ihn an. »Nicht ganz mitten in der Nacht, aber schon relativ früh. Wir haben Schlangen gejagt, und tatsächlich war uns das Jagdglück hold.« Sie zog ihren Rock über ihre Beine und lehnte sich gegen den Baumstamm. »Dazu muss man sehr früh aufstehen, noch wenn es dunkel ist, bevor sie aus ihrem Bau kommen und sich in die Sonne legen.«

Cristan schaute sie von der Seite an. Wie alle Frauen ihres Volkes trug sie weite Kleidung, die jeden Luftzug aufnehmen konnte, und ein buntes Stirnband, das den

Schweiß auffing. Sie gefiel ihm mit ihrem klaren Profil, den blau-grauen Augen, ihren glatten langen Haaren, die sie jeden Tag sorgsam zu einer Zopfkrone hochsteckte. Er wusste, wenn er ihr nur ein klitzekleines Stückchen entgegenkommen würde, wäre es um sie beide geschehen. Das würde nicht passieren, dafür würde er sorgen. Er liebte seine Keth aus tiefstem Herzen, er würde auf sie warten, auch wenn die Hoffnung, dass dieses Wunder geschah, von Tag zu Tag mehr schrumpfte.

»Hast du in den letzten Tagen etwas vom Schwarzen Fürsten gehört?«, fragte Cristan. Er setzte sich aufrechter hin, drückte seinen Rücken gegen den Baumstamm und vergrub eine Hand in die sandige Erde neben sich.

»Nur immer das Gleiche: Er ist ein schlechter König, beutet das ganze Land aus, lässt die, die vor ihm geflüchtet sind, suchen, und wenn man sie gefunden hat, dann findet wieder eine Schauhinrichtung vor dem Schloss statt. Das Volk begehrt auf, hungert, doch er lässt jeden verhaften, der gegen ihn ist.«

Cristan schloss die Augen, Kälte zog durch sein Inneres. Sein schönes, reiches, glückliches Land wurde zerstört, und er war schuld. Wegen dieser einen falschen Entscheidung. Hätte er es nur für sich behalten, dass seine Keth schwanger war. Doch er hatte es ja herausbrüllen müssen wie ein Idiot.

Fast unmerklich schüttelte er seinen Kopf, spürte dann eine warme Frauenhand an seiner Wange, die vorsichtig eine Träne wegwischte, die von ihm gänzlich unbemerkt herunterrann.

»Keine schwarzen Gedanken, Cristan. Das tut deiner Heilung nicht gut. Es kommt, wie es kommt. Und du kannst es mit deinen Grübeleien nicht ändern.«

Zaghaft nickte er, er wusste es ja selbst. Wenn nur dieses Bein endlich wieder richtig zu gebrauchen wäre. Aber so saß er nutzlos herum, konnte Maeva und ihr Wüstenvolk nicht unterstützen.

»Gib mir deine Hand, Cristan, ich helfe dir auf, und wir gehen gemeinsam ins Haus. Du kannst mir helfen, ich muss die Schlangen häuten.«

Als Cristan stand, beschattete er seine Augen mit der Hand und schaute zum Horizont. »Maeva, siehst du die Staubwolke? Es kommen Reiter.«

Maeva sah in die Richtung, in die er zeigte, holte hörbar Luft und sagte: »Cristan, wir beeilen uns besser. Das scheinen die Schergen des Schwarzen Fürsten zu sein.«

36. KAPITEL

KETH – SECHS MONATE NACH DEM SCHWARZEN TAG

»Lasst mich los!« Zornig versuchte sie, seine Hand von ihrem Arm zu schütteln. »Lasst mich los, Ihr tut mir weh!«

»Dann halte still! Je mehr du zappelst, desto fester werde ich zupacken.«

Keth biss die Zähne aufeinander, bemühte sich, seine schuppige Hand dort zu tolerieren und still zu halten.

»So ist es doch besser. Warum machst du immer so ein Theater?« Spöttisch lächelnd blickte er auf sie herunter. »Ich halte mich an die Regeln der Drachenfürsten, keine Sorge, und werde dir erst nach unserer Hochzeit wirklich näherkommen.« Nun packte er auch mit der anderen Hand zu und zog sie dicht an sich. »Auch wenn es mir von Tag zu Tag schwererfällt.«

Keth würgte, der modrige Drachengeruch, der immer von ihm ausging, war unbeschreiblich. Sein feistes Gesicht mit der dicken, nach oben gewölbten Nasenspitze und den fleischigen, feuchten Lippen war viel zu dicht vor ihr. Sie schloss so fest die Augen, dass sie bunte Ringe hinter den Lidern sah, und taumelte zurück, als er sie plötzlich losließ.

»Noch zwei Tage, dann gehörst du mir, wirst die Drachenfürstin von Sanïa und die Mutter von vielen kleinen Drachenfürsten.«

Entsetzt sah sie ihn an. Sie krallte ihre Hände in den knisternden Stoff ihres Rockes und schüttelte vehement den Kopf. »Ihr wisst, ich bin verheiratet. Ich kann und werde Euch nicht heiraten. Wenn Ihr mich dazu zwingt, dann …«

»Was dann?«, unterbrach er sie mit harter Stimme. »Was willst du machen? Mir ein Messer zwischen die Rippen stoßen, mich vergiften, aus dem Fenster springen?«

Genau diese Szenarien hatte sie wieder und wieder durchgespielt. Keines davon war für sie realisierbar. Dazu wurde sie und vor allem er zu gut bewacht.

»Denk an dein Kind. Wenn dir etwas zustößt, werden wir es ins Waisenhaus bringen.« Mitleidig verzog er sein Gesicht. »Und dort ist es weder königlich noch herzlich.«

Tränen stauten sich in ihren Augen.

»Nein, du musst nicht weinen.« Mit einer übertriebenen Geste beugte der Drachenfürst sich vor und reichte ihr ein Taschentuch. Da sie es nicht entgegennahm, ließ er es los und beobachtete, wie es langsam zu Boden fiel. Dann lachte er auf, drehte sich um und verließ mit großen Schritten den Raum.

Als die Tür hinter ihm krachend ins Schloss gefallen war, ließ sich Keth kraftlos auf den Boden sinken, verbarg ihr Gesicht in den Händen und schluchzte laut auf. In den letzten Monaten hatte sie so viel geweint wie noch nie in ihrem Leben. Dieses Gefühl des Ausgeliefertseins, dieses Nichtausweichenkönnen einer nahenden Katastrophe, die erniedrigende Hilflosigkeit – das alles nahm ihr immer mehr die Kraft, ihre Hoffnung aufrechtzuerhalten.

Ein lautes Geräusch ließ sie zusammenschrecken. Sie wischte mit einem Zipfel ihres Rockes ihr Gesicht trocken und stand auf. Gorria saß auf der Balustrade und tippte mit seinem Schnabel gegen das Fenster.

»Gorria, wo kommst du denn her?« Hektisch öffnete sie das Fenster und half dem Vogel, ins Zimmer zu schlüpfen. Keth streichelte ihm liebevoll über seinen großen Kopf, fuhr am langen Schnabel entlang und hauchte ein Küsschen neben eines seiner Knopfaugen. »Wo warst du in den letzten Tagen? Ich habe mir schon Sorgen gemacht, dass dir etwas zugestoßen ist.«

Gorria hüpfte aufgeregt auf und ab, klapperte mit seinem Schnabel, breitete seine Flügel aus und stieß dabei ein Monstrum von Vase um, das wie ein Wunder nicht in tausend Stücke zersprang.

Keth fuhr ihm über seine roten Federn, kraulte seinen Kopf und hoffte, dass er sich beruhigen würde. Doch weiterhin hüpfte er auf und ab, dann fiel er plötzlich zur Seite um und streckte seine dürren Beine aus.

Da sah sie es. An einem Bein hing etwas. Besser gesagt, dort war etwas befestigt. Vorsichtig griff sie nach seinem Bein, versuchte, das kleine Päckchen loszubinden. Doch es war so geschickt festgemacht, dass sie es ohne Hilfsmittel nicht abbekam.

Messer und Scheren hatte man aus ihrem Zimmer entfernt, was also konnte ihr helfen? Krampfhaft überlegte sie, dann ging sie zu der Vase, die auf den Steinboden gefallen war, ohne kaputtzugehen. Sie drehte sie hin und her, betrachtete sie genau, und da war es, was sie suchte: Die Vase hatte durch den Sturz einen Sprung bekommen, der sich quer über eine Seite zog. Sie drehte sie so auf dem Boden, dass sie etwas Schwung holen konnte, und stieß sie dann gegen die Wand.

Tatsächlich, langsam zerfiel die Vase in mehrere Stücke.

Schritte näherten sich, eine Stimme rief: »Alles in Ordnung, Eure Hoheit?«

Keths Herz raste, und sie sagte: »Natürlich, ich habe eine Vase umgestoßen. Sie ist dabei kaputtgegangen. Aber bitte kommt nicht herein, ich ziehe mich gerade um.« Bewegungslos lauschte sie, auch Gorria hatte aufgehört, mit dem Schnabel zu klappern, lag völlig ruhig da und rollte mit seinen Knopfaugen.

»Zieht Euch fertig an, ich hole einen Sack und komme dann zu Euch ins Zimmer, um die Scherben wegzuräumen.«

Keth hörte, wie das Zimmermädchen sich entfernte, bückte sich hastig und suchte sich das kleinste und spitzeste Stück heraus. Gorria hatte wieder angefangen, mit dem Schnabel zu klappern, so als wolle er ihr sagen, dass sie sich beeilen müsse.

Vorsichtig setzte sie die Scherbe an, bewegte sie über das breite Band, das das Päckchen an Gorrias Bein drückte. Schweiß rann ihr an der Schläfe entlang, ihre Lippen hatte sie zu einem schmalen Strich zusammengepresst. Sie atmete nur oberflächlich, sie hatte Angst, dass ein tiefer Atemzug ihre Hand dazu verleiten würde, zu tief zu schneiden. Es dauerte viel zu lange, das Zimmermädchen würde gleich wieder da sein. So schnell wie möglich führte sie die Scherbe hin und her. Und nach mehreren Bewegungen riss das Band, und das kleine Päckchen fiel ihr in die Hand. Keth stieß einen Laut der Erleichterung aus. Gorria sprang auf, flatterte mit den Flügeln und hätte fast eine weitere Vase von einem Tischchen gefegt.

Keth legte die Scherbe zurück zu den anderen, als die Tür nach kurzem Klopfen aufgeschlossen wurde und das Zimmermädchen in Begleitung eines Wärters eintrat. Hastig schloss Keth ihre Finger um das Päckchen und verbarg ihre Faust in den Falten ihres langen Rockes. Wie angewurzelt blieb sie stehen und sah zu, wie das Mädchen die Scherben der Vase in den Sack warf. Der Wärter blieb an der Tür stehen, betrachtete Keth misstrauisch und kam einen Schritt näher.

Gorria reagierte sofort. Mit lautem Schnabelklappern und heftigen Flügelschlägen stellte sich der große Vogel vor Keth.

»Das Vieh soll sofort damit aufhören!«, sagte der Mann und hob drohend seinen Schlagstock.

»Gorria, beruhige dich«, sagte Keth mit zitternder Stimme. Doch Gorria hörte nicht auf sie, schnappte mit seinem Schnabel nach dem Schlagstock und begann ohrenbetäubend zu kreischen.

Das Zimmermädchen rannte mit der kaputten Vase zur Tür hinaus, dicht gefolgt von dem Wärter, der hinter sich die Tür abschloss. Augenblicklich hörte Gorria auf zu kreischen und blieb ruhig stehen.

Keth zitterte am ganzen Körper, als sie ihre Finger von dem Päckchen zu lösen versuchte. Sie musste sich konzentrieren, damit sich jeder einzelne Finger bewegte und sie sich endlich anschauen konnte, was der Vogel ihr gebracht hatte. Sie erkannte, dass das winzige

Päckchen aus eng zusammengefaltetem und verschnürtem Papier bestand. Vorsichtig faltete sie es auseinander, las und erstarrte.

Fassungslos sah sie Gorria an, der nach wie vor regungslos vor ihr stand. Dann las sie es noch einmal, leise vor sich hinflüsternd: »Morgen Abend, wenn der Mond hinter dem Großen Gebirge verschwunden ist, an der Tränke der Drachen.« Unterzeichnet war das Ganze mit einem fast unleserlichen A.

37. KAPITEL

ARON – SECHS MONATE NACH DEM SCHWARZEN TAG

Wie lange wartete er schon? Ohne Lazar und Valeria würde sein Plan kaum gelingen. Und viel Zeit blieb ihnen nicht mehr, denn der Mond stand kurz vor dem Großen Gebirge, hinter dem er bald verschwunden sein würde.

Da wurde die Tür aufgerissen, Lazar stürmte herein, zog Valeria, die leise schimpfte, hinter sich her.

»Wo bleibt ihr bloß?«, begrüßte Aron sie.

Valeria riss ihre Hand aus der von Lazar und flüsterte viel zu laut: »Lazar war im Krankenzimmer mit einem kleinen Drachen eingesperrt. Und er hat es ewig nicht geschnallt, dass der Wärter nach der letzten Kontrolle vergessen hat, sein Zimmer abzuschließen.« Wütend schaute sie Lazar an. »Dafür habe ich unsere Decke eingetauscht!« Sie stampfte mit ihrem Fuß auf.

»Das könnt ihr mir nachher erzählen«, sagte Aron. »Wir müssen los.«

Lazar und Valeria sahen ihn verständnislos an.

»Erzähle ich euch auch nachher. Vertraut mir einfach. Wir müssen zur Tränke, schnell, wir haben nur noch wenig Zeit. Seid bloß leise.«

Vorsichtig öffnete Aron die Tür, schaute sich draußen kurz um und winkte den beiden zu, ihm zu folgen. Lautlos huschten sie den langen Gang entlang, hörten die Schritte eines Wärters, schlüpften in einen Quergang und drückten sich im Dämmerlicht an die Wand.

Als der Wärter vorbei war, rannten sie weiter. Lazars Augenbrauen hoben sich, als er sah, dass Aron mit einem Schlüssel die Außentür öffnete. »Woher hast du den?«

»Von Naira.«

Als sie draußen waren und Aron die Tür hinter ihnen wieder verschlossen hatte, blickten alle drei zum Himmel, atmeten die frische Luft ein und nickten sich zu. Wie herrlich war es, nach diesen endlosen Monaten wieder den Himmel zu sehen, den Wind zu spüren, sich frei bewegen zu können.

»Wir müssen weiter; wenn sie uns jetzt erwischen …« Aron ließ seinen Satz unbeendet, sie wussten auch so, was er meinte. Der letzte Fluchtversuch lag mindestens vier Monate zurück. Sie alle hatten die Hinrichtung mit ansehen müssen, seitdem hatte es niemand mehr gewagt.

Der Mond war nun zur Gänze hinter dem Gebirge verschwunden, ihre Umgebung war nur noch schemenhaft zu erkennen. Aron zeigte auf ein Gebilde, das sich einige Schritte vor ihnen schwach abzeichnete.

»Dort ist die Tränke der großen Drachen. Dorthin müssen wir.«

So schnell es die Dunkelheit zuließ, bewegten sie sich darauf zu. Die Tränke war so hoch, dass sie im dunklen Himmel zu verschwinden schien. Nur ihre ausladenden seitlichen Rundbögen konnten sie deutlicher erkennen.

»Keth, Keth, seid Ihr da?«, fragte Aron.

Erschrocken blieb Valeria stehen. »Wir treffen uns hier mit der Königin?« Viel zu laut hallte ihre Frage durch die Nacht. Sie schlug sich auf den Mund.

»Pst, willst du, dass wir erwischt werden?« Lazar zerrte an ihrer Hand.

»Aron, ich bin hier.« Eine Gestalt tauchte aus dem Schatten der Tränke hervor.

Valeria und Lazar atmeten erleichtert auf. Doch Aron gab einen erstaunten Ton von sich.

»Was machst *du* hier?«, fragte er und trat näher zu ihr.

»Ich will mit dir mit. Ich will nicht ohne dich hierbleiben.«

»Naira, das ist verrückt. Und wenn sie uns erwischen?«

»Das wird nicht passieren. Das hast du selbst gesagt.«

»Aber du kannst nicht alles hinter dir lassen«, sagte Aron. »Wenn du jetzt mit mir kommst, kannst du nie wieder hierher zurück.«

»Ich will nie mehr zurück. Früher war es gut in Sanïa, jetzt werden wir beherrscht von einem despotischen Fürsten. Das macht mir Angst.«

»Konnt ihr das nachher klären?«, mischte sich Lazar ein. »Wie soll es denn jetzt weitergehen?«

Aron drehte sich zu den beiden um. »Die Königin müsste schon längst hier sein. Ich habe ihr eine Nachricht über den großen Vogel geschickt. Hoffentlich hat das geklappt ...« Aus seinen Worten klangen Unsicherheit und eine Spur Angst. Sie rückten näher zusammen.

»Und wenn sie kommt, was dann?«, fragte Valeria. Ihre Aufregung war deutlich zu spüren.

»Dann reiten wir mit meiner Wolke nach Hause«, sagte Aron.

»Und wenn sie nicht kommt?«

Dröhnende Stille folgte auf Valerias Frage.

Aron blickte sich suchend um. »Sie hätte schon lange da sein müssen. Es wird nicht funktionieren. Was machen wir bloß? Übermorgen ist die Hochzeit. Vorher müssen wir aus diesem verdammten Land raus. Danach ist unsere Königin die Drachenfürstin von Sanïa.«

Valeria entfuhr ein verzweifelter Ton.

»Pst!« Lazar stieß sie an. »Sei doch leise!«

Aron machte einen Schritt von ihnen weg. »Da kommt jemand.« Der hoffnungsvolle Klang in seiner Stimme verebbte. Er hatte erkannt, dass nicht Keth es war, die dort kam, sondern vier Schergen des Drachenfürsten. Sie waren erledigt.

38. KAPITEL

KETH – SECHS MONATE NACH DEM SCHWARZEN TAG

Dunkle Schatten lagen unter ihren Augen, das Hochzeitskleid unterstrich ihre wächserne Blässe, ihre Bewegungen waren mechanisch. Furchtbare Stunden lagen hinter ihr, noch schlimmere womöglich vor ihr.

Ihr Fluchtversuch vor zwei Tagen war gescheitert. Zwar hatte sie mit einer Haarspange das Schloss ihrer Zimmertür öffnen können und war mit ihrer Tochter, die sie unter ihrem Mantel dicht an ihren Oberkörper gebunden hatte, bis zum Eingangstor des Schlosses gelangt, als sie jedoch das Tor öffnen wollte, hatte sich eine Hand auf ihren Oberarm gelegt. Sie wäre vor Schreck fast in Ohnmacht gefallen, und als sie sich umgedreht hatte, hatte der Drachenfürst vor ihr gestanden.

»Wo willst du hin, meine Liebe?«

Der trügerisch schmeichelnde Ton ließ sie jetzt noch frösteln, und ohne ihm zu antworten, hatte sie sich ergeben in ihr Zimmer zurückbringen lassen.

»Du brauchst es nicht mehr zu versuchen«, hatte der Drachenfürst gesagt. »Ich schließe deine Tür nicht mehr zu, davor werden bis zur Hochzeit jedoch zwei Wärter stehen.« Mit grimmiger Miene hatte er sie in ihr Zimmer geschubst.

Seitdem war die Unruhe in ihr so groß geworden, dass sie kaum mehr eine Stunde am Stück hatte schlafen können. Vor allem, nachdem das Zimmermädchen ihr erzählt hatte, dass ein Fluchtversuch von Drachenpflegern fehlgeschlagen war und die Hochzeit mit einer Hinrichtungszeremonie beginnen würde. Sie hatte nur mit größter Beherrschung einen Schreckensschrei unterdrücken können.

Ihre Gedanken drehten sich im Kreis. Ihr war klar, wer die Geflüchteten waren, und ihr war klar, dass sie sterben mussten, weil sie ihr zur Flucht hatten verhelfen wollen.

Es klopfte an der Tür. »Seid Ihr so weit, Hoheit?«, fragte die Hofdame. »Ich soll Euch nach unten bringen, im Schlosshof wird die Hinrichtungszeremonie gleich beginnen.«

Tränen schossen ihr in die Augen, und mit erstickter Stimme sagte sie: »Ich komme gleich.«

Noch einmal ließ sie hektisch ihre Augen durch das Zimmer huschen. Sie wusste nicht, wonach sie suchte, hoffte einfach, sie würde jetzt noch eine Fluchtmöglichkeit entdecken. Innerlich hatte sie sogar gehofft, dass Gorria, nachdem sie ihm vor ihrem Fluchtversuch aus dem Fenster geholfen hatte, sie irgendwie heute retten könnte. Aber natürlich würde das nicht geschehen. Er war seitdem nicht mehr aufgetaucht.

Mit einem gequälten Schluchzer hob sie ihre Tochter hoch, die so wunderhübsch aussah in dem langen weißen Kleidchen und mit der weißen Perlenmütze. Sie drückte ihr einen sanften Kuss auf die rosige Wange und band sie mit einem breiten goldenen Tuch vor ihren Oberkörper. Das würde dem Drachenfürsten überhaupt nicht gefallen, aber das war ihr egal. Ohne ihre Tochter würde sie keinen Schritt tun.

Sie blieb einen Moment stehen, atmete tief durch, straffte ihre Schultern und öffnete mit erhobenem Kopf die Tür.

»Wir können gehen«, sagte sie mit eiskalter Stimme zur Hofdame, die, flankiert von vier Offizieren der Drachenarmee, sich tief vor ihr verbeugte.

Keth musste aufpassen, dass sie mit ihrem voluminösen Rock nirgends hängen blieb. Das Hochzeitskleid war aus schwerem, gewobenem goldenem Stoff, drückte nicht nur auf ihre Schultern, sondern lastete auch schwer auf ihrer Seele. Mehrmals schluckte sie, um den bitteren Geschmack aus ihrem Mund zu bekommen. Doch es half nichts. Je näher sie der Eingangshalle kamen, desto lauter waren die Schreie der Sanïaner zu hören, die sich zu Hunderten im Hof eingefunden hatten, um dem doppelten Spektakel beizuwohnen. Zuerst die Hinrichtungen, dann die Hochzeit in der großen Kathedrale von Sanïa, zu der man bei herrlichem Sommerwetter zu Fuß gehen würde, und das alles verbunden mit einem großen Festmahl, zu dem der Drachenfürst alle Sanïaner eingeladen hatte.

Keths Kopf war angefüllt mit ausweglosen Gedanken. Sie wollte bei dieser Hinrichtung nicht dabei sein, und sie wollte den Drachenfürsten nicht heiraten. Ihr Herz pochte wie ein eingesperrtes Tier gegen ihre Rippen, sie schwitzte unter dem dicken Stoff des Kleides, ihre Tochter quengelte immer lauter.

Die Hofdame vor ihr öffnete die Tür nach draußen. Herein strömten Hitze, Lärm und ein Bild, das sich ihr auf ewig in das Gedächtnis einbrannte. Eine große Holzbühne war in der Mitte des Schlosshofes aufgebaut worden. Drei Taue hingen von einem dicken Balken, darunter befanden sich drei große Kisten. Daneben standen Soldaten der Garde mit Schwertern und schwarzen Masken, die das ganze Gesicht bedeckten und nur schmale Schlitze für die Augen ließen. Keth fröstelte, die Soldaten wirkten wie riesige Ameisen, die darauf warteten, sich auf ihr Opfer zu stürzen.

»Hier entlang, Hoheit.« Eine helle Stimme riss sie von diesem Anblick los. Sie wandte sich um. Die Frau war groß, hatte blonde Haare, die ihr über die Schultern fielen, große dunkle Augen, die von einem dichten Kranz heller Wimpern umgeben waren, und trug die Uniform der Drachengarde. Sie zeigte mit einer eleganten Armbewegung in die Richtung, in die Keth gehen sollte. Der Hofdame und den vier Offizieren nickte sie zu und sagte mit befehlsgewohnter Stimme: »Ich geleite sie in das Hochzeitszimmer. Der Drachenfürst möchte seine zukünftige Frau noch kurz allein sprechen und ihr die Annehmlichkeiten zeigen, die heute Nacht auf sie warten. Ich bringe sie wieder hierher zurück.«

Dann drehte sie sich zu Keth, die wie angewurzelt im Schlosseingang stehen geblieben war, und zeigte ihr erneut, wohin sie sich wenden sollte.

»Bitte folgt meinen Anweisungen, oder ich werde von meinem Schwert Gebrauch machen.« Sie zog das Schwert aus einer dunklen Lederumhüllung und führte die Spitze an das Tuch, in das Keths Baby eingewickelt war.

Keth stieß einen schrillen Schrei aus und wankte einen Schritt zurück.

»Ihr seht, ich werde es benutzen. Tut also das, was ich sage. Der Drachenfürst wartet auf Euch.« Zu den anderen sagte sie mit leiser Stimme: »Ihr wartet hier, damit ich sie euch wieder übergeben kann. Ihr führt sie dann zum vorgesehenen Platz. Dort wird sie auf den Fürsten warten, der als Letzter das Podium betreten wird.« Dann ging sie einige Schritte in die gezeigte Richtung. Da Keth noch immer keine Anstalten machte, sich zu bewegen, kam die Frau zurück, packte sie mit eisernem Griff am Oberarm und zischte ihr zu: »Bewegt Euch endlich, Ihr werdet erwartet!«

Keth setzte einen Fuß vor den anderen, lief wie in Trance neben der Offizierin her, hörte die lärmende Menge wie durch Watte und streichelte mit zitternden Fingern Stjärna, die vom Quengeln zum Schreien übergegangen war.

Die Offizierin zog sie weiter, ging immer schneller. »So beeilt Euch doch, wir haben nicht viel Zeit!« Sie kamen durch eine Seitentür zurück ins Schloss, wandten sich nach rechts in einen schmalen Gang, gingen durch eine weitere Tür. Dahinter war eine steile Treppe nach oben zu sehen.

Keth lief der Schweiß in Strömen unter ihrem Kleid am Körper entlang. Für so einen Marsch war der Stoff viel zu dick, die Temperaturen viel zu hoch. Vor ihren

Augen begann es zu flimmern, ihr Atem ging schnell und oberflächlich.

»Ich kann nicht mehr«, sagte Keth und blieb stehen. Sie lehnte sich gegen eine Wand und wischte über ihre schweißnasse Stirn.

»Ihr müsst nur noch die Treppe hoch«, sagte die Frau. »Soll ich Euch das Kind abnehmen?«

Keth zuckte zusammen, umschlang ihren Augenstern mit beiden Armen und begann keuchend die steile Treppe hochzusteigen.

»Schneller, Ihr seid zu langsam«, zischte die Offizierin hinter ihr und schob sie weiter.

Als Keth glaubte, keine Stufe mehr gehen zu können, weitete sich das schmale Treppenhaus, und sie betraten einen großen Saal. Für die Schönheit des Raums hatte Keth keinen Blick, ihre Augen suchten hektisch den Drachenfürsten, der sie hier erwarten sollte.

»Geht dort zum Bett, zieht dieses Kleid aus und die Kleider an, die ich Euch bereitgelegt habe. Überlegt nicht, zögert nicht, macht einfach, was ich Euch sage!« Die Offizierin schaute sie mit ernstem Gesicht an. »Ich helfe Euch, das Kind aus dem Tuch zu nehmen.«

»Wagt es nicht noch einmal, mich anzufassen«, spuckte Keth ihr entgegen und knotete mit ungelenken Fingern das Tuch auf.

Die Frau sah sie stirnrunzelnd an. »Merkt Ihr denn nicht, dass ich Euch helfen will? Beruhigt das Kind, es muss aufhören zu schreien. Wir dürfen nicht entdeckt werden. Schnell!«

Keth wusste nicht mehr, was sie denken sollte. Das passte doch alles nicht zusammen. Mechanisch nahm sie Stjärna aus dem Tuch und legte sie aufs Bett.

»Beeilt Euch, bitte, beeilt Euch, Ihr gefährdet uns und Euch!« Die Stimme der Frau wurde immer drängender. Sie nestelte an Keths Rücken herum, öffnete die straffe Schnürung des Kleides und schob es Keth von den Schultern.

»Warum? Was soll das? Ich zieh mich erst um, wenn du mir sagst, was das hier soll.«

»Denkt doch mit, Hoheit; wir versuchen, Euch vor der Hochzeit zu bewahren. Das klappt aber nur, wenn Ihr schneller macht. Sonst werden wir noch entdeckt. Was dann passiert, will ich mir lieber nicht ausmalen.« Die junge Frau verzog ihr Gesicht und stützte gleichzeitig Keth, die aus dem starren Rock des Kleides herausstieg. »Hier, wir haben bequeme Kleidung für Euch bereitgelegt.« Mit diesen Worten hielt sie Keth eine Leinenhose, ein Leinenhemd und ein breites Leinentuch für Stjärna hin.

Keth griff nach den Kleidern, stieg in Windeseile in die Hose, versuchte mit zitternden Fingern das Hemd zu schließen und musste sich schlussendlich doch von der Offizierin helfen lassen. Als sie sich Stjärna vor die Brust band, legte die blonde Frau einen Zeigefinger vor ihren Mund.

»Pst, ich höre etwas«, sagte sie. »Da kommt jemand die Treppe hoch.« Sie packte Keth am Oberarm und zog sie neben die Türöffnung.

Dicht an die Wand gedrängt, standen sie da, gaben keinen Laut von sich und beteten, dass auch das Baby still blieb. Dann versank alles in einem Strudel aus Lärm, Hektik und Chaos.

Die Offizierin schlug dem Offizier, der den Saal betrat, so heftig mit dem Griff ihres Schwertes auf den Kopf, dass er lautlos zusammenbrach. Der Soldat, der danach kam, flüchtete, lauthals nach Verstärkung rufend, die Treppe hinunter. Keth wurde hart am Arm gepackt und zum gegenüberliegenden Fenster gezerrt. Der Versuch, das Fenster zu öffnen, gelang erst beim zweiten Mal, und Keth hörte Flüche, die sie noch nie aus dem Mund einer Frau gehört hatte. Dann wurde sie von mehreren Händen durchs Fenster geschoben und gezogen und stand kurz darauf auf einem schmalen Vorsprung.

»Ich kann nicht nach unten sehen, mir wird schlecht«, murmelte sie, presste ihre Augenlider fest zusammen und klammerte sich an der Hand der Frau fest, die jetzt ebenfalls auf dem Vorsprung stand.

»Keth, Eure Hoheit!« Mehrere Stimmen redeten beschwörend auf sie ein.

»Keth, bitte, ich bin's, Aron. Macht einen Schritt auf die Wolke. Bitte!« Die Stimme, die mit ihr sprach, wurde immer drängender, fast schon hysterisch. »Keth, verdammt, mach endlich einen Schritt nach vorne, ich höre, die Garde stürmt hoch. Deine Tochter wird wegen dir sterben.«

Keths Herz raste, sie riss die Augen auf, sah direkt in Arons Gesicht, der nur einen Schritt von ihr entfernt auf einer grauen Wolke kniete, sie nahm noch zwei andere Gestalten wahr und machte einen großen Schritt.

»Naira, schnell, du auch!«, schrie Aron die Frau an, die neben Keth auf dem kleinen Vorsprung stand.

Naira machte einen großen Schritt, fiel in Arons Arme und schluchzte heftig auf.

Hinter ihr hatten mehrere Soldaten das Hochzeitszimmer betreten, die Schwerter kampfbereit erhoben. Mit wenigen Sätzen waren sie am Fenster, kletterten heraus, doch da war die große Wolke dank gut gesetzter Segel schon viele Meter über dem Turmdach.

»Valeria, Achtung, pass auf! Das Schwert!«, brüllte eine Männerstimme. Keth sah, wie die Frau, die auf der Wolke kniend ein dickes Tau in der Hand hielt, blutend zur Seite kippte, und spürte, wie die Wolke augenblicklich auf die Höhe des Fensters zurücksank.

39. KAPITEL

CRISTAN – VIER MONATE NACH
DEM SCHWARZEN TAG

Entsetzt sahen sie zu, wie das kleine Dorf am Rand der Wüste den Flammen zum Opfer fiel. Cristan zog die schluchzende Maeva an sich, legte beide Arme um sie. Überall standen in Grüppchen weinende Frauen und laut rufende und fluchende Männer des Wüstenvolkes und mussten tatenlos zusehen, wie alles, was sie jemals besessen hatten, verbrannte. Und nichts konnten sie dagegen tun. Wasser zum Löschen hatten sie keines.

Cristan blinzelte die Rußflocken, die sich auf seine Wimpern gesetzt hatten, weg, hustete rau und trocken und kämpfte gegen den Drang an, laut zu schreien und sich die Schuld an der furchtbaren Situation zu geben.

Denn natürlich war er schuld. Er war trotz der Unterstützung von Maeva zu langsam gewesen. Sie hatten es nicht rechtzeitig zurück ins Haus geschafft. Die Soldaten hatten das Dorf erreicht, bevor sie sich in

Sicherheit bringen konnten. Und die Soldaten hatten ihn erkannt, trotz seiner Augenbinde und seines Gehstockes. Aber auch wenn sie es rechtzeitig ins Haus geschafft hätten – die Soldaten hatten genau gewusst, dass er in dem kleinen Wüstendorf Hilfe erhalten hatte. Und so führten die Schergen des Schwarzen Fürsten ihren Auftrag aus: Zerstörung, Leid und Grauen. Und Bestrafung.

Bestrafung dafür, dass das Wüstenvolk ihm, dem gefallenen König, geholfen hatte zu überleben und ihm eine Bleibe gab.

Ihn wollten sie nicht. Sie wollten ihn weder mitnehmen noch töten, sie wollten eine effektive Rache. Und die hatten sie bekommen. Denn mit dem Abfackeln des Dorfes hatten sie den Bewohnern jede Überlebensmöglichkeit genommen. Alle Vorräte, jegliche Rückzugsmöglichkeit vor der unbarmherzigen Sonne am Tag und der gefährlichen Kälte in der Nacht waren durch die Flammen zerstört worden.

Cristan spürte ungezügelten Hass auf den Schwarzen Fürsten in sich aufsteigen. Seine Gedanken sammelten sich in eine Richtung: Rache. Doch wie sollte das gehen? Er war körperlich nicht dazu in der Lage, hatte keine Soldaten im Hintergrund, die ihm helfen würden, war völlig machtlos. Heiße Tränen drängten darauf, dass er ihnen freien Lauf ließ. Sein zerstörtes Auge brannte und juckte hinter der schwarzen Binde. Er biss die Zähne zusammen, zog die jammernde Maeva weiter von den Flammen weg und überlegte. Was konnten sie tun? Wie sollten sie unter diesen Bedingungen überleben?

Die Soldaten waren, nachdem sie die hölzernen Hütten angezündet und gesehen hatten, dass alles wie

Zunder brannte, laut johlend weitergezogen. Die Frauen des Wüstenvolkes hatten versucht, so viel aus den Hütten zu bergen wie möglich. Doch wenn er das kleine Häufchen sah, das sie zusammengetragen hatten, war es jämmerlich wenig.

Die Männer waren wie immer zu dieser Tageszeit unterwegs gewesen, um Wasser und Nahrung zu suchen. Als sie eingetroffen waren, war nichts mehr zu retten gewesen.

»Wenn du nicht hier wärst, hätten sie uns in Ruhe gelassen.« Ein großer, muskulöser Mann trat, vor Zorn bebend, vor Cristan. Weitere Männer kamen dazu. Er wusste nicht, was er sagen sollte, denn es stimmte. Wäre er nicht hier gewesen, wäre das niemals passiert.

Maeva richtete sich in seinen Armen auf, wischte hektisch die Tränen aus ihrem Gesicht und starrte die Männer entsetzt an.

»Was sagst du da?«, fragte sie mit schriller Stimme. »Und ihr anderen gebt ihm womöglich noch recht? Waren wir nicht immer ein Volk, das den Schwachen und Verfolgten geholfen hat? Waren wir nicht immer ein Volk, das zusammengehalten hat und nur dadurch ein Leben in der Wüste möglich gemacht hat?«

Suna, Maevas Großmutter, stellte sich zu ihnen. Sie hob die Arme, beschwichtigte und bat um Ruhe. »Schuldzuweisungen sind das Letzte, was wir brauchen. Denn was geschehen ist, kann dadurch nicht mehr rückgängig gemacht werden.«

Ihre ruhigen Worte schafften es, was Maevas Worte nicht bewirkt hatten – es wurde still.

»Wir werden keine Energie verschwenden mit Überlegungen über das Wenn und Warum«, fuhr Suna fort. »Wir werden überleben, gemeinsam, uns unterstützen, aufeinander aufpassen, und zwar alle wie wir hier stehen. Dazu gehört auch Ihr, Eure Hoheit.« Sie machte eine kleine Verbeugung. »Wenn ihr es jedoch nicht schafft, über das Warum hinwegzusehen, dann überlegt genau, wem ihr die Schuld zuweist. Denn nicht Cristan hat uns das angetan. Wischt eure Tränen ab, macht eure Herzen frei von Wut und Hass und packt mit an. Wir werden alles, was nicht verbrannt ist, mitnehmen. Die Pferde, die vor den Flammen geflohen sind, werden nach einiger Zeit zurückkommen. Heute Nacht werden wir frieren, aber morgen brechen wir auf in eine neue Zukunft.«

Gemurmel wurde laut, unterdrückte Schluchzer und Gejammer waren zu hören.

»Wir werden jetzt unsere Kinder trösten«, sagte Suna, »den Gram über Verlorenes wegschieben und alles für die kommende Nacht vorbereiten.«

Cristan fasste nach Sunas Arm. »Bitte wartet kurz. Ich möchte etwas mit Euch besprechen.« Suna nickte und blieb stehen. Er wartete, bis die anderen außer Hörweite waren. »Es gibt vielleicht eine Möglichkeit. Wenn wir entlang der Wüste gen Süden gehen, sie nicht durchqueren, stoßen wir auf das Tempesta-Gebirge. Dort gibt es Höhlen, und es gibt Wasser.«

Suna sah ihn mit gerunzelter Stirn an.

»Ich weiß, es ist erst mal nicht ideal«, sagte er. »Wir werden einige Zeit dorthin benötigen, es wird nicht ungefährlich sein. Aber das Gebirge mit seinen Höhlen würde uns Schutz bieten. Und es gibt Gebirgstiere, die wir jagen könnten. Wir würden nicht verhungern.«

Suna knetete ihre Hände, schien über seinen Vorschlag nachzudenken.

»Lasst es Euch durch den Kopf gehen. Ihr müsst es nicht gleich entscheiden. Vielleicht fällt uns ja noch etwas Besseres ein.« Cristan verlagerte sein Gewicht auf das gesunde Bein und richtete sich zu seiner ganzen Größe auf. »Ich verspreche Euch, ich werde alles daransetzen, diesen unsäglichen Zustand, in den mein Land geraten ist, zu beenden. Und ich werde Rache üben.«

Suna schwieg, hob ihre Hand und berührte kurz seine Wange. Dabei blickte sie direkt in sein Auge, es schien, als wolle sie die Ernsthaftigkeit seiner Worte in seiner Seele erkennen. Dann drehte sie sich um und ging zu ihrem Wüstenvolk.

40. KAPITEL

VALERIA – SECHS MONATE NACH DEM SCHWARZEN TAG

Mühevoll öffnete sie ihre Augen. Sie musste mehrmals blinzeln, bis sich ihre Sicht so weit aufklarte, dass sie die Zeltwand neben sich erkennen konnte. Langsam drehte sie den Kopf und sah in runde Knopfaugen, die sie anstarrten.

Erschrocken schloss sie ihre Augen wieder und versuchte, ihre Gedanken zu ordnen. Wo war sie, was waren das für runde Augen neben ihr, und warum tat ihr ganzer Körper so höllisch weh? Einige Sekunden später öffnete sie noch einmal die Augen. Ihr Gehirn hatte sich sortiert, die runden Knopfaugen gehörten dem roten Vogel. »Gorria ...« Ihr Mund war so trocken, dass sie den Namen des Vogels kaum aussprechen konnte.

Laut klapperte Gorria mit dem Schnabel, hüpfte aufgeregt auf und ab. Die Zeltwände bewegten sich, und plötzlich wurde der Stoff, der den Eingang des Zeltes verhüllte, zur Seite geschoben, und Lazar kam herein.

»Val, oh bei allen Wolken, Val, endlich bist du aufgewacht. Wir haben uns unendliche Sorgen um dich gemacht.« Mit einem großen Schritt war er bei ihr und kniete sich neben ihre Liege. Er nahm ihre Hände in seine und drückte viele kleine Küsse darauf.

»Lazar ...« Ihre Stimme war kaum zu hören. »Ich kann mich an nichts erinnern. Hat unser Plan funktioniert? Haben wir sie?«

Er drückte ihre Hände und flüsterte: »Ja, es hat funktioniert. Gut. Aber wir waren nicht hoch genug. Eine Schwertspitze hat dich erwischt.«

»Oh.« Sie blinzelte. »Darum tut mir alles weh.«

»Die Wunde hat stark geblutet. Wir sind danach wieder ein Stück abgesackt, waren auf der Höhe des Einstiegs.«

Valeria keuchte, krallte ihre Finger um seine Hände. »Bitte sag, dass nichts weiter passiert ist.«

»Naira hat gekämpft wie ein wilder Gebirgslöwe, und Aron hat das Tau übernommen.« Lazar schaute ihr liebevoll in die Augen. »Ich hatte so wahnsinnige Angst um dich.«

Valeria bewegte vorsichtig ihren Kopf. »Wie ging es dann weiter?«

»Wir haben an Geschwindigkeit gewonnen, der Drachensoldat, der es auf unsere Wolke geschafft hat, musste sie leider wieder verlassen.« Sein Gesichtsausdruck zeigte ihr, dass er nicht überlebt hatte.

Valeria gab ein leises Keuchen von sich.

»Val, was ist? Hast du starke Schmerzen? Kann ich etwas für dich tun?«

»Bringst du mir etwas zu trinken? Und ja, ich habe große Schmerzen.«

Lazar strich ihr zärtlich über die Stirn. »Ich bin gleich wieder da.«

»Warte noch!«, sagte sie. »Was macht meine Wunde? Und wo sind wir?«

»Keth hat deine Wunde mit Wolkenwasser ausgewaschen und mit einem Stofffetzen von ihrem Hemd verbunden. Sie sagt, das wird wieder.«

Gorria, der sich an die Zeltwand gedrückt hatte, machte einen Satz nach vorne und klapperte mit seinem riesigen Schnabel direkt vor Lazars Gesicht.

»Ja, ja, ich sag's ihr schon.«

»Was sollst du mir sagen?«, fragte Valeria.

»Ohne Gorria hätten wir das alles nicht hinbekommen. Er ist ein Held.«

Valeria spitzte ihre Lippen und deutete ein Küsschen in Richtung Gorria an, der mit erhobenem Kopf und gestelzten Schritten das Zelt verließ.

»Bitte, hol mir etwas zu trinken«, meinte sie. »Aber sag zuerst, wo wir sind.«

»Tja, das ist schwierig zu sagen. Wir können ja die offiziellen Routen der Wolkenreiter nicht nehmen. Dazu gibt es mehr Verräter, als uns lieb sein kann. Und die täten nichts lieber, als uns auszuliefern. Wir reiten an der Landesgrenze entlang, sind sehr hoch gestiegen. Wir werden vor Einbruch der Dunkelheit am Mondgebirge ankommen, dort übernachten und morgen versuchen, Sanïa zu verlassen.«

Valeria keuchte auf. »Mondgebirge?«

»Bitte, Val, alles wird gut. Zwar hat das Mondgebirge keinen direkten Luftzugang zu Arcania, aber wir können, wenn wir die Grenze überquert haben, in

Sumendi an der Grenze entlang in Richtung Heimat reiten.«

»Sumendi – Vulkan?« Valeria sah ihn verständnislos an.

»In Sumendi gibt es unzählige Vulkane, deswegen heißt das Land so. Wir werden jedoch die gefährlichsten Vulkane meiden, über einige kleinere müssen wir jedoch, aber das ist im Moment unsere einzige Möglichkeit.«

Mit diesen Worten erhob er sich, küsste sie leicht auf den Scheitel und verließ das Zelt.

Valeria schloss erschöpft die Augen. Vulkanland. Sie wusste aus alten Erzählungen, dass die Wolkenreiter dieses Land mieden. Zu viele von ihnen hatten ihr Leben durch die unkontrollierten Ausbrüche der Vulkane verloren.

Sie zog die Decke bis zu ihrem Kinn, versuchte, die stechenden Schmerzen in ihrer Seite auszublenden, und gab sich der wohligen Müdigkeit hin, die sie schon geraume Zeit lockte.

41. KAPITEL

VAÏA – VIER MONATE NACH DEM SCHWARZEN TAG

Stöhnend richtete sie sich auf, schob eine Haarsträhne aus ihrer verschwitzten Stirn und rieb sich mit einer Hand den unteren Rücken. Den ganzen Vormittag hatte sie hinter dem Haus zusammen mit Monta den großen Gemüsegarten von Unkraut befreit. Monta war ins Haus zurückgegangen, sie musste sich ums Mittagessen kümmern. Vaïa wollte jedoch erst aufhören, wenn das letzte Unkraut ausgerissen war.

Die Sonne strahlte auf sie herunter, der Himmel war wolkenlos und zeigte sich in einem fast gläsern wirkenden Hellblau, die Luft zwischen den Bergen war klar und kühl. Tief atmete sie durch, blieb einige Zeit versunken im Anblick der hohen Berge stehen. Einige von ihnen hatten weiße Gipfel, was vor dem wolkenlosen Himmel rein und unberührt aussah. Wie so oft, wenn sie sich kleine Momente des Durchatmens gönnte, schob sich Valeria in ihre Gedanken. Sie vermisste ihre große Tochter so sehr, dass sie am liebsten losgeweint hätte. Aber das verbat sie sich. Sie hatte schon zu viel geweint. Valeria fehlte ihr schon so viele Monate, wo war sie nur? Sie ließ ihren Blick noch einmal bewusst über die Gebirgsformationen gleiten. Noch immer hatte sie sich nicht daran gewöhnt, in dieser Abgeschiedenheit und Höhe zu leben. Sicher, es war eine gute Entscheidung von Montaque gewesen, sie alle hierherzubringen. Sie hatten das große, weite Tal allein für sich, nur erreichbar über eine schmale Gebirgsstraße, die sie von ihren Soldaten bewachen ließen.

Bis jetzt hatten sie außer Fürst Cavaljerie und seiner Frau keine Besucher gehabt. Langweilig oder zu still war es trotzdem nicht, ihre Schwestern mit ihren großen Familien lebten am Ende des Tales. Aber sonst gab es keine Unterhaltung, keine große Stadt, in die man fahren konnte, es gab einfach nichts.

»Mama, Mama, schau, was ich gefunden habe!« Volodya, ihr Wirbelwind, kam um die Ecke geschossen. Sein rotes Haar leuchtete grell in der Sonne, sein Gesicht war vor Aufregung fast genauso rot.

»Mein Schatz, was hast du denn?«

Seine Stimme überschlug sich, seine Worte kamen schnell und schrill: »Wir haben unten am kleinen See gespielt. Und unter den großen Bäumen, du weißt, dort, wo wir ab und zu ein Picknick machen, habe ich das gefunden.« Er öffnete seine kleine, verschwitzte Faust und zeigte ihr mit Stolz sein Fundstück.

Vaïa erstarrte, sah ihren Sohn an, dann wieder auf seine Handfläche. »Volodya, wo hast du das gefunden? Beschreib es mir ganz genau. Wo?«

Sie hörte ihrem aufgeregten Sohn konzentriert zu, kreiste die Fundstelle gedanklich ein und schüttelte den Kopf. »Das kann nicht sein, das ist unmöglich!« Ihre Stimme war so schrill, dass Volodya erschrocken hochsah.

»Doch, Mama, du musst mir glauben.« Noch immer hielt er ihr seine Hand ausgestreckt entgegen.

Sie musste sich überwinden, nahm den Gegenstand mit spitzen Fingern aus seiner feuchten Hand, Gänsehaut überzog ihren Arm. »Ich glaube dir ja. Danke, mein Schatz, dass du gleich zu mir gekommen bist. Das war sehr klug von dir. Aber jetzt geh wieder zurück zu den anderen.«

»Zeigst du es Papa?« Seine Gesichtsfarbe hatte sich wieder normalisiert, sodass er nicht mehr wie ein aufgeregter Fuchs aussah.

»Ja, ich suche Papa und zeige es ihm. Kannst du darüber schweigen?« Sie legte den Zeigefinger auf ihre Lippen und schaute ihn beschwörend an.

Er nickte eifrig. »Natürlich, Mama, du kannst dich auf mich verlassen.« Mit diesen Worten drehte er sich um und rannte am Gemüsebeet entlang wieder hinunter zum See.

Mit Herzklopfen betrachtete sie das Medaillon. Sie wendete es hin und her, hob es dicht vor ihre Augen und konnte es nicht fassen. Dieses Medaillon hatte sie zum letzten Mal vor vielen Monaten gesehen. Und da hatte sie es eigenhändig an den Mantel ihrer Schwester gesteckt.

Das Medaillon war ein Unikat, ihr Urgroßvater hatte es für seine Frau anfertigen lassen. Es wurde von Generation zu Generation der Luftfrau vererbt, die sich noch in Luft verwandeln konnte. Valja hatte es bekommen. Dass aber Vida die Luftfrau in ihrer Generation war, die sich tatsächlich jederzeit in Luft verwandeln konnte, das hatte sich erst viel später herausgestellt.

Der in das asymmetrische Silbernetz eingesetzte hellgrüne Edelstein war damals, so die Überlieferung der Familie, von ihrem Urgroßvater bewusst ausgewählt worden. Denn seine Frau, ihre Urgroßmutter, wurde von Selbstzweifeln und negativen Gedanken gequält. Und diesem Edelstein, von den Fachleuten Peridot genannt, eilte der Ruf voraus, negative Gedanken aufzulösen oder ins Gegenteil umzukehren.

Vaïa umschloss das Medaillon ebenso fest mit ihren Fingern, wie es ihr Sohn gemacht hatte, und rannte los. Um diese Uhrzeit war Montaque immer auf der Weide hinter dem Pferdestall und schaute nach seinen Tieren.

»Montaque!« Ihre Stimme hallte durch die klare Luft, und sie sah, wie er sich augenblicklich umdrehte. Atemlos fiel sie in seine Arme.

Zärtlich strich er ihr das Haar aus dem Gesicht, drückte ihr einen Kuss auf die Nasenspitze und schob sie eine Armlänge von sich weg. »Lüftchen, so stürmisch. Was ist los?«

»Nenn mich nicht Lüftchen!« Sie wand sich hektisch aus seinem Griff und hielt ihm ihre geöffnete Hand entgegen. »Das ist los. Erkennst du das? Weißt du, was das ist?«

Langsam schüttelte er den Kopf.

»Montaque, das ist wichtig. Schau genauer hin!«

Vorsichtig nahm er das Schmuckstück aus ihrer Hand, betrachtete es eine Weile und gab es ihr wieder zurück.

»Ich habe so etwas schon mal gesehen«, sagte er. »Wenn ich mich recht erinnere, ist das ein Edelstein, den es nur äußerst selten gibt. Aber warum ist das wichtig? Es ist ein schönes Stück, aber hat das für uns irgendeine Bedeutung?«

Vaïa blies empört ihre Wangen auf. »Es hat für uns eine Bedeutung!« Sie machte eine kleine Pause. »Das Medaillon gehört Valja.«

Montaque verschränkte seine Arme vor der Brust und lehnte sich an den Holzzaun.

»Volodya hat es gefunden. Heute!«

Ihr Mann schaute sie fragend an. »Aha.«

»Er hat es mir gerade eben gebracht.« Sie drehte das Schmuckstück zwischen ihren Fingern hin und her. »Oh, Montaque! Dieses Medaillon gehört meiner Valja. Ich habe es ihr angesteckt, als sie mit unserer Königin nach Sanïa gegangen ist.«

Jetzt änderte sich Montaques Gesichtsausdruck. Interessiert beugte er sich vor. Er überlegte kurz, schaute sich das Schmuckstück noch einmal an und fragte sie mit ernster Stimme: »Bist du dir sicher? Es gehört wirklich Valja? Und es stimmt, dass unser Sohn es heute gefunden hat?«

Vaïa nickte heftig. Sie nahm das Medaillon zwischen ihre Finger und schob einen Fingernagel in eine Rille an der Seite. Geräuschlos sprang der Deckel auf. Beide beugten sich darüber.

»Du siehst, es gehört Valja. Oder wer sonst sollte ein Foto von uns, ihren Schwestern, bei sich tragen?«

»Wo hat er es gefunden?« Montaques Stimme klang angespannt.

»Unten am See, dort, wo wir manchmal ein Picknick machen.«

»Und du bist dir absolut sicher, dass es das Medaillon ist, das sie getragen hat, als sie mit Keth nach Sanïa gegangen ist?«

»Absolut!« Vaïa nickte so heftig, dass ihre roten Locken wie wild züngelnde Schlangen um ihren Kopf flogen. »Sie trägt es immer dann, wenn sie weiß, dass sie sich in Luft verwandeln muss. Der Peridot kehrt negative Gedanken um. Und sollte sie an ihrer Fähigkeit zur Verwandlung zweifeln, so hilft ihr der Edelstein, an sich zu glauben.«

Sie sahen sich an, schweigend, abwartend.

Endlich räusperte sich Montaque. »Dafür kann es nur zwei Erklärungen geben: Entweder sie ist hier und kann sich, warum auch immer, uns noch nicht zeigen …«

»Und die zweite Erklärung?«, fragte Vaïa atemlos.

»Und die zweite Erklärung ist, dass ihr jemand das Medaillon abgenommen hat und uns hier im Tempesta-Gebirge gefunden hat. Sich aber nicht zeigen will.«

Kleine Schweißperlen rannen an Vaïas Stirn entlang. Unwirsch wischte sie sie mit der Hand weg. »Oder es gibt eine dritte Möglichkeit: Sie hat das Medaillon jemandem gegeben, der es uns als Lebenszeichen bringen sollte und es nicht bis hier zum Haus geschafft hat.«

Montaque runzelte die Stirn und murmelte: »Eher unwahrscheinlich.«

»Aber wo ist sie?« Vaïa klang schwach und traurig.

Montaque zuckte mit den Schultern. »Keine Ahnung. Entweder hier im Gebirge, was ich eher nicht glaube, oder in Sanïa.«

Wieder schwiegen sie. Vaïa gab sich innerlich einen Ruck. »Glaubst du, sie lebt noch?« Diese Frage hatte sie sich immer verboten. Oft war sie nahe daran gewesen, sich das heimlich zu fragen. Aber bis zu diesem Moment hatte sie es vermieden. Ängstlich schaute sie zu ihm hoch.

»Ehrlich?« Er wartete, bis sie nickte. »Nein. Das glaub ich nicht mehr.«

42. KAPITEL

KETH – SECHS MONATE NACH DEM SCHWARZEN TAG

Nach vielen Stunden unruhigen Wolkenritts hatten sie eine Stelle gefunden, wo sie mit ihrer Wolke anlegen konnten. Aron und Lazar manövrierten sie vorsichtig und sehr langsam durch einen schmalen Einschnitt im Mondgebirge. Dahinter war ein kleines Tal, und nach einem aufregenden Anlegemanöver konnten sie endlich die Wolke verlassen.

Keth kannte die Mondberge nur aus alten Überlieferungen, aber sie waren noch beeindruckender, als sie sich jemals hätte vorstellen können. Sie stand auf einer großen, ausgetrockneten Wiese und drehte sich im Kreis. An den Berghängen glitzerten kleine Punkte, vom Mond angestrahlte Riesenglühwürmchen. Wo sie hinschaute, waren so hohe Berge, dass sie die Gipfel, auch wenn sie ihren Kopf so weit wie möglich in den Nacken legte, nicht erkennen konnte. Der Ausschnitt des Himmels über ihr war tiefschwarz, sodass der Mond, der genau in der Mitte stand, noch heller, noch dominanter wirkte. Oder war es so, dass der Himmel deswegen so schwarz erschien, weil der Mond so hell war?

Keth schüttelte über sich den Kopf. Was für Gedanken sie sich machte. Aber das erste Mal, seit sie aus dem Schloss des Drachenfürsten geflohen war, machte sie sich keine Sorgen, ob sie Sanïa lebend verlassen würde, sondern spürte eine tiefe Gewissheit, dass es so, wie es kommen würde, gut wäre. Tränen rannen über ihre Wangen, sie wischte sie nicht weg.

Cristan, mein geliebter Mann, wir werden es schaffen, deine Tochter und ich. Aber wie sehr vermisse ich dich, deine Nähe und deine Liebe, die ich zu jeder Zeit in deinen Augen gesehen habe. Ich werde alles daransetzen, zu dir in unser Land zurückzukehren.

Sanft legte sich ein Arm um ihre Schultern. Naira war neben sie getreten und blickte ebenfalls in den Himmel, betrachtete den großen hellen Mond.

»Wir hatten auf dem stürmischen Wolkenritt kaum Gelegenheit, miteinander zu reden.« Nairas Stimme war leise und gelassen. »Hoheit, ich hoffe, Ihr verzeiht mir mein rüdes Benehmen. Aber es ging nicht anders.«

Keth sah sie an. Nairas helle Wimpern waren wie von Gold überzogen, ihre Haare wirkten durch die Mondstrahlen noch glänzender, sie war eine Schönheit.

»Bitte sag einfach Keth zu mir. Ich bin hier keine Hoheit.«

Sie sah, wie Naira zaghaft nickte.

»Es gibt nichts zu verzeihen. Ohne deine mutige Hilfe wäre ich, wären wir nicht hier. Ich bin dir unendlich dankbar. Du bist unglaublich mutig, setzt dich für deine Liebe und andere ein. Ich wünsche dir, dass deine Hoffnungen sich erfüllen.«

Stumm schauten sich die beiden Frauen an, mit dem Gefühl, dass, wenn sie diese Flucht erfolgreich überstehen würden, sie ehrliche und gute Freundinnen werden könnten.

Ein großer Schatten hüpfte schnabelklappernd auf sie zu. Naira trat mehrere Schritte zurück. »Dieser Vogel ist mir nicht geheuer. Er ist viel zu groß, und ich glaube, er versteht jedes Wort, das wir sprechen. Und kein Vogel sollte dies können.«

Keth lachte leise. »Er versteht jedes Wort.«

Gorria drängte seinen Kopf gegen ihre Schulter, bewegte ihn auf und ab und forderte sie so auf, ihn zu kraulen. Keth kam der Aufforderung gerne nach. Auch er hatte sein Leben für sie riskiert, hatte sich mutig für sie eingesetzt.

»Wo hast du den eigentlich her?«, fragte Naira und trat wieder näher.

»Er hat mich gefunden, wenige Augenblicke nachdem ich Sanïa betreten hatte. Und er blieb bei mir, hat mich die ganzen Monate über begleitet.« Zärtlich zupfte sie an Gorrias großen Kopffedern.

Naira streckte vorsichtig ihre Hand aus, berührte zaghaft einen Flügel und fuhr erschrocken zurück, als Gorria mit seinem großen, gekrümmten Schnabel klapperte.

Keth lachte. »Er wollte dir nur sagen, dass er deine Berührung gut findet.« Sie schaute Naira von der Seite an, die völlig entrückt schien. Ohne zu blinzeln, betrachtete sie den roten Vogel. Mehrmals schüttelte sie leicht den Kopf. »Was ist denn los?« Keth berührte Nairas Schulter.

»Mir ist nur etwas zu diesen roten Vögeln eingefallen. Ich muss da noch mal genauer darüber nachdenken. Dann erzähle ich es dir.«

»Keth, Naira, kommt ihr zum Essen?«, hallte Lazars Stimme durchs Tal.

Keth hielt Naira am Arm fest. »Was ich dich und die anderen schon die ganze Zeit fragen wollte: Wie konnte es sein, dass Aron, Lazar und Valeria nicht hingerichtet wurden?«

»Sie wurden an der Tränke entdeckt, als sie auf dich gewartet haben«, sagte Naira. »Ich konnte mich im Schatten eines der riesigen Rundbögen verstecken. Sie wurden in den Kerker geworfen. Dort gibt es keine Wachen, alle glauben, der Kerker ist ausbruchsicher.« Naira lächelte. »Ist er auch. Aber wenn man weiß, wo die Schlüssel hängen …«

»Keth, Naira, wo bleibt ihr?« Lazar klang ungeduldig.

Sie nickten sich zu und gingen eilig zu dem Platz zurück, den sie als ihr Nachtlager ausgewählt hatten. Dort waren sie durch einige dicht belaubte Bäume geschützt, im Hintergrund erhob sich eine Felswand, und in ihrer Nähe hatte Aron die Wolke festgemacht, sodass sie in einigen Stunden wieder aufbrechen konnten.

»Valeria, wie geht es dir?« Keth kniete sich neben die junge Frau, die gut eingehüllt in mehreren Tüchern an Lazars Schulter gelehnt vor dem Feuer saß.

»Ganz gut, wenn nur die Schmerzen nicht wären.« Valerias Stimme klang belegt und schwach.

Keth streichelte mitfühlend ihre Hand und setzte sich neben sie.

»Deine Tochter schläft wie ein Murmeltier«, sagte Aron und zeigte auf einen kleinen Weidenkorb, neben dem sich Gorria niedergelassen hatte, seinen großen Schnabel quer über den Korb gelegt.

»Ja, nachdem sie vorher das ganze Tal zusammengeschrien hat.« Keth schmunzelte. »Genießen wir also die Stille.«

Aron verteilte an jeden eine kleine Schüssel mit dampfendem Inhalt.

Keth schnupperte. »Was ist das?«

»Wir haben die Pilze dort hinten gepflückt.« Aron blickte in große Augen und winkte beschwichtigend ab. »Sie sind ganz sicher ungiftig, wir haben sie in Wolkenwasser gekocht, und Lazar hat unter dem Baum dahinten Würzkraut gefunden.« Aron sog übertrieben genießerisch die Luft ein. »Lasst es euch schmecken!«

Eine Zeit lang waren nur Schlürfgeräusche zu hören. Sie tranken die Suppe aus den kleinen Schüsseln, Löffel oder etwas Ähnliches hatten sie nicht.

»Wir müssen überlegen, wie es weitergeht«, sagte Aron. »Lazar hat sich schon Gedanken gemacht.« Er nickte Lazar zu.

»Ich hoffe, dass wir einige Stunden schlafen können«, sagte Lazar. »Sobald der Mond hinter dem Berg dort hinten verschwunden ist und danach langsam die Dämmerung einsetzt, nutzen wir den Auftrieb für unsere Wolke und starten.«

Alle Augen ruhten auf ihm, sie hörten gespannt zu.

»Ich bin dafür, dass wir das Tal nicht wieder durch den Einschnitt verlassen, das dauert zu lang. Wenn wir morgen früh genügend Aufwind haben, werden wir dort drüben«, er zeigte nach links, »versuchen, an Höhe zu gewinnen und das Mondgebirge über seinen niedrigsten Berg zu verlassen.«

Aron nickte. »Wenn wir aus dem Mondgebirge raus sind, haben wir Sanïa verlassen und können doppelt aufatmen.«

Valeria sah ihn kritisch an. »Doppelt?«

»Der Drachenfürst ist an Sanïa gebunden, er kann es nicht verlassen, ohne alle Privilegien zu verlieren. Und wir haben das gefährliche Mondgebirge bezwungen.« Aron grinste.

»Um dann im noch gefährlicheren Sumendi weiterzureisen.« Naira verzog ironisch ihre Lippen.

»Naira, keine Sorge, wir beide«, Aron deutete auf sich und Lazar, »sind die besten Wolkenreiter, die unser Volk zurzeit hat. Wir wissen, was wir tun.«

Naira seufzte. »Dann hoffen wir, dass das auch die Vulkane wissen und nicht genau dann loslegen, wenn wir über sie hinwegreiten.«

»Da uns keine andere Möglichkeit bleibt, brauchen wir uns um die nächste Etappe keine Gedanken zu machen«, sagte Keth. »Entweder wir reisen zu den Vulkanen und verlassen damit dieses grässliche Drachenland oder wir bleiben hier.« Sie hatte keine Lust mehr, sich die Gefahren und mögliche Vulkanausbrüche vor Augen führen zu lassen. »Ich leg mich zu meiner Tochter.«

Sie stand auf, wischte ihre Schüssel mit einem Tuch sauber und stellte sie zu den anderen. Dann nahm sie sich eine Wolldecke und ging zu ihrer Tochter.

»Stjärna, komm her, mein Augenstern.« Keth hob ihre Tochter aus dem Weidenkorb und legte sie ganz dicht neben sich unter die Decke. Der zarte Babyduft stieg ihr in die Nase, heiße Dankbarkeit wallte in ihr auf.

Trotz allem, sie hatte ihre Tochter, das größte Glück ihres Lebens, und zum wiederholten Mal schwor sie sich, dass sie dieses Glück, ihren Augenstern, in das Königreich Arcania bringen würde.

Müde fielen ihre Augen zu. Im Einschlafen hörte sie noch, wie Aron sagte: »Es werden nicht nur die Vulkane sein, die uns ab morgen das Leben schwer machen, sondern auch die Vulturos.«

43. KAPITEL

CRISTAN – FÜNF MONATE NACH DEM SCHWARZEN TAG

Völlig entkräftet und halb verdurstet waren sie am Fuß des Tempesta-Gebirges angekommen. Ihr Marsch am Rand der Wüste entlang, den sie zwei Tage nach dem Brand begonnen hatten, hatte doppelt so lang gedauert, wie sie berechnet hatten. Sie hatten die Schwäche und Gebrechlichkeit ihrer alten Leute und das Trauma des Erlebten unterschätzt.

Doch dann hatten sie Glück gehabt. Die Männer des Wüstenvolkes hatten eine große Höhle gefunden, die trocken war und für alle genügend Platz bot. In der Nähe konnten sie aus einem Gebirgsbach Wasser schöpfen, und sie hatten einen großen Bock erlegt, sodass sie tagelang in herrlich gebratenem Fleisch schwelgen konnten.

In der Zwischenzeit hatte sich eine gewisse Routine in ihren Alltag eingeschlichen. Alle kamen zur Ruhe, konnten sich von dem anstrengenden Marsch und dem entsetzlichen Brand erholen.

Cristan ging es von Tag zu Tag besser. Sein Bein verheilte gut, sein verletztes Auge, das er mit der Augenbinde vor Staub und Dreck schützte, schmerzte weniger, er kam immer mehr zu Kräften. Und mit seiner körperlichen Genesung kam sein früherer Kampfgeist zurück. Er würde sich nicht unterkriegen lassen, würde dieses Monster von Schwarzem Fürsten bekämpfen und besiegen.

Maeva hatte ihn während der langen Tage des Marsches unterstützt, wo sie konnte. Sie war kaum von seiner Seite gewichen. Ihm war nicht entgangen, dass sie seine Nähe suchte, dass sie gerne und liebevoll in seine Augen blickte und immer wieder mit ihrer Hand die seine streifte. Es tat ihm gut, und wohlige Wärme machte sich in ihm breit, wenn sie sich abends neben ihn setzte und ihn mit kleinen Geschichten unterhielt. Sie war eine attraktive Frau, das konnte er nicht leugnen, und er genoss ihre Gesellschaft ebenso wie ihre Zuneigung.

»Macht sie nicht unglücklich.«

Cristan schreckte zusammen, als Suna neben ihn trat. Er stand am Eingang der Höhle, blickte auf die öde, ausgedörrte Fläche vor ihm. Er war so in Gedanken versunken gewesen, dass er die alte Frau nicht hatte kommen hören. Er schüttelte leicht den Kopf.

»Ich sollte mich nicht einmischen«, sagte Suna. »Aber Maeva ist meine einzige Enkeltochter, sie lebt seit ihrer Kindheit bei mir, ihre Eltern wurden bei einem Überfall getötet.«

Cristan gab einen mitfühlenden Ton von sich.

»Ich habe euch beide in den letzten Tagen beobachtet. Ihr seid viel zusammen, redet, schweigt, geht im Gleichklang. Und ich habe gesehen, wie meine Enkeltochter Euch anschaut, Hoheit.«

Cristan sah sie an und überlegte, warum sie immer noch das förmliche »Hoheit« benutzte. Wollte sie ihm seine Position vor Augen führen, ihm klarmachen, dass er nicht zu ihrem Wüstenvolk gehörte und er eine Frau und vermutlich ein Kind hatte? Verheiratet war?

Suna hob ihren rechten Arm, deutete mit einer weit ausholenden Bewegung hinaus in die Ödnis. »Das ist alles Euer Land, Euer Königreich, Ihr habt Verpflichtungen. Ihr könnt dieses Land nicht dem Schwarzen Fürsten überlassen. Ihr müsst es für Eure Untertanen zurückholen, bevor der Schaden, den er anrichtet, so groß ist, dass Ihr ihn nicht wiedergutmachen könnt. Ihr habt Euch lange genug leidgetan.« Sie atmete rasselnd ein und aus. »Und Ihr dürft nicht vergessen, Ihr seid verheiratet, auf ewig an eine andere Frau gebunden.«

Cristan schloss seine Augen bei ihren Worten. Ja, er war verheiratet, er liebte seine Keth aus tiefstem Herzen. Aber er war schon so lange allein, niemand war an seiner Seite. Ihm fehlten die Gespräche mit seiner Frau, er genoss es, mit Maeva zu reden. Und es tat ihm so gut, wenn eine hübsche, intelligente Frau zu ihm aufsah und ihn sichtlich anhimmelte.

»Mach dir keine Sorgen, Suna. Ich bin gerne mit Maeva zusammen, und sie bringt tatsächlich eine Saite in mir zum Klingen. Aber ich liebe meine Frau, vermisse sie von Tag zu Tag mehr.« Seine Stimme war immer leiser geworden. Jetzt flüsterte er nur noch: »Ich werde sie finden, und wenn ich mein ganzes Leben lang nach ihr suchen muss.«

44. KAPITEL

ARON – SECHS MONATE NACH DEM SCHWARZEN TAG

Er zog Naira näher an sich und gab ihr einen Kuss auf den Scheitel. In wenigen Minuten mussten sie aufstehen, zusammenpacken und losreiten. Ob sie die kommenden Stunden überleben würden? Er wusste es nicht, aber genauso wie Lazar würde er alles, was er jemals über das Wolkenreiten gelernt hatte, für ihr Leben einsetzen.

Zärtlich grub er seine Nase in ihre feinen, langen Haare. Sein Herz zog sich zusammen. Mit dieser Frau wollte er leben, sich ein Zuhause aufbauen, kleine Wolkenreiter darin aufwachsen sehen. Er liebte sie so sehr, vom ersten Moment an, als er ihre Schuhspitzen gesehen hatte. Und sie hatte für ihn ihr gewohntes Leben, ihre Familie, ihre Heimat aufgegeben. Vorsichtig küsste er sie auf ihr kleines Ohr, das unter der hellen Haarmähne hervorlugte, zog mit seiner Zunge eine feuchte Spur um ihr Ohr herum. Sie begann sich träge zu regen, gab Laute des Wohlbehagens von sich.

Er wusste, es war unvernünftig, sie mussten gleich aufstehen, aber er konnte nicht widerstehen, ließ seine Hand unter der Decke über ihre samtene Haut gleiten. Als er spürte, dass ihr Körper ihm entgegenkam, schob er sich vorsichtig auf sie, suchte ihre Lippen und ließ seine Zunge tief in ihren Mund sinken.

»Guten Morgen, aufstehen, ihr Schlafmützen, wir müssen los! Es ist herrlicher Aufwind, den dürfen wir nicht verpassen.«

Frustriert gab er Naira noch einen kleinen Kuss auf die Stirn, murmelte leise wüste Beschimpfungen in Richtung Lazar und sah doch ein, dass sie aufbrechen mussten.

In wenigen Minuten war ihr Nachtlager zusammengeräumt, alles auf der Wolke verstaut, und Aron und Lazar übernahmen das Tau und die verschiedenen Segel.

»Keth, halte deine Tochter gut fest. Bis wir unsere Höhe erreicht haben, kann es unruhig werden.« Aron nickte Keth zu, straffte das Tau, und ihre Wolke gewann an Höhe.

Gorria flog neben ihnen her, hatte sichtlich Spaß, wenn er über sie hinwegflog und dann im Sturzflug zu ihnen herunterkam.

Aron lächelte über die Späße, die Gorria mit ihnen trieb, konzentrierte sich aber schnell wieder auf das Tau in seinen Händen. Zwar hatten sie guten Aufwind – Lazar agierte wirklich geschickt mit seinen Segeln, das musste er neidlos anerkennen –, sie gewannen jedoch zu langsam an Höhe. Sie waren wahrscheinlich zu schwer für ihre kleine Federwolke. Das hatte ihnen schon vor dem Start Kopfzerbrechen bereitet. Aber sie hatten nur an einem Abend die Möglichkeit gehabt, eine unbeaufsichtigte Wolke zu kapern. Und das war diese Federwolke gewesen.

Lazar schaute zu ihm herüber. Sein Gesichtsausdruck ließ darauf schließen, dass er sich ähnliche Gedanken machte wie Aron. Sie mussten handeln. Schnell.

Aron rief Naira zu sich, drückte ihr das Tau in die Hände mit der Anweisung, es genauso straff zu halten, wie er es ihr übergeben hatte, und ging zu Lazar hinüber. »Wir müssen Ballast abwerfen.«

Lazar nickte ihm zu, verbissen mit seinen Segeln hantierend. »Werft alles runter, was wir nicht dringend brauchen. Wir kommen über diese verdammten Gipfel nicht rüber.« Lazar keuchte. Blut tropfte von seiner rechten Hand, er musste sich an einem Segel geschnitten haben.

Aron rannte zu den anderen. »Werft alles von der Wolke, was ihr nicht braucht, auch unsere Schüsseln, das Zelt, alles!«

»Wir schaffen es nicht, ich spüre es, wir steigen kaum höher.« Valerias Stimme klang ängstlich und dünn. Aron sah den Schweißfilm auf ihrer Stirn. Sie würde hoffentlich keine Infektion bekommen. Wenn die Schwertspitze verdreckt gewesen war …

Keth kniete sich neben sie. »Mach dir keine Sorgen. Aron und Lazar schaffen das schon.« Sie nahm Valerias Hand in ihre und zuckte sichtlich zusammen. »Valeria, du glühst ja. Warum sagst du uns nicht, wenn es dir schlecht geht?«

Valeria blinzelte sie müde an. »Ich wollte nicht, dass ihr euch Sorgen macht.«

Aron hatte ihnen zugehört, runzelte die Stirn und ging zu seinem Tau zurück. »Naira, hilf Keth. Alles muss von der Wolke runter.« Er übernahm das Tau, und gemeinsam mit Lazar setzte er all sein Können und Wissen ein, um sie über die Gipfel zu bringen.

Gorria flog jetzt langsam neben ihnen her. Die Höhe machte ihm zu schaffen, aber er durfte nicht auf der Wolke landen, das hatte ihm Aron klargemacht.

Sie brauchten fast den ganzen Tag. Dicht am Berg entlang stiegen sie nach oben, manche Windbö schleuderte sie bis knapp vor die Bergwand, aber immer wieder gelang es ihnen, Luftströmungen so zu nutzen, dass sie schneller stiegen.

Und dann hatten sie den Gipfel erreicht. Es fühlte sich an, als wären sie in einem kalten grauen Nichts gelandet, ihre Stimmen klangen merkwürdig tonlos, ihre Blicke konnten sich an keinen Konturen festhalten.

Aber sie jubelten, endlich war die steinerne Wand, an der sie sich stundenlang entlanggehangelt hatten, verschwunden, endlich war das fast Unmögliche geschafft.

Lazar kniete sich sorgenvoll zu Valeria, die seit Stunden kaum mehr ihre Augen öffnete, nichts mehr sagte, nur flach atmete.

»Valeria, Liebes, wir haben den Gipfel überquert. Jetzt geht es schnell voran. Bitte, mach die Augen auf. Schau mich an!« Aber egal wie eindringlich er zu ihr sprach, wie viele Küsse er auf ihr Gesicht streute, an ihrem Zustand änderte sich nichts. Sie blieb regungslos, stumm und hatte wahrscheinlich hohes Fieber. Ihre Wunde war rot entzündet, sonderte weißliche Flüssigkeit ab und roch unangenehm. Lazar drehte sich zu den anderen um, die ihm stumm zugesehen hatten.

»Wir können Sumendi nicht einfach überqueren, wir müssen runter und uns Hilfe holen.«

Keth gab einen ungläubigen Ton von sich. Auch Naira schaute ihn mit ängstlichen Augen an. »Ich dachte, dieses Land ist so gefährlich und wir sollten so schnell wie möglich darüber hinwegreiten.«

Aron zuckte mit den Schultern. »Ja, gefährlich und schwierig. Doch ich bin derselben Meinung wie Lazar. Wir brauchen Hilfe. Und ich weiß, wohin wir uns wenden können.«

Alle Köpfe wandten sich ihm zu. Die gespannte Stille wurde nur von Gorrias Schnabelklappern unterbrochen, der wieder auf der Wolke sitzen durfte.

»Unser Wolkenvolk führt Aufträge in allen Ländern aus, auch in Sumendi«, sagte Aron. »Lazar und ich waren hier schon das eine oder andere Mal, kennen einige vom Vulkanvolk. Wenn wir hier, an der Grenze zu Sanïa, entlangreiten, werden wir auf halber Höhe auf ein kleines Dorf stoßen. Dort finden wir vielleicht jemanden, der Valeria helfen oder uns Kräuter für die Wunde geben kann.«

Lazar nickte zustimmend. »Deswegen werden wir uns kein Nachtlager suchen, wir reiten weiter, solange die Winde so günstig stehen.«

»Aber es wird schon dunkel«, wand Naira ein.

»Wir reiten trotzdem weiter«, sagte Aron. »Zwar langsam und vorsichtig, aber Valeria geht es sichtlich schlechter, wir können uns keine Pause erlauben.«

Aron schaute einen nach dem anderen an. Alle nickten ihm zu, Gorria hüpfte auf und ab und wedelte aufgeregt mit seinen Flügeln. Dann hob er ab, flog ein Stück voraus, kam wieder zurück.

»Ich glaube, er will uns zeigen, dass er vorausfliegen könnte«, sagte Lazar. »So wäre es weniger gefährlich.«

Aron nickte. »Gute Idee.« Dann nahm er wieder sein Tau in die Hände und starrte konzentriert in das graue Nichts. Auch Lazar ging zu seinen Segeln, holte zwei davon ein, ein weiteres spannte er weit auf.

Keth nahm Stjärna aus ihrem Korb, dem einzigen Gegenstand, den sie behalten hatten, und drückte sie fest an sich. Dann setzte sie sich neben Valeria.

Aron zog das Tau straffer. Seine Gedanken sammelten sich zu einem einzigen. Was sie hier versuchten, war Wahnsinn. Ihre Chance, das zu überleben, sank in seinen Augen mit dem Versuch, in Sumendi haltzumachen, auf ein verschwindend geringes Niveau.

45. KAPITEL

VAÏA – FÜNF MONATE NACH DEM SCHWARZEN TAG

Das Medaillon wurde ihr ständiger Begleiter. Ebenso wie das Gefühl, dass ihre Schwester in großer Gefahr schwebte. Der Gedanke, dass sie tot sein könnte, fühlte sich merkwürdig, ja geradezu absurd an. Und sie hatte schon immer viel auf ihr Bauchgefühl gehört. Sie glaubte eher, dass ihre Schwester das Medaillon ihnen auf irgendeine Weise hatte zukommen lassen, um ihnen zu zeigen, dass sie noch lebte, dass sie sie nicht aufgeben sollten.

Doch diese Gedanken äußerte sie niemandem gegenüber. Denn Montaque hatte schon immer über ihr »Bauchgefühl« gelacht, er glaubte nur an das, was er sah oder erlebte, und alles andere bog er so zurecht, dass es in sein Weltbild passte. Und ein »Bauchgefühl« gehörte nicht dazu.

Vaïa ging, wie in letzter Zeit so oft, zum See hinunter und schritt die Stelle ab, an der sie immer wieder ihre Picknicks abhielten. Das Gras dort war schon ganz zertrampelt, aber außer, dass sie alle merkwürdig beäugten, kam nichts dabei heraus. Sie starrte auf den ruhigen See, betrachtete eine Gruppe von Stelzvögeln, die im seichten Ufergebiet nach Nahrung suchten. Dann wandte sie sich um und ging zu den Stallungen. Warum hatte sie nicht schon lange daran gedacht?

»Macht mir ein Pferd fertig, am besten Hullja, ich reite zu meiner Schwester«, rief sie, als sie die Stallgasse betrat. Sie zwängte ihre rote Mähne in einen strengen Zopf und holte sich aus der Stallkammer ihre Reitstiefel. Sie hob ihren Rock an, schimpfte innerlich mit sich, warum sie heute Morgen dieses cremefarbene Kleid mit dem langen Glockenrock angezogen hatte, das beim Reiten wie eine Fahne hinter ihr herflattern würde. Doch sie hatte keine Lust, ins Haus zu gehen und sich umzuziehen. Jetzt wollte sie zu ihrer Schwester, die ihr schon so oft mit einem guten Ratschlag oder guten Gedanken weitergeholfen hatte. Sie schlüpfte in ihre engen Reitstiefel, ging zu Hullja, die vor lauter Aufregung nicht stillstehen konnte, und sprang mit einem Satz auf den Pferderücken. Der Stallbursche öffnete das Tor, und Vaïa ritt hinaus.

Tief durchatmend beugte sie sich über den Hals der hellen Stute und spornte sie zu einem wilden Galopp an. Sie genoss dieses Gefühl von Schnelligkeit und Freiheit, genoss es, dass ihr Gedankenkarussell im Moment zum Stillstand gekommen war und sie diesen Ritt in vollen Zügen genießen konnte.

Viel zu selten hatten sie sich in letzter Zeit besucht, obwohl der Ritt kaum länger als eine Stunde dauerte.

Aber jede von ihnen war mit ihrem großen Haushalt, der Gartenarbeit und den vielen Tieren, die es zu versorgen galt, ausgelastet. Vaïa nahm sich vor, das in Zukunft zu ändern und Vada, ihre älteste Schwester, öfter zu besuchen.

In der Ferne tauchte das verwinkelte, aus dicken Baumstämmen gezimmerte Familienhaus ihrer Großeltern auf. Sie hatten das Haus zu ihrer Zeit als Möglichkeit genutzt, ruhige Ferien weitab von allen fürstlichen Verpflichtungen zu machen. Sie hatten es Vada als ältestes Enkelkind vererbt, und nun wohnte sie mit ihrem Mann und ihren unzähligen Kindern darin.

Kaum war Vaïa auf den gekiesten Vorplatz galoppiert, wurde die Tür des Hauses stürmisch aufgerissen.

»Ich glaube es nicht, Vaïa!«, rief ihre Schwester. »Ich habe einen Reiter am Horizont auftauchen sehen und tatsächlich so sehr gehofft, dass du es bist!« Sie nahm immer zwei Stufen, rannte zu Vaïa, und als diese von Hullja heruntergesprungen war, drückte sie sie fest an sich.

»Ach, Vada, ich musste heute kommen. Ich muss mit jemandem reden, am besten mit dir!«

Vada schob ihre Schwester von sich und schaute ihr ernst ins Gesicht. »Oh je, mal wieder Ärger mit Montaque? Obwohl, hier gibt's doch keine jungen Luftfrauen, oder?«

Vaïa schüttelte den Kopf. »Nein, es geht nicht um meinen Luftikus. Aber können wir reingehen und uns unter vier Augen unterhalten?«

»Die Kinder sind mit Ljentus in die Berge hoch, sie wollen unbedingt einen Gebirgsbock schießen.« Vada verzog ihre Mundwinkel. Man konnte ihr ansehen, was sie davon hielt. »Komm!« Sie nahm Vaïa bei der Hand. »Ein warmer Tee und ein paar frische Kekse muntern dich bestimmt auf, und dann erzählst du mir, was dich so bedrückt.«

Vaïa stolperte hinter ihr her, hoffte, dass die Worte ihrer Schwester wahr werden würden und das Trostpflaster ihrer Kindheit sie tatsächlich etwas aufmunterte.

46. KAPITEL

KETH – SECHS MONATE NACH DEM SCHWARZEN TAG

Stjärna schaute mit großen Augen zu ihr hoch. Sie war eng vor Keths Brust gebunden, schien sich in ihrem warmen Kokon wohl und geborgen zu fühlen. Seit einigen Minuten war sie wach, hatte jedoch nicht gleich wie sonst immer angefangen zu jammern und dann zu brüllen, sondern nur ihre großen Augen auf Keth gerichtet, die diesen magischen Moment unglaublich genoss. Diese große Liebe, die sie für ihre Tochter empfand, die vom ersten Moment da gewesen war, war ein Gefühl, das jede Zelle in ihr ausfüllte. Sie küsste sie zart auf die Stirn, sog ihren unvergleichlichen Babyduft ein und band sie langsam los, knüpfte ihr Oberteil auf und legte ihren Augenstern an. Genussvoll begann Stjärna zu trinken, gab kleine schmatzende Geräusche von sich, und Keth setzte sich bequem zurecht. Müde ließ sie ihren Gedanken freien Lauf, kehrte zurück zu den letzten, kräftezehrenden Stunden.

Sie waren die ganze Nacht durch die Dunkelheit gereist, immer entlang der hohen Mondberge, immer darauf bedacht, nicht zu dicht an die Gebirgswände zu geraten. Gorria war vor ihnen hergeflogen, lenkte sie an den Unebenheiten der Berge vorbei, sank mal tiefer, stieg mal höher, und Aron und Lazar machten jede seiner Bewegungen mit. Als endlich der Mond aufgegangen war, konnten sie erkennen, dass sie das Gebirge in einer engen Schlucht durchquerten, und als die Sonne aufging, sahen sie, dass sie das Gebirge hinter sich gelassen hatten.

Keth schloss ihre Augen, als sie an diesen Teil ihrer gefährlichen Reise dachte. Kaum waren sie aus dem Schatten der Mondberge herausgeritten, hatten sie unzählige Rauchwolken aus kleinen und großen Vulkanen steigen sehen. Sie hörte noch Arons heiseren Ruf: »Haltet euch unbedingt aneinander fest, achtet auf das Baby und auf Valeria. Die Luftturbulenzen um die Vulkane herum werden uns durchschütteln, vielleicht auch Randteile der Wolke wegfressen.«

Noch jetzt bekam sie eine Gänsehaut. Allein der Gedanke an diese unvorstellbare Hitze, den Schwefelgestank und die Rauchwolken, die ihre Augen hatten tränen lassen, brachte sie dazu, ihre Zähne so stark aufeinanderzupressen, dass ihre Kiefer schmerzten. Niemals hätte sie sich Vulkane so vorgestellt, wie sie sie erlebt hatte. In ihren Augen waren sie gefährlicher als die Saniadrachen, sie waren unkalkulierbar, verfolgten einen mit Feuer, Schwefel und Lava und hinterließen Brandblasen, wenn man die lodernden Funken nicht schnell genug von der Haut wischte.

Die Hitze der Vulkane hatte ihre Wolke nach und nach verkleinert, die Wolkenränder schmolzen regelrecht. Obwohl sie schon sehr nahe an das Dorf, von dem Aron berichtet hatte, herangekommen waren, reichte der kleine Rest Wolke nicht aus – sie mussten sich einen Platz suchen, wo sie landen konnten. Doch sie waren nicht schnell genug, die Wolke war unter ihren Füßen weggeschmolzen.

Deswegen war Keth nicht mehr in der Luft unterwegs und kam ihrem Ziel immer näher, sondern saß mit ihrer Tochter gegen einen verkohlten Baum gelehnt und fühlte sich so müde wie niemals zuvor in ihrem Leben. Ihr Körper war von blauen Flecken überzogen, alles tat ihr weh. Aron und Lazar hatten ihr Bestes gegeben, um sie nicht abstürzen zu lassen, als ihre Wolke immer kleiner geworden war. Doch am Schluss hatten sie alle springen müssen. Lazar hatte Valeria in seinen Armen, Keth ihre Tochter, Aron nahm Naira an die Hand. Und dann sprangen sie, fielen übereinander, lagen stöhnend auf der Erde. Doch keinem von ihnen war ernsthaft etwas passiert. Valeria hatte kaum etwas mitbekommen, Keth hatte ihre Tochter so in den Mantel gewickelt, dass sie gut abgefedert war. Sie hatten Glück gehabt.

Gelandet waren sie auf einem verbrannten Stück Land zwischen mehreren Vulkanen. Das Dorf, in das sie mit Valeria wollten, war zwar in Sichtweite, doch noch ein ganzes Stück entfernt.

Lazar hatte sich den Weg, der am Berg nach oben zum Dorf führte, von hier unten angesehen. Er hatte die vom Rauch tränenden Augen mit seinen Händen abgeschirmt, nach oben gestarrt und lange mit Aron diskutiert, wie sie es angehen sollten. Diese Strecke würden sie laufen müssen, denn hier gab es weit und breit keine Wolke, nur stahlblauen Himmel, der von Rauchschwaden durchzogen war, und eine gleißende Hitze durch die immer wieder ausbrechenden Vulkane. Gemeinsam hatten sie entschieden, dass Aron und Lazar die seit Stunden bewusstlose Valeria abwechselnd zum Dorf tragen und sie unverzüglich aufbrechen würden.

Und sie alle hatten beschlossen, dass Keth sich mit dem Baby ausruhen sollte und Naira auf beide aufpassen würde. Sobald Keth bereit dazu war, würden auch sie aufbrechen.

Keth bewegte leicht ihre Schultern, Stjärna war an ihrer Brust eingeschlafen, und sie hatte unbeweglich dagesessen, um sie nicht zu stören. Auch sie war für kurze Zeit eingenickt, gähnte ausgiebig. Irritiert schaute sie sich um. Vorher hatte Naira ihr gegenüber vor einem kleinen Felsen gesessen, hatte die Augen geschlossen und vor sich hingedöst. Doch jetzt war sie nirgends zu sehen. Keth drehte sich um sich selbst, schaute in alle Richtungen, nichts.

»Naira, Naira!« Zuerst leise, dann immer lauter rief sie den Namen von Arons Freundin. Ihr Herz raste. Was, wenn sie nun ganz allein war, wenn Naira ein paar Schritte gegangen und ihr etwas zugestoßen war? »Naira«, versuchte sie es noch einmal. Doch außer dem lauten Schnabelklappern von Gorria, der sich eine Aschekuhle gescharrt und darin gelegen hatte, war nichts zu hören. Tatsächlich war es totenstill. Nur ihr Herzschlag, Stjärnas leises Weinen – natürlich hatte sie die Kleine mit ihrem Geschrei aufgeweckt – und das Klappern von Gorria waren zu hören.

Gorria hüpfte aus seinem Ascheloch, breitete seine Flügel aus und stieß sich ab. Keth staunte jedes Mal, wenn sie sah, wie rasend schnell er an Höhe gewann und sich ebenso schnell nach unten fallen lassen konnte. Er zog weite Kreise über ihnen, und auf einmal stieß er nach unten und war aus ihrem Blickfeld verschwunden.

Sie schluckte heftig, bemühte sich, ihre aufsteigende Panik zu unterdrücken. Irgendetwas hatte Gorria bewogen, zwischen zwei Vulkanen wie ein Pfeil nach unten zu stürzen. Hoffentlich kam er zu ihr zurück, hoffentlich passierte ihm nichts. Ihre Handinnenflächen fühlten sich feucht und klebrig an, ihr Magen hatte sich verknotet. Sie ging einige Schritte, musste jedoch schnell einsehen, dass sie nicht weit kommen würde. Die Vulkane schickten Hitze, Feuer und kleine Gesteinsbrocken in ihre Richtung, also kehrte sie um und ging auf den Berg zu, dort schien es sicherer zu sein. Leise vor sich hinsummend, um Stjärna zu beruhigen, stieg sie auf dem steinigen Gebirgsweg einige Meter nach oben.

Lautes Schnabelklappern ließ sie zusammenzucken. Sie drehte sich um und sah, wie Gorria neben Naira herhüpfte. Naira winkte ihr aufgeregt zu, und Keth winkte erleichtert zurück.

»Naira, wo warst du? Ich habe mir solche Sorgen gemacht!«

Naira rannte die letzten Meter und umarmte Keth vorsichtig, gab dem Baby einen kleinen Kuss auf die Stirn.

»Ich habe da hinten«, Naira zeigte mit ihrem Arm in die Richtung, aus der sie gekommen war, »Bewegungen gesehen. Du hast so ruhig geschlafen, ich wollte dich nicht wecken. Also bin ich allein dort hingegangen, ich habe so sehr gehofft, dass wir Sumender treffen. Die hätten uns vielleicht helfen können.«

Keth schüttelte mit zusammengepressten Lippen den Kopf. »Es gibt ja kaum noch welche. Nur ganz wenige Dörfer existieren noch, und die liegen alle in den Bergen.«

Naira nickte. »Ich weiß, aber die Hoffnung stirbt zuletzt. Es hätte ja sein können. Und ich war mir nicht bewusst, dass ich eine so lange Wegstrecke zurückgelegt habe.«

Gorria rollte mit seinen Knopfaugen, so als wollte er zum Ausdruck bringen, was er von der Aktion hielt.

»Und dann musste ich mich auch noch verstecken«, fuhr Naira fort. »Denn dort hinten sind keine Sumender, sondern eine Herde Vulturos.«

Keth sog erschrocken die Luft ein. »Vulturos? Ich dachte, die gibt es nur in den alten Sagen? Wie viele waren es?«

Naira zuckte mit den Schultern. »Die gibt es, genauso wie Sanïa und die Drachen und vieles mehr. Wie viele es waren, kann ich nicht sagen. Ich bin sofort umgekehrt und hab mich erst mal versteckt.« Sie machte eine kleine Pause, streichelte vorsichtig über Gorrias Schnabel und fuhr dann mit ernster Stimme fort: »Gorria hat mir geholfen. Als er schreiend und krächzend über die Vulturos hinweggeflogen ist, sind sie sofort in die kleinen Höhlen verschwunden, die es überall am Fuße der Vulkane gibt. Und sobald sie weg waren, bin ich losgerannt.«

»Was machen wir jetzt?«, fragte Keth. Sie schlang ihre Arme um ihren Oberkörper, um das unkontrollierte

Zittern, das mit Nairas Erzählung begonnen hatte, zu unterbinden. Vulturos waren angsteinflößend. So niedlich wie die kleinen Biester mit ihren großen, runden Augen und dem wuscheligen Fell aussahen, so grausam waren sie. Sie verbissen sich oft zu mehreren in ein Opfer und saugten es bis auf den letzten Tropfen aus.

»Wir machen uns auf den Weg. Wenn wir Glück haben, schaffen wir es, bis die Nacht anbricht.«

Gorria klapperte laut, wie bejahend, mit seinem Schnabel.

Keth wischte sich den Schweiß von der Stirn, betrachtete dann ihre schmutzige Hand und nickte. »Gut, wir gehen los. Sofort. Schnell.« Nach einer kleinen Pause sagte sie: »Wir werden gut im Dorf ankommen.« Sie legte so viel Überzeugung in ihre Worte, dass sie sie fast selbst glaubte, drehte sich in Richtung Berg und lief los.

47. KAPITEL

VALERIA – SIEBEN MONATE NACH DEM SCHWARZEN TAG

Diese Kühle auf ihrer Stirn tat so gut. Sie seufzte leise, hätte gerne gesagt, dass sie mehr davon haben wolle, doch sosehr sie sich auch bemühte, kein Ton kam über ihre Lippen. Auch ihre Augen waren wie zugeklebt. Sie konnte sie nicht öffnen. Nach einer Weile gab sie ihre Bemühungen auf, blieb ganz ruhig liegen und lauschte. Zuerst dachte sie, vollkommene Stille würde sie umgeben, doch bei genauerem Hinhören erkannte sie weit in der Ferne unterschiedliche Stimmen, Stoffe raschelten, Holz knisterte, ein Vogel stieß kreischende Laute aus, klapperte mit dem Schnabel. Sie roch würzige Kräuter und spürte die Kühle auf der Stirn, die immer wieder an den Seiten ihres Gesichtes entlangwanderte. Dann spürte sie Nässe an ihren Lippen. Sie schaffte es, ganz leicht ihren Mund zu öffnen, und genoss die kleinen Tropfen, die ihre trockenen Lippen benetzten.

»Bleib ruhig liegen, mein Kind, ich habe gesehen, dass du aufgewacht bist«, sprach eine sanfte Frauenstimme zu ihr. »Du bist nicht allein. Ich bin immer an deiner Seite.«

Valeria versuchte, etwas zu sagen, bekam aber nur ein Krächzen heraus. Etwas berührte ihre Hand.

»Ganz ruhig, mein Kind, dir geht es schon viel besser. Schlaf noch ein bisschen, danach wirst du richtig aufwachen.«

Noch einmal wischte jemand über ihre Stirn, kühlte ihre Lippen und ihre Hände, dann war es wieder ruhig, und langsam glitt sie in einen genesenden Schlaf hinüber.

48. KAPITEL

LAZAR – SIEBEN MONATE NACH DEM SCHWARZEN TAG

Unruhig nahm er immer den gleichen Weg, hin und her, auf und ab, so lange schon, dass er eine Spur auf dem Boden hinterlassen hatte. Aron hatte mehrmals nach ihm gerufen, doch da er nicht reagiert hatte, war Aron in der letzten Stunde nicht mehr aufgetaucht.

Eigentlich war er zu Tode erschöpft. Der Ritt auf dieser mickrigen Wolke über die Mondberge bis nach Sumendi war bereits eine große Kraftanstrengung gewesen. Aber der Fußmarsch bis zu diesem Dorf, abwechselnd mit Aron die bewusstlose Valeria tragend, hatte ihn grenzenlos erschöpft. Trotzdem konnte er nicht still sitzen, an Schlaf war schon gar nicht zu denken.

Wo hatten sie sich da hineinmanövriert? Warum hatte er nicht einfach bei seinem Volk im Tempesta-Gebirge bleiben können? Warum hatte er versucht, allen zu beweisen, dass er der bessere Wolkenreiter war? Doch diese Gedanken würden ihn nicht weiterbringen, er musste nach vorne blicken und positiv denken. Kurz blieb er stehen, schaute ins Tal hinunter. War dort auf dem Weg eine Bewegung zu sehen?

Er nahm seine Wanderung hin und her wieder auf. Wenn nur Valeria aufwachen, wenn sie wieder gesund werden würde. Dann würde Aron und ihm schon etwas einfallen. Sie würden ganz sicher aus diesem zu Tode geschmorten Land herauskommen. Zwar hatte er noch keine Wolke gesehen, aber irgendwann musste doch eine am Himmel auftauchen. Dieser stahlblaue Himmel mit der gnadenlos herunterbrennenden Sonne und dazu die unberechenbaren Vulkane. Wie konnte man hier leben? Es war für ihn unvorstellbar.

Aber die Sumender in diesem Dorf zeigten ihm, dass man hier sehr wohl leben konnte. Sie hatten sich mit den hiesigen Gegebenheiten arrangiert, hatten robuste, unverwüstliche Matten geflochten und sie über die Wege und Plätze gespannt, sodass man vor Sonne und glimmenden Funken geschützt war. Es gab frisches Wasser in großen Tanks, das sie vom Gebirge hierher leiteten. Und sie hatten entdeckt, dass die Vulturos, wenn man sie langsam garte, sehr schmackhaft waren. Und von diesen gab es mehr als genug.

Wenn nur Valeria endlich zu sich kommen würde. Sein Herz fühlte sich schwer an, wie begraben unter einer traurigen Last. Ihr Lachen, ihre Küsse und ihre Gespräche fehlten ihm.

Wieder blieb er abrupt stehen. Diesmal war er sicher, dass er eine Bewegung weiter unten gesehen hatte. Seine Augen begannen zu tränen, so konzentriert blickte er auf die sich bewegenden Punkte, die langsam an Schärfe gewannen und sich nach und nach als Keth und Naira herauskristallisierten. Wie sehr hatten sie gehofft, dass die beiden ihnen bald folgen würden. Und da waren sie, mühten sich den steilen Pfad herauf, hatten ihn noch nicht gesehen.

»Aron, sie kommen!« Laut rufend rannte Lazar auf den Dorfplatz, und als er Aron vor einer Hütte sitzen sah, winkte er ihm hektisch zu und rief noch einmal: »Sie kommen!«

Dann drehte er um und hastete den Pfad hinunter, den beiden Frauen und Stjärna entgegen. Lautes Gekreische schreckte ihn auf, ein großer roter Fleck am Himmel bewegte sich kreisend über ihm.

»Gorria, endlich!«

Er winkte nach oben, dann lief er weiter, aufmerksam auf den Boden schauend, auf Keth und Naira zu.

Sie hatten Lazar gesehen, beschleunigten ihren Schritt, winkten, riefen und wurden stürmisch von Aron umarmt, der wie ein wilder Gebirgsbock an Lazar vorbeigestürmt war.

Die Freude war riesig. Lazar nahm Keth das Baby ab, und langsam gingen sie den Weg zum Dorf zurück. Oben angekommen, empfing sie Gorria, der von allen erst einmal Streicheleinheiten einforderte. Dann führte Aron sie auf den Dorfplatz.

»Seid willkommen in unserem Dorf.« Eine kleine Frau, gekleidet in einen weiten blauen Kaftan, begrüßte sie und bot ihnen Tonbecher mit kühlem Wasser an. Gierig tranken Keth und Naira, dann ließen sie sich müde auf den Boden sinken.

49. KAPITEL

CRISTAN – SECHS MONATE NACH DEM SCHWARZEN TAG

Endlich! Endlich saß er wieder auf einem Pferd, genoss das schnelle Tempo und den Wind, der ihm ins Gesicht blies. Als er den See vor sich schimmern sah, verringerte er das Tempo, nahm die Zügel auf und ließ den großen Hengst im Schritt gehen. Gemütlich umrundeten sie den See, und Cristan erlaubte sich, seine Gedanken wandern zu lassen.

Seit einigen Wochen nahmen sie die Gastfreundschaft des Luftvolkes dankend an, nutzten die Zeit, um in der Nähe ein kleines Dorf aufzubauen und sich für den nahenden Winter zu rüsten. Sie hatten die Höhlen am Fuße des Gebirges nach wenigen Tagen verlassen und waren einem breiten Pfad in die Berge gefolgt. An einer engen Stelle waren sie von Wachen aufgehalten worden, die ihnen aber nach kurzer

Rücksprache mit Fürst Montaque erlaubt hatten, weiterzuziehen.

Die letzten Tage waren für ihn eine körperliche und seelische Erholung gewesen, er fühlte sich so gut wie zu den Zeiten, als seine geliebte Keth an seiner Seite gelebt hatte. Er blickte zu den Stelzvögeln hinüber und verbat sich energisch, seinen sehnsuchtsvollen Gedanken nachzuhängen. Die Zeit würde kommen, da er auf die Suche nach ihr und seinem Kind gehen konnte. Montaque hatte ihm versprochen, ihn dabei zu unterstützen. Sie waren übereingekommen, damit bis nach der dunklen Jahreszeit zu warten, sich gut vorzubereiten und mit einem kleinen Heer an Soldaten loszuziehen. Er war sich sicher, dass sie irgendwo auf ihn wartete, eingesperrt, sehnsuchtsvoll, und dass sie eine gemeinsame Zukunft in ihrem herrlichen Land haben würden.

Langsam ließ er sich vom Pferderücken gleiten, schlang die Zügel um einen tief hängenden Ast und ging zum Seeufer. Dort kniete er sich nieder und schöpfte mit seiner hohlen Hand Wasser, das er in sein erhitztes Gesicht spritzte. Tief die frische Luft einatmend, setzte er sich einige Schritte entfernt vom Ufer auf einen dicken Baumstamm. Der Blick, den er von dort hatte, war idyllisch. Vor ihm lag der tiefblaue See, in dessen Uferbereich die bunten, langbeinigen Stelzvögel standen, dahinter erstreckte sich eine große sattgrüne Ebene, auf der riesige, schattenspendende Bäume wuchsen. Eingerahmt und, wie Vaïa immer betonte, beschützt wurde das Bild durch die bis in den Himmel reichenden Berge des Tempesta-Gebirges mit ihren weißen Gipfeln, an denen, wie fast immer, Wolken hingen.

Cristan nahm seine Augenbinde ab, rieb sich über das zerstörte Auge und hob sein Gesicht in die Sonne. So herrlich war sein Land, so friedlich in seiner Schönheit, und doch wurde es geknechtet von einem Irren, der ihn entthront hatte und nun die Bürger demütigte und verarmen ließ. Cristan schloss sein gesundes Auge, presste die Lippen aufeinander und stöhnte leise. Das alles wegen einer falschen Entscheidung. Er schlug mit geballter Faust auf den Baumstamm, genoss regelrecht den Schmerz, der in seiner Hand auflöderte. Aber er hatte sich lange genug in Selbstmitleid gebadet. Gesundheitlich ging es ihm wieder gut. Dass er nur noch auf einem Auge sah, hatte er gelernt zu kompensieren. Er würde sein Land zurückerobern, und wenn es das Letzte war, was er in seinem Leben tun würde.

»Keth, wie sehr vermisse ich dich«, flüsterte er und spürte der Wehmut nach, die sich immer einstellte, wenn er an sie dachte. Doch er schüttelte sie diesmal ab, stand auf und reckte sich. Er stutzte. Was war das? Lag da etwa Rauch in der Luft? Er schnupperte, drehte sich etwas und sah, wie Rauch zwischen den Bergen aufstieg. Dort, wo Montaque mit seinem kleinen Soldatenheer den Zugang zum Tal in eine Festung umgebaut hatte, um den Weg besser kontrollieren zu können. Und genau dort schien es zu brennen. Orangerote Flammen zuckten in den Himmel, gefolgt von grauen Rauchschwaden.

Er rannte zu seinem Pferd, sprang auf und galoppierte los. Als das Haus von Montaque und Vaïa in Sicht kam, schrie er: »Feuer, Feuer, ich glaube, die Festung brennt! Feuer!«

Montaque kam aus den Stallungen gerannt, gefolgt von den Stallburschen, und schaute in die Richtung, in die Cristan gestikulierte. »Sattelt die Pferde!«, rief er und lief zurück in den Stall.

Cristan sah, wie sich in kürzester Zeit sowohl die Soldaten als auch die Stallburschen und einige Männer des Wüstenvolkes in Richtung Festung auf den Weg machten. In der Zwischenzeit schien sich der Brand ausgedehnt zu haben. Er sah an mehreren Stellen in der Umgebung Rauch aufsteigen.

»Du bleibst hier!«, schrie Montaque, als Vaïa mit flatterndem Rock an ihm vorbeiritt.

»Werde ich nicht!«, schrie sie zurück, beugte sich tiefer über ihre Stute und zog das Tempo an.

Cristan folgte ihnen, und beim Näherkommen legte sich Entsetzen auf sein Herz. Die Festung stand in lodernden Flammen. Wie hatte das passieren können? Näher konnten sie nicht heranreiten, die Luft glühte regelrecht. Beim Einatmen hatte er das Gefühl, dass seine Lippen verschmorten, der Rauch reizte seine Lunge, sein Pferd wieherte angstvoll. Sie konnten nichts tun, außer dazustehen und den wütenden Flammen zuzuschauen. Er sah, wie Vaïa sich Tränen aus dem Gesicht wischte und wieder und wieder »Nein!« rief.

Montaques Miene war starr, wirkte wie eingefroren.

Der Oberst seines Heers ritt neben ihn. »Das kann sich nicht von allein entzünden. Da hat jemand Hand angelegt.«

Montaque nickte mit zusammengepressten Lippen. »Der Meinung bin ich auch.«

»Wir werden hier Wache halten. Wenn der Brand sich gelegt hat, sehen wir weiter, aber im Moment können wir nichts tun.« Der Oberst ritt zurück zu seinen Männern.

»Das war niemand vom Tal hier«, sagte Vaïa. »Wenn das Feuer tatsächlich von jemandem gelegt wurde, dann von der anderen Seite aus. Denkst du, es waren die Schergen des Schwarzen Fürsten? Wird es gefährlich für uns?«

Cristan hörte die Angst in ihrer Stimme, sah, wie Montaque ihre Hände streichelte, die krampfhaft die Zügel der Stute festhielten.

»Ich hoffe nicht«, sagte Montaque. »Aber im Moment wissen wir einfach zu wenig. Wir müssen abwarten.«

50. KAPITEL

MONTAQUE – SECHS MONATE NACH DEM SCHWARZEN TAG

Ihre Haare – diese herrliche rote Mähne – rochen noch immer nach Rauch. Obwohl sie sie mehrmals am Abend gewaschen hatte. Zärtlich hatte er ihr dabei geholfen, hatte sein Lüftchen in ein dickes Handtuch gewickelt und zum Bett getragen. Vaïa war völlig außer sich gewesen.

»Ich habe mich so sicher gefühlt, dachte, hier können unsere Kinder und die Familien, die mit uns gekommen sind, gut und friedlich leben.« Sie lag in seinen Armen, schluchzend und bis zur Nasenspitze eingehüllt, weil sie furchtbar fror.

»Wir sind sicher, du musst nicht gleich vom Schlimmsten ausgehen. Unsere Soldaten passen auf.«

Sie gab einen kläglichen Laut von sich.

»Und sobald wir zur Brandstelle können, werden wir mehr sagen können. Vor allem werden wir sofort beginnen, die Festung wiederaufzubauen, und mit der Hilfe des Wüstenvolkes wird es noch schneller gehen.« Er zog sie dicht an sich, strich ihr liebevoll eine Strähne aus dem verweinten Gesicht. »Vaïa, Lüftchen, beruhige dich. Uns wird hier nichts passieren.«

Er spürte, wie ihre Muskeln sich anspannten, wie sie vibrierte und nicht zur Ruhe kam.

»Du bist meine starke Frau, hast dich nie unterkriegen lassen. Wir werden gemeinsam unser neues Leben sicher aufbauen. Mach dir nicht pausenlos Gedanken. Sieh das Positive. Niemandem ist etwas passiert, wir können selbst für unsere Sicherheit sorgen, nur die Festung am anderen Ende des Tals ist abgebrannt, weder unsere Häuser noch unsere Stallungen.«

Langsam schien sie sich zu entspannen. Leise und ruhig flüsterte er ihr immer wieder Liebesbekundungen ins Ohr, streichelte sanft ihre Haare, verteilte kleine Küsschen auf ihren Wangen. Erst als ihre regelmäßigen Atemzüge ihm verrieten, dass sie eingeschlafen war, legte er sich neben sie und starrte an die Zimmerdecke.

Jetzt war es also so weit, ihre trügerische Sicherheit war vorbei. Er hatte es befürchtet, ja eigentlich schon länger erwartet. Der Schwarze Fürst würde es ihnen niemals durchgehen lassen, dass sie sich in diesem Tal angesiedelt und so versucht hatten, den Repressalien des neuen Herrschers zu entgehen. Dazu kam, dass auch das Wolkenvolk das Tempesta-Gebirge zur Flucht genutzt hatte und seit einigen Wochen das Wüstenvolk bei ihnen Unterschlupf fand.

Der Schwarze Fürst hatte sich das einige Monate gefallen lassen, aber dass jetzt sogar der frühere König hier lebte, war wohl zu viel für ihn. Montaque war klar gewesen, dass sie beobachtet wurden. Sie würden sich in Acht nehmen müssen.

Er war wahnsinnig müde, doch die Ereignisse der letzten Stunden wirkten in ihm nach, verscheuchten den so wichtigen Schlaf. Seine Gedanken hüpften hin und her. Gleich morgen würde er mit seinem Oberst einen Plan entwerfen müssen, wie sie die Sicherheit des Tales gewährleisten konnten. Dabei mussten auch die Männer des Wüstenvolkes mithelfen.

Seine Gedanken wanderten zu Cristan, der wieder so stark, so königlich wirkte. Aber war er das wirklich? Was hatte er in den letzten Monaten alles einstecken müssen. Einmal abgesehen von dieser furchtbaren Augenverletzung, musste er das alles ohne seine Frau durchleben, hatte sein Kind noch nie gesehen, wusste überhaupt nicht, wo oder ob die beiden noch lebten, musste tatenlos mit ansehen, was aus seinem blühenden Land gemacht wurde.

Der König – ja, für ihn war er noch der König – war ein wirklich starker Mann. Ob er in einer vergleichbaren Situation auch so unbeugsam und zielstrebig gewesen wäre? Ohne sein Lüftchen? Er glaubte es nicht. Ohne sie wäre er verloren. Sie war sein Halt, sie brachte das Gute in ihm zum Vorschein, ohne sie wäre das Leben für ihn ohne Wert.

Er schüttelte innerlich den Kopf. Wo seine Gedanken ihn heute Nacht hinführten, das lag sicher daran, dass er trotz dieser bleiernen Müdigkeit nicht einschlafen konnte. Und wenn er sich so gehen ließ, lauerten im Hintergrund immer die Sorgen um seine älteste Tochter. Sie fehlte ihm, doch er war stets darauf bedacht, es sich nicht anmerken zu lassen. Vaïa machte sich schon genug Sorgen um Valeria. Er presste seine Lippen zusammen, die Schlaflosigkeit wich nicht, die dunklen Schatten kamen immer näher. Leise stöhnte er. Vorsichtig zog er seinen Arm unter Vaïa hervor und stand auf. Er warf sich den langen Mantel über, der neben seinem Bett lag, und schlich zur Tür. Ein Whiskey würde ihm guttun. Oder auch zwei. Dann würde er zu seinem Lüftchen zurück ins warme Bett schlüpfen.

51. KAPITEL

KETH – SIEBEN MONATE NACH DEM SCHWARZEN TAG

»Ich bin so froh, dass es dir besser geht!« Keth setzte sich neben Valeria auf die Bank. Sie hob ihr Gesicht den Sonnenstrahlen entgegen und genoss die Wärme. Endlich hatte der Ascheregen, der seit einigen Tagen auf sie heruntergerieselt war, aufgehört. Ein großer Vulkan war ausgebrochen.

»Ich fühle mich schon sehr viel besser«, sagte Valeria. »Ich denke, sobald Aron und Lazar eine Wolke gefunden haben, kann es wieder losgehen.«

»Wenn sie heute wieder ohne Wolke zurückkommen, werden wir in den nächsten Tagen zu Fuß aufbrechen. Anscheinend müssen wir ja nur aus dem Bereich der großen Vulkane herauskommen, um eine Wolke zu finden.« Keth klang optimistischer, als sie sich fühlte. Ihre Unruhe nahm immer mehr zu, sie wollte, ja sie musste weiter. Viel zu viele Monate war sie schon allein unterwegs, ihr Volk und ihr König brauchten sie.

Sie blinzelte in den Himmel. Zwar kamen schon vermehrt Sonnenstrahlen zu ihnen durch, aber noch immer dominierte das Grau der herumwirbelnden Asche. Stjärna schien das nichts auszumachen. Vor Keths Füßen lag sie auf einer schmuddeligen Decke auf dem Rücken und spielte mit einem Ring, den ein alter Sumendi für sie geschnitzt hatte. Fröhlich glucksend biss sie darauf herum, nahm ihn mal in die eine Hand, dann in die andere oder hängte ihn an einen ihrer nach oben strampelnden Füßchen.

Valeria folgte ihrem Blick. »Du hast so ein Glück. Sie ist ein wirklich liebes, braves Mädchen.«

Keth nickte. Darüber war sie sehr froh. Denn mit einem Baby, das immer schrie, ob unzufrieden oder hungrig, wären die letzten Monate noch anstrengender und zermürbender gewesen, als sie sie sowieso schon empfunden hatte.

»Schau, da oben leuchtet es rot«, sagte Valeria und zeigte mit ihrer Hand auf den roten Fleck, der weit über ihnen große Kreise zog.

»Gorria ist schon ganz unruhig. Auch er scheint weiterzuwollen. Seine Ausflüge werden immer länger.« Keths Stirn legte sich in Falten. »Ich würde es verstehen, wenn er ohne uns weiterziehen würde.«

»Der? Niemals. Der passt auf Stjärna auf wie ihr persönlicher Leibwächter, auch dich lässt er kaum aus den Augen.« Valeria kicherte.

Keth nickte langsam. Das stimmte, und lange Zeit hatte sie sich darüber gewundert. Bis Naira es ihr erklärt hatte.

»Gorria ist ein Seelenvogel«, sagte Keth zu Valeria, die sie mit großen Augen ansah. »Davon gibt es nur noch wenige. Sie leben in Sanïa und warten darauf, dass sie ihre verwandte Seele finden. Da aber nur noch wenige von Sanïa wissen, sterben die meisten Seelenvögel an Einsamkeit.«

»Das erfindest du jetzt, oder?«, flüsterte Valeria.

Keth schüttelte energisch den Kopf. »Naira hat es mir erzählt, und sie entstammt einer Familie, die seit vielen Generationen, wahrscheinlich schon immer, in Sanïa lebt.«

»Seine Kreise werden kleiner.« Valeria zeigte auf Gorria.

»Gorria hat mich in Sanïa gefunden und seitdem nicht mehr verlassen«, fuhr Keth fort. »Ich habe es nie hinterfragt, warum das so ist. Hatte aber von Anfang an eine ganz enge Verbindung zu ihm gespürt. Tja, und jetzt weiß ich auch warum. Wir sind zwei Seelen, die zusammengehören.«

»Was es alles gibt. So eine Geschichte hätte ich vor einigen Monaten als Märchen abgetan.« Valeria schmunzelte kopfschüttelnd, dann deutete sie wieder auf Gorria. »Schau mal, jetzt dreht er ab. Er fliegt ins Landesinnere.«

»Ob er Aron und Lazar gesehen hat? Vielleicht haben sie doch eine Wolke gefunden. Hoffentlich.« Keth stand auf und ging einige Schritte in die Richtung, in die Gorria geflogen war. »Ich kann leider nichts erkennen. Dahinten ist alles grau in grau, nur Asche.« Sie setzte sich wieder zu Valeria. »Deine Eltern vermissen dich sicher furchtbar.«

Valeria zuckte mit den Schultern. »Vielleicht. Ihnen wird das Kindermädchen fehlen.« Sie klang bitter.

»Mama wird sich bestimmt Sorgen machen, aber sie haben so viele Kinder …« Sie ließ ihren Satz leise ausklingen.

»Aber jedes Kind ist einzigartig. Wie groß wird ihre Freude sein, wenn du endlich wieder bei ihnen bist.«

Valeria nickte gleichmütig. »Kann sein.«

Keth schrie plötzlich: »Schau, da kommen sie! Und Gorria ist auch dabei!« Sie sprang auf, winkte hektisch und ging ihnen mit großen Schritten entgegen.

»Aber sie sind ohne Wolke«, sagte Valeria traurig. »Wir kommen hier nicht weg.«

Lazar kam angerannt, kniete sich neben sie und drückte sie fest an sich. »Val, du siehst gut aus. Es geht dir besser!«

»Ich habe euch gehört, ihr seid wieder zurück!« Naira trat aus einer Hütte, in der sie geholfen hatte, das Abendessen vorzubereiten. Aron nahm sie in seine Arme und gab ihr einen schnellen Kuss.

»Morgen geht es los, wenn Valeria so weit gesund ist«, sagte er. »Wir brauchen erst mal keine Wolke, sie würde uns auch nicht wirklich weiterhelfen.«

Alle schauten ihn aufmerksam an, Keth verschränkte die Arme vor der Brust, sogar Stjärna blieb still liegen. Gorria hörte mit seinem lauten Schnabelklappern auf und ließ sich neben dem Baby nieder.

»Wir haben viele Gespräche geführt und wissen jetzt, wie wir weiterreisen können«, sagte Aron. »Wir folgen diesem Pfad, gehen immer auf der Westseite der Mondberge und werden in vielleicht zwei Tagen in Isoelǎin sein.«

Keth strahlte. »Wir kommen Arcania tatsächlich näher.« Sie ballte ihre rechte Hand zur Faust. »Aber es wird in Isoelåin schwierig werden. Zu Fuß sogar gefährlich.«

Aron nickte. »Du hast recht. Die Chancen stehen jedoch gut, außerhalb von Sumendi eine geeignete Wolke zu finden. Ich konnte mein Wolkentau beim Absturz retten, leider sind die Wolkensegel zerrissen. Trotzdem werden wir dann noch wenige Tage brauchen, um die Grenze nach Arcania zu überqueren.«

Stille machte sich breit, als ob jeder über das Gesagte noch einmal nachdenken müsste. Ihre Heimat war zum Greifen nahe.

»Ich kann es kaum glauben«, sagte Keth. »Bald wird es ein Jahr, dass ich von dort geflüchtet bin.« Ihre Augen füllten sich mit Tränen.

Lazar räusperte sich. »Wir haben ein Ziel vor Augen. Morgen früh bei Sonnenaufgang geht es los. Naira, du kümmerst dich um Proviant, jeder sollte sich ein Tuch umhängen können. Keths Ration teilen wir auf, sie muss schon ihr Kind tragen.«

»Und macht euch keine Sorgen wegen Isoelåin«, sagte Aron. »Wir werden dort nicht zu Fuß gehen, wir finden auf jeden Fall eine Wolke.«

Keth spürte, wie Gänsehaut ihre Arme überzog. In ihren Ohren klang das zu bemüht, anscheinend machte auch er sich Sorgen.

52. KAPITEL

VAÏA – SECHS MONATE NACH DEM SCHWARZEN TAG

Vada reichte das Medaillon zurück, das Vaïa ihr bei ihrem Besuch überlassen hatte. Sie hatten sich am Picknickplatz getroffen und saßen stumm auf einer verblichenen Decke.

»Es tut mir leid, Vaïa, aber auch mir ist keine Antwort eingefallen. Vielleicht erfahren wir nie, wie das Medaillon dorthin gekommen ist.«

Vaïas Augen füllten sich mit Tränen. »Wir sind an allem schuld. Hätten wir uns nicht eingemischt, wäre vielleicht alles gut geworden. Valja fehlt mir so sehr. Und wenn sie nicht mehr lebt? Wie sollen wir mit der Schuld weiterleben?«

Vada nahm sie tröstend in den Arm. »Und wenn sie lebt? Wenn sie irgendjemandem das Medaillon mitgegeben hat, damit wir wissen, dass sie noch in Sanïa ist?«

»Warum hat dieser ›Irgendjemand‹ es uns nicht selbst gegeben? Warum lag es hier? Die Gefahr wäre doch groß, dass wir es gar nicht finden.«

Ihre Schwester zuckte mit den Schultern. »Ich weiß es auch nicht. Vielleicht erfahren wir es tatsächlich nie. Aber wir dürfen doch die Hoffnung nicht aufgeben, dass unsere Schwester noch lebt.«

Vaïa schluchzte laut auf. »Ich bin so unsagbar traurig. Ich will mein altes Leben zurück. Wie schön wir es hatten. Ja, ja, ich weiß, was du sagen willst, auch hier ist es schön. Aber es ist nicht mehr sicher.«

Vada streichelte ihr beruhigend über den Rücken.

»Meine wunderschöne Valeria fehlt mir so sehr. Wo ist sie? Auch die Wolkenreiter sind nicht mehr zurückgekommen.«

»Aber du kannst doch spüren, wenn einem deiner Kinder etwas zugestoßen ist. Also weißt du auch, dass sie lebt.«

Vaïa nickte und fuhr dann fast hysterisch fort: »Ja, sie lebt. Aber unter welchen Umständen, wie geht es ihr, was muss sie erleiden?« Tränen rannen über ihr Gesicht. »Es ist alles zu viel. Es zermürbt mich. Seit die Festung abgebrannt ist, habe ich keine Nacht mehr ruhig geschlafen. Ich habe Angst um uns, unsere Kinder, unser Leben. Ich habe Angst vor dem Schwarzen Fürsten, vor seinen grausamen Schergen.« Ihre Stimme überschlug sich. »Warum haben wir Keth nach Sanïa gebracht? Warum? Warum ist alles so schiefgelaufen?«

»Pst, pst …« Vada machte beschwichtigende Töne. »Beruhige dich, das hilft dir nicht weiter. Wo ist meine kämpferische, mutige, intelligente Schwester?« Sie reichte Vaïa ein Tuch für ihre Tränen. »Denk an all das Gute in deinem Leben. Du hast einen Mann, der dich vergöttert, zumindest meistens, du hast viele wundervolle Kinder, uns allen ist die Flucht vor dem Schwarzen Fürsten gelungen, du spürst, dass deine Valeria noch lebt, und du bist eine tolle Schwester.«

Vaïa schluchzte noch einige Male, trocknete mit resoluten Bewegungen ihre Tränen und schnäuzte sich laut. Dann richtete sie sich auf, sah ihrer Schwester ernst ins Gesicht und sagte: »Du hast recht, wie immer. Ich darf mich nicht unterkriegen lassen. Montaque ist manchmal ohne mich wie ein hilfloses Kind. Außerdem brauchen mich meine Kinder. Und es könnte alles noch viel schlimmer sein.«

»So gefällst du mir schon besser!« Vada umarmte ihre Schwester heftig. »Es ist alles vorbestimmt, und es wird alles gut.«

»Oma hat das immer gesagt«, erinnerte sich Vaïa und nahm Vadas Hand. »Und Oma hat wirklich daran geglaubt.«

»Und? Denk zurück. Es ist immer wieder weitergegangen, und es wurde alles gut.«

53. KAPITEL

ARON – SIEBEN MONATE NACH DEM SCHWARZEN TAG

Ihr Atem wirbelte weiße Wölkchen in die kalte Gebirgsluft. Ihre Wangen waren gerötet, sie kamen gut voran. Arons Anspannung ließ nach, obwohl er sich noch immer sorgte, ob Valeria die Anstrengung des Fußmarsches durchhalten würde.

Er drehte sich um, winkte Keth und Lazar zu, die hinter ihm gingen, und sah wieder nach vorne. Naira ging an der Spitze, Valeria folgte ihr ohne Anzeichen von Schwäche. Sie hatten bis jetzt eine größere Strecke geschafft, als er erhofft hatte. Das Wetter half ihnen dabei, die Sonne schien von einem wie immer wolkenlosen Himmel, die Temperaturen waren kalt, aber gut auszuhalten, der Weg ging zwar stetig bergan, war aber nicht zu steil.

Die Dorfbewohner hatten tränenreich von ihnen Abschied genommen. Vor allem Stjärna hätten sie zu gerne bei sich behalten. Nach vielen guten Ratschlägen, herzlichen Umarmungen und warmen gewobenen Decken als Geschenk waren sie in der Morgendämmerung aufgebrochen. Gorria flog ihnen voraus, schien den Weg zu kontrollieren und nach möglichen Gefahren Ausschau zu halten.

Wenn sie in diesem Tempo weiter vorankamen, würden sie schon morgen die Grenze nach Isoelåin überschreiten. Und dann würde es darauf ankommen. Sollten sie keine Wolke finden, was durchaus möglich sein konnte, dann ... Daran wollte er jetzt nicht denken. Denn wenn er sich gegenüber ehrlich war, müsste er zugeben, dass Isoelåin noch niemand zu Fuß durchquert hatte.

Ein schrilles Schluchzen hallte an den Bergwänden wider. Erschrocken drehte er sich um, sah, wie Keth versuchte, ihre Tochter zu beruhigen. Aber ihre Bemühungen scheiterten, Stjärna schrie weiter.

»Wir müssen kurz anhalten«, rief Keth. »Stjärna lässt sich nicht beruhigen, sie hat Hunger.«

Aron nickte ihr zu, zeigte nach vorne. »Wir machen dort oben Halt. Seht ihr das kleine ebene Stück neben dem spitzen Felsbrocken? Dort gönnen wir uns eine Pause.«

Gorria kreiste über ihnen, klapperte laut mit dem Schnabel.

»Ist ja gut, sie wird sich gleich beruhigen.« Keth winkte dem aufgeregten Vogel zu und marschierte hinter Aron her.

Auf dem kleinen Platz angekommen, setzte sich Keth auf den staubigen Boden, lehnte sich gegen einen Felsbrocken und gab ihrer Tochter zu trinken. Sofort hielt herrliche Stille Einzug, und alle atmeten erleichtert auf.

Aron setzte sich neben Naira und legte einen Arm um ihre Schultern. »Wir kommen gut voran.«

Naira nickte gähnend. »Valeria hält sich tapfer.«

»Ah, tut die Pause gut.« Aron streckte stöhnend seine Beine aus und blickte auf die Landschaft unterhalb des Mondgebirges, die durchzogen war von kleinen und größeren Vulkanen. Manche stießen dünne graue Wolken aus, aus anderen quoll ein leuchtend orangefarbener Strom glühender Lava, und wieder andere ruhten in der Sonne, als wären sie zu träge, um gefährlich zu sein. Eine beklemmende Schönheit ging von der Szene aus. »Irgendwie ist dieses Land faszinierend. Das Beeindruckendste ist jedoch, dass es hier überhaupt noch Lebewesen gibt.«

»Da hast du recht, und wir hatten wirklich Glück, dass wir die Vulturos nur gesehen und sie uns nicht angegriffen haben«, sagte Naira.

Aron zog sie dichter an sich. »Das verdanken wir Gorria. Vor ihm hatten sie sichtlich Angst. Ich bin froh, dass er uns begleitet.«

»Wir können weiter, Stjärna ist fertig«, rief Keth zu ihnen herüber.

Lazar half Valeria beim Aufstehen, umarmte sie und gab ihr einen schnellen Kuss. »Kannst du weiter?«

Valeria nickte. »Mach dir keine Sorgen, es geht mir wirklich gut.«

»Lazar, du gehst jetzt an der Spitze, und ich übernehme das Ende der Gruppe.« Aron winkte ihm zu, woraufhin sie sich wieder in Bewegung setzten.

Die Luft wurde immer kälter, der Himmel veränderte schleichend seine Farbe. Aron sah sorgenvoll nach oben. Das Licht, das vorher klar und hell gewesen war, wurde diffus, sie mussten aufpassen, wohin sie traten.

»Es sind doch noch einige Stunden, bis die Sonne untergeht«, meinte Keth. »Warum wird es jetzt schon so dämmrig?«

Lazar zuckte mit den Schultern. »Keine Ahnung. Wir gehen weiter, achtet auf euern Weg. Es ist sowieso viel zu kalt, um hier eine Pause zu machen.«

»Wenn es stimmt, was die Dörfler uns gesagt haben, müssten bald einige Höhlen zu sehen sein«, sagte Aron mit ruhiger Stimme, um die Anspannung nicht noch zu vergrößern. »Wenn das Wetter schlecht wird, suchen wir uns dort einen Platz zum Übernachten. Das ist zwar zu früh, ich wäre gerne noch weitergelaufen, aber vernünftiger wird es sein, wenn wir in einer Höhle bleiben.«

Stumm gingen sie weiter, setzten einen Fuß vor den anderen, schreckten nur kurz auf, als Gorria vor ihnen landete und sie mit großen Hüpfern auf dem Weg begleitete.

Aron schaute nach oben. Die Sonne war nicht mehr zu sehen, der Himmel schien von einem hellen in ein dunkles Grau zu wechseln, die Temperaturen waren dermaßen gesunken, dass sich auf ihren Haaren Eiskristalle bildeten. Beim Einatmen fühlte sich die Kälte wie kleine Splitter an, immer wieder husteten sie.

Sie überquerten eine kahle, steinige Fläche. Aufkommender Wind zog an ihrer Kleidung, trieb ihnen Tränen in die Augen. Die umliegenden Berge waren nur noch als schwarze Schatten zu erkennen.

Gorria war nicht mehr zu sehen. Vor einiger Zeit war er auf ihrem Weg vorausgehüpft und aus ihrem

Sichtfeld verschwunden. Immer wieder lauschten sie, ob sie sein typisches Schnabelklappern hörten. Aber nur der immer stärker werdende Wind heulte in ihren Ohren. Aron begann sich um den Vogel zu sorgen. Wo konnte er nur sein? War es ihm zu viel geworden?

Da hörten sie ihn. Ein lautes Kreischen, dann ein energisches Schnabelklappern. Lazar wurde schneller, ging auf den Vogel zu. Die Fläche verengte sich und mündete in einen schmalen Pfad, der zwischen zwei hohen Bergwänden hindurchführte. Es war eine Wohltat, hier zu gehen, die hohen Felsen hielten den beißenden Wind ab.

»Ah, tut das gut, mein Gesicht ist halb erfroren.« Naira legte beide Hände an ihre Wangen.

»Gorria hat eine Höhle gefunden«, rief Lazar, als er ihnen entgegenkam. Er zeigte auf einen Felsen, der rechts von ihnen aus der Bergwand ragte. Dahinter lag, gut verborgen, der Zugang zu einer Höhle. Sie rannten auf ihn zu, drängten sich durch den Höhleneingang, lobten Gorria, strichen über seinen Schnabel und waren erleichtert. Aron holte seine Feuersteine heraus, und mit einigen kleinen Spänen schaffte er es, ihre Fackeln anzuzünden.

Sie schauten sich um. Die Flammen warfen zuckende Schatten auf die kahlen Höhlenwände. Aron ging an ihnen entlang. »Es gibt nur diesen kleinen Raum, er reicht aber völlig, um die Nacht hier zu verbringen, und wir sind geschützt vor der Kälte und dem Wind.«

54. KAPITEL

CRISTAN – SIEBEN MONATE NACH DEM SCHWARZEN TAG

Nur mit einem Handtuch umwickelt, betrat er sein kleines Zimmer. Den ganzen Tag war er mit einigen Soldaten auf Erkundung gewesen. Seit die Festung am Zugang ihres Tales gebrannt hatte, war er täglich durch die Enge des Taleingangs den Bergpfad entlanggeritten und hatte mit Männern, die sich für diese gefährliche Mission freiwillig gemeldet hatten, mögliche Unterschlüpfe kontrolliert.

Montaque und er waren der Meinung, dass die Soldaten des Schwarzen Fürsten irgendwo ihr Lager aufgeschlagen hatten, um so schnell wie möglich in das Tal vordringen zu können, wenn die Gelegenheit günstig war.

Doch bis jetzt hatte er nichts gefunden. Und er hatte alles gründlich abgesucht. Bei Einbruch der Dämmerung machten sie kehrt, brachten ihre müden

Pferde in den Stall und stürzten sich dann ausgehungert auf das Essen, das Monta für sie vorbereitet hatte. Heute war er, entgegen seinen sonstigen Gepflogenheiten, bei den Männern sitzen geblieben und hatte einen Krug Bier getrunken. Als sich aber die Müdigkeit wie ein schwerer Mantel auf ihn gelegt hatte, wünschte er allen eine gute Nacht und ging duschen. Er freute sich auf sein warmes, weiches Bett, würde heute keine sehnsuchtsvollen Gedanken an Keth zulassen, sondern sofort schlafen.

Der Weg von der Dusche bis in sein Zimmer war ihm wie ein Eiskanal vorgekommen. Jemand hatte vorsorglich seine kleine Lampe angezündet und die Vorhänge geschlossen. Er seufzte dankbar, warf das Handtuch auf den Boden und schlüpfte unter die dicke Decke.

Er schreckte hoch – in seinem Bett lag schon jemand! Lange dunkle Haare breiteten sich auf seinem Kissen aus. Keth, war sein erster Gedanke. Seine Hand tastete nach dem Körper, der neben ihm lag. Wärme strahlte ihm entgegen. Sehnsuchtsvoll beugte er sich über sie, strich einige Haarsträhnen aus ihrem Gesicht und senkte seinen Mund über ihren. Aber es war nicht Keth, es war Maeva, die schlaftrunken ihre Arme um seinen Hals schlang und ihn zu sich herunterzog. Ihr warmer Körper drückte sich an seinen, sie hob ihr Gesicht seinem Mund entgegen.

Sehnsucht durchwallte ihn. Dieser warme, weiche Frauenkörper bot sich ihm bereitwillig dar, drängte sich ihm entgegen. Eine Hand zog seinen Kopf herunter, seine Lippen berührten einen zarten Frauenmund. Genießerisch schloss er seine Augen, gab sich ganz dem sanften Druck ihrer Zunge hin und öffnete seine Lippen.

Seine Hand wanderte unter die Decke und fuhr langsam der weiblichen Linie ihres Körpers nach.

Lang unterdrückte Gefühle stiegen in ihm auf, er stöhnte.

»Keth, meine Keth ...«

Was machte er hier? Das war nicht Keth, das war falsch! Abrupt ließ er sie los und flüchtete regelrecht aus seinem Bett. Mit einer ruckartigen Bewegung hob er das Handtuch vom Boden auf und band es um seine Lenden.

Maeva lehnte sich an das Rückteil des Bettes und zog die Decke bis unter ihr Kinn. »Cristan, bitte komm zu mir zurück.«

Er kämpfte mit seinen widerstreitenden Gefühlen, biss die Zähne so fest zusammen, dass er glaubte, es knirschen zu hören, und atmete einmal tief durch.

»Maeva, es tut mir leid, dass ich mich kurz vergessen habe. Das hätte nicht passieren dürfen. Bitte verlasse mein Bett.«

Ihre Augen verdunkelten sich, eine zitternde Hand bedeckte ihren Mund. »Cristan, ich liebe dich. Und ich weiß, auch du hast Gefühle für mich.«

Er schaute sie durchdringend an.

»Zerstöre nicht das, was wir haben«, sagte sie, ihre Stimme bebte. »Wir könnten so glücklich werden. Wir könnten uns hier ein gemeinsames Leben aufbauen, Kinder haben.«

»Maeva, verzeih mir, dass ich dir falsche Hoffnungen gemacht habe. Aber für mich gibt es nur eine Frau, nur eine, die ich aus tiefstem Herzen liebe. Und das ist meine Keth.«

Maeva schluchzte unterdrückt auf, Tränen strömten über ihre Wangen.

»Ich wollte dich niemals verletzen, bitte glaube mir.« Cristan drehte sich um, er würde das Zimmer verlassen, dann konnte sie sich beruhigen.

»Cristan, ich weiß, du kannst mich nicht so lieben wie deine Frau, aber sie ist nicht hier. Sie wird vielleicht niemals hier sein. Willst du dein Leben lang allein bleiben?«

Dröhnende Stille stieg zwischen ihnen auf.

»Sie ist nicht hier, aber ich bin hier, und ich liebe dich.« Maeva schob die Decke beiseite, als wolle sie aufstehen.

»Darüber kann ich nicht nachdenken, denn ich werde Keth finden«, entgegnete Cristan. »Und wenn ich mein ganzes Leben lang nach ihr suchen muss.« Er ging die wenigen Schritte zur Zimmertür, drehte sich noch einmal zu ihr um und sagte: »Ich mag dich wirklich, Maeva, du bist eine wunderbare Frau! Du hast einen Mann verdient, der dich von ganzem Herzen liebt und auf Händen trägt. Aber das kann ich nicht sein.«

Dann verließ er das Zimmer.

55. KAPITEL

KETH – SIEBEN MONATE NACH DEM SCHWARZEN TAG

Stoisch kämpfte sie gegen ihre Müdigkeit an. Wie die anderen schleppte sie sich durch die eisige Kälte, krümmte sich unter dem böigen Wind zusammen und zog die Decke, die sie als Abschiedsgeschenk von den Dörflern erhalten hatte, eng um Stjärna. Die Angst in ihr nahm zu, die Gedanken, was werden würde, ließen sie nicht in Ruhe. Zwar waren sie trotz der frühen Übernachtung in der Höhle gut vorangekommen, hatten ohne Zwischenfälle die Grenze nach Isoelåin überquert, doch seit Kurzem tobte ein wildes Schneegestöber und die Aussicht, eine reitbare Wolke zu finden, war zu einem Nichts geschrumpft.

Also setzten sie weiterhin einen Fuß vor den anderen, gingen den Bergpfad, der sich durch das zerklüftete Gebirge schlängelte, entlang und wussten, dass sie dringend einen sicheren Unterschlupf brauchten. Zum Weitergehen war der Wind zu stark, sie würden völlig auskühlen und irgendwann vor Schwäche aufgeben müssen. Sie versuchten, so leise wie möglich zu sein, redeten nicht miteinander, um keine Aufmerksamkeit auf sich zu lenken. Und alle beteten, dass Stjärna nicht anfangen würde zu schreien. Denn dann wären sie verloren.

Fast wäre sie gegen Valeria gelaufen, die plötzlich stehen geblieben war. Erschrocken schaute Keth auf. Aron, der an der Spitze lief, hatte sich zu ihnen umgedreht und deutete mit einem ausgestreckten Arm auf eine Ansammlung von Hütten weit unter ihnen. Er gestikulierte, schien ihnen klarmachen zu wollen, dass sie dorthin mussten, und ging weiter.

Stumm folgten sie ihm, denn was blieb ihnen anderes übrig? Sie mussten von diesem verdammten Gebirge herunter, brauchten Hilfe, die sie vielleicht dort unten finden würden.

Ein leiser Laut des Entsetzens schreckte sie auf. Keth überlief ein Schauder, sie drehte sich um und erstarrte. Das, was sie alle versucht hatten, zu verhindern, war eingetreten. Sie waren entdeckt worden. Ein Rudel Tiere hatte Lazar umstellt. Er stand wie versteinert in ihrer Mitte, bewegte sich nicht, bemüht, keinem der Tiere in die Augen zu blicken. Schweiß rann an seinen Schläfen herunter.

Lehoinas, gelb-schwarze Monster auf vier Beinen, die ihre Opfer nicht gleich töteten, sondern genüsslich Stück für Stück bei lebendigem Leib auffraßen, die im Rudel auftraten und unkalkulierbar angriffen.

Keth wusste, dass die Lehoinas sich völlig lautlos anschleichen konnten, angelockt durch Geräusche, die andere Lebewesen von sich gaben. Es waren große

Tiere, die Lazar umringten, mehr als hüfthoch. Sie rückten langsam näher, sträubten ihre langen tiefschwarzen Mähnen und schauten ihn mit ihren zu Schlitzen zusammengezogenen Augen drohend an. Geifer tropfte aus ihren Mäulern, ein Geruch nach Fäulnis und Tod umwaberte sie. Sie fletschten ihre Zähne, spitze, gelb verfärbte, tödliche Waffen.

Keth stand völlig versteinert, betete, dass Stjärna keinen Laut von sich gab, denn wenn die Erzählungen stimmten, fraßen Lehoinas besonders gern zartes, junges Fleisch.

Das erste Tier stellte sich auf seine Hinterbeine, stieß einen markerschütternden Schrei aus. Lazar zuckte zusammen. Diese Bewegung genügte, und ein Lehoina versetzte Lazar mit seiner Pranke einen wüsten Hieb. Lazar wurde zur Seite geschleudert und knallte auf den steinigen Boden. Valeria stieß einen verzweifelten Schrei aus, der die Aufmerksamkeit der Lehoinas auf sie lenkte.

Keth sah, wie Lazar sich mühevoll erhob, sein Gesicht war blutüberströmt, eine Wange war von den Krallen des Tieres aufgerissen. Die Lehoinas drehten sich gemeinsam um und kamen Schritt für Schritt auf Valeria zu, die sich hinter Keth zu verstecken versuchte.

Aussichtslos, sie würden hier und jetzt sterben, von widerlichen, stinkenden Monstern erlegt und gefressen. Ihr Cristan würde niemals erfahren, dass er eine wunderhübsche Tochter hatte, dass seine Frau sich nichts sehnlicher wünschte, als wieder an seiner Seite zu sein. Ihr Leben würde hier auf diesem steinigen Pfad in eisiger Kälte enden.

Schmerzhaft stieg ein Schluchzer in ihr hoch, Tränen verhüllten den Anblick der riesigen gelb-schwarzen

Tiere, deren lange Mähnen wie Schilde um ihren Kopf aussahen.

»Nein, nein!«, brach es aus Keth heraus. »Nein, so will ich nicht sterben!« Sie griff hinter sich, hob einen Stein auf und schleuderte ihn mit aller Kraft auf die Tiere.

Es beeindruckte die Lehoinas nicht im Geringsten. Langsam schritten sie auf sie zu, eine Wand des Grauens.

»Nein!« Keth warf den nächsten Stein auf die Lehoinas, und jetzt schienen die anderen ebenfalls den Willen zu haben, sich zu wehren, nicht einfach klaglos aufzugeben.

Eine Flut an Steinen prasselte auf die Tiere ein, die irritiert stehen blieben. Keth sah, wie Lazar schwankend einen riesigen Felsbrocken anhob, zwei Schritte ging und ihn auf die beiden hintersten Tiere warf. Jaulend brachen sie zusammen, ihre Hinterbeine schienen gebrochen zu sein.

Die anderen Lehoinas wandten sich um und stürzten sich auf Lazar, der unter ihnen begraben wurde. Valerias Entsetzensschreie wurden von den Berghängen hundertfach verstärkt. Keth hielt sich die Ohren zu, vor ihren Augen bildeten sich schwarze Flecken, sie schwankte. Plötzlich ließen die Tiere von Lazar ab, der zusammengekrümmt und blutüberströmt vor ihnen lag. Sie sträubten ihre Mähnen und duckten sich. Es schien, als wüssten sie nicht, was sie tun sollten, sie gaben heulende Töne von sich. Dann richtete sich das größte Tier auf, knurrte tief und hetzte den Pfad hinunter, dicht gefolgt von den übrigen Lehoinas.

Keth starrte ihnen verwirrt nach. Warum rannten sie weg? Über sich sah sie eine Bewegung und atmete laut aus. Gorria flog den Lehoinas nach, und als er sie eingeholt hatte, stürzte er sich immer wieder auf sie und riss mit seinem spitzen Schnabel Fleischbrocken aus den fliehenden Tieren.

Valeria war als Erste bei Lazar, kniete sich neben ihn und nahm seine Hand. »Lazar, mein tapferer Held.« Tränen strömten über ihr Gesicht, ihr Körper wurde von Schluchzern geschüttelt.

Keth blieb stehen, sie schluckte hektisch gegen die aufsteigende Übelkeit an. Das konnte Lazar nicht überleben. Die Lehoinas hatten seinen Bauch aufgerissen, Blut strömte unaufhörlich heraus, er gab klagende Laute von sich, krallte seine Hände in die von Valeria.

»Ich wollte ein Leben mit dir, kleine Luftwolkenreiter aufwachsen sehen, ich liebe dich.« Lazar war kaum noch zu hören, sein Atem ging oberflächlich und schnell, die Worte kamen abgehackt und verwaschen aus seinem Mund.

Valeria küsste seine Lippen, streichelte sein Haar und schien nicht zu bemerken, dass sie in einer immer größer werdenden Blutlache kniete.

»Gerne hätte ich die Reise mit euch beendet. Valeria …« Seine Stimme brach, sein Atem wurde langsamer, blieb ganz aus. Sie starrten ihn still an, warteten auf einen weiteren Atemzug, aber es kam keiner. Sein Brustkorb bewegte sich nicht mehr. Valerias Weinen war schrill und fassungslos. Keth liefen heiße Tränen über ihre Wangen, sie wiegte sich hin und her.

Naira kniete sich zu Valeria, zog sie vorsichtig in ihre Arme und streichelte über ihre Schultern.

Aron schüttelte unaufhörlich den Kopf, fluchte, weinte und flüsterte nach einer Weile: »Wir müssen hier weg.«

Alle sahen ihn entsetzt an. Sie konnten doch nicht einfach weggehen! Aber er hatte recht. Was, wenn die Lehoinas zurückkamen, wenn Gorria sie nicht weiter abwehren konnte? Was passierte dann? Sie mussten dringend einen Unterschlupf suchen, sie brauchten Hilfe, um aus diesem verfluchten Isoelåin wieder herauszukommen. Sie waren von der Grenze nach Arcania höchstens zwei Tagesmärsche entfernt.

»Wir versuchen, das Dorf dort unten zu erreichen.« Arons Stimme klang dumpf und mutlos.

»Aber wir müssen Lazar mitnehmen«, sagte Valeria und blickte aus rot geränderten Augen zu ihm hoch.

Keth nickte. »Ohne ihn können wir nicht gehen. Er hat sich für uns geopfert.«

Aron blickte zu Boden. Er schien darüber nachzudenken, hielt seinen Oberkörper dabei mit beiden Armen umklammert.

»Finden wir eine Möglichkeit, ihn zu tragen?«, fragte Keth. Sie hatte ihren Blick abgewandt, sie konnte den Anblick des zerstörten Körpers nicht mehr ertragen. Am liebsten hätte sie sich auch die Ohren zugehalten, Valerias Weinen war in ein haltloses, jammervolles Schluchzen übergegangen, das nur schwer auszuhalten war.

Aron deutete auf seine Decke, die er vorher achtlos hatte fallen lassen und deren Farben durch die dünne weiße Schneeschicht fahl aussahen.

Keth blickte grübelnd auf die Decke und nickte. »Ja, das könnte gehen.« Sie wiegte sich hin und her, in der Hoffnung, Stjärna noch eine Weile beruhigen zu können. Ihr kleiner Augenstern war durch das wilde Geschrei der Lehoinas aufgeschreckt und hatte ebenfalls wilde Schreie ausgestoßen. Durch die beruhigenden Bewegungen Keths war sie noch einmal eingeschlafen.

Naira zog Valeria vorsichtig hoch und führte sie einige Schritte von Lazar weg. Sie hielt sie fest umschlungen, strich ihr tröstend über den Rücken. Beide zitterten sichtlich.

Aron legte die Decke neben Lazar. »Ihr müsst mir helfen.« Beschwörend schaute er Naira und Keth an.

Naira drückte Valeria noch einmal an sich, führte sie zu einem großen Steinbrocken und half ihr, sich daraufzusetzen.

»Ihr hebt seine Beine an, ich den Oberkörper«, sagte Aron. »Gemeinsam heben wir ihn auf die Decke.«

Gallige Übelkeit stieg in Keth auf. Sie schluckte hektisch dagegen an, wollte sich vor den anderen nicht übergeben.

Naira sah sie mitfühlend an. »Schau nur auf seine Beine. Wir schaffen das schon.«

Gemeinsam hoben sie den schweren Körper an, legten ihn so sanft wie möglich auf die Decke und wickelten ihn darin ein. Keth atmete laut ein und aus, versuchte, ihre blutigen Hände mit Schnee zu säubern. Dabei sah sie zu, wie Aron die Decke mit seinem Wolkentau umwickelte, damit sie Lazar einigermaßen gut tragen konnten.

Ein lautes Schnabelklappern zeigte, dass Gorria im Anflug war. Keth blickte nach oben, froh, dass ihrem Vogel nichts passiert war. Er landete neben Lazar, verharrte einen Augenblick still und legte seinen großen Schnabel auf den eingewickelten Körper. Keth schossen erneut Tränen in die Augen.

»Valeria, wir müssen weiter«, sagte Aron drängend, immer wieder schaute er sich um. Angst und Traurigkeit hatten sein Gesicht gezeichnet.

So sehen wir wohl alle aus, dachte Keth und legte noch einmal tröstend die Arme um Valeria. »Bitte steh auf, es ist zu gefährlich hier. Wir nehmen Lazar mit. Bitte!«

Zuerst schien es, als hätte Valeria sie gar nicht gehört. Doch dann stand sie schwankend auf und hielt sich kurz an Keth fest. Ihre traurigen Augen, aus denen noch immer Tränen rollten, blickten einen nach dem anderen an. »Ich danke euch so sehr, dass ihr Lazar nicht hier liegen lasst.« Ein tiefer Schluchzer schüttelte ihren Körper. »Ich kann ebenfalls tragen.« Sie stellte sich hinter Naira, und zu viert hoben sie ihn in der Decke an.

»Wir haben ein Ziel vor Augen«, sagte Aron. »Das Dorf dort unten. Bevor es so dunkel wird, dass wir nichts mehr sehen, sollten wir es erreicht haben.«

Gorria lief hinter ihnen her, vielleicht um sie vor den lautlosen Angriffen der Lehoinas abzusichern. Mühsam arbeiteten sie sich den Pfad zu den Hütten hinunter. Immer wieder mussten sie Lazars Körper absetzen, schüttelten ihre Arme und Beine aus, hoben ihn wieder an und gingen weiter. Zwischendurch ließ sich Stjärna nicht mehr beruhigen, und Keth gab ihr hastig zu trinken.

Das Dorf war kaum mehr zu erkennen, die Dunkelheit hatte sie eingeholt. Keth setzte automatisch einen Fuß vor den anderen. Ihre Schulter schmerzte höllisch, ihr Kopf dröhnte vor Trauer, dem erlebten Grauen und wild durcheinander wirbelnden Gedanken. Vor allem ein Gedanke tauchte immer wieder auf: Was würden sie tun, wenn sie dort unten keine Hilfe bekommen würden, ja wenn dort unten in den Hütten gar niemand mehr lebte? Wenn auch hier die Bewohner vor den Lehoinas geflüchtet waren?

56. KAPITEL

CRISTAN – ACHT MONATE NACH DEM SCHWARZEN TAG

Der Himmel war sternenklar. Cristan saß am Seeufer auf einem Baumstamm und beobachtete zwei Bisamratten, die im Schilf nach Beute suchten. Vorsichtig nahm er seine Augenbinde ab und hob sein Gesicht in den Wind. Er genoss dieses Gefühl, wenn kühle Luft über sein zerstörtes Auge wehte und er glauben konnte, dass Keths zarte Finger darüber streiften.

Morgen war es so weit. Er würde mit einigen Männern des Wüstenvolkes zu den Wolkenreitern aufbrechen. Nur wenige Stunden von hier an einer schroffen Felswand war ein ganzes Wolkenreiterdorf entstanden. Vielleicht konnte er sie dazu bewegen, sich ihnen anzuschließen. Den Winter über würden sie sich eine Vorgehensweise überlegen und trainieren, und sobald die ersten Frühlingswinde aufkamen, würden sie aufbrechen.

Es würde schwierig werden, fast unmöglich, aber sie alle konnten so nicht weitermachen. Sein blühendes Königreich wurde von einem sadistischen Fürsten in ein zerstörtes Land mit gedemütigten Bürgern verwandelt. Immer wieder kamen Boten zu ihnen und berichteten, dass der Schwarze Fürst die einzelnen Völker ausbluten ließ. Er nahm ihnen den letzten Gulden ab, beanspruchte drei Viertel der Ernte und die hübschesten Jungfrauen. Kaum kam mehr Protest dagegen auf, denn jeglichen Widerstand hatte er durch Hunger und Gewalt niedergeschlagen.

Ihnen war zugetragen worden, dass er die älteste und hübscheste Tochter des Landesfürsten des Menschenvolkes im kommenden Sommer heiraten würde. Sobald aus dieser Ehe Nachwuchs hervorging, wären er und Keth für immer entthront. So weit durfte es nicht kommen. Montaque und er hatten deswegen beschlossen, einen Umsturz anzuzetteln. Die Völker Arcanias würden auf ihrer Seite sein, denn der Schwarze Fürst hatte keinerlei Rückhalt bei den Bürgern, nur noch die Gewaltbereitschaft seiner Soldaten hielt ihn an der Macht.

Cristan stand langsam auf, band sich seine Augenbinde um und ging zurück zu der Soldatenunterkunft, in der er seit der verhängnisvollen Nacht mit Maeva schlief. Wehmut stieg in ihm auf, er vermisste die Gespräche mit ihr, ihr Lachen, ihre aufmunternden Worte. Aber sie hatte sich völlig von ihm zurückgezogen, beschränkte ihre Tätigkeit ausschließlich auf das kleine Dorf, das das Wüstenvolk in einiger Entfernung zum Herrenhaus aufgebaut hatte. Wie anders wäre es verlaufen, wenn er in jener Nacht ihr Angebot angenommen hätte. Sie wären jetzt ein Paar.

Plötzlich tauchte Keth vor seinem geistigen Auge auf, wie sie neben ihm dahinschritt, seinen Arm streichelte und ihn liebevoll anschaute. Nein, er hatte richtig gehandelt. Nur Keth gehörte an seine Seite. Nur sie liebte er. Und spätestens nach dem Winter würde er alles daransetzen, ihr altes Leben zurückzuholen und sie wiederzufinden.

»Cristan.« Eine leise Stimme rief nach ihm. Erschrocken sah er auf. Montaque stand am Eingang zur Soldatenunterkunft. »Ich hab dich gesucht. Wollen wir noch einen Whiskey zusammen trinken? Ich kann bei diesem hellen Vollmond nie schlafen.«

Cristan überlegte kurz. Zwar war er müde von den Anstrengungen des Tages, aber ein Glas des malzigen Getränks und ein kleines Gespräch oder gemeinsames Schweigen würden ihnen beiden guttun.

»Gerne, hört sich verlockend an«, sagte er.

Sie betraten den großen Raum im Herrenhaus, in dem bunt zusammengewürfelte Sessel und Sofas standen und eine gemütliche Atmosphäre verbreiteten.

»Montaque, endlich kommst du«, sagte Vaïa und erhob sich aus ihrem Lieblingssessel. Sie nickte Cristan zu, deutete mit ihrer rechten Hand auf einen weiteren Ohrensessel, in dem eine kleine, zarte Person regungslos saß, eine Decke bis zum Hals hochgezogen. »Sie schläft. Sie ist völlig erschöpft.«

Montaque starrte in den Sessel. »Und wer ist sie? Was will sie hier mitten in der Nacht?«

Vaïa hob die Arme, der unwirsche Ton ihres Mannes trieb ihr die Röte ins Gesicht. »Hör erst mal zu, was sie zu sagen hat.«

Montaque atmete tief durch. »Ich frage dich noch mal: Wer ist sie?«

Vaïa räusperte sich, schaute Cristan an, dann ihren Mann. »Also, das ist Genevieve, die beste Seherin unserer Zeit.«

57. KAPITEL

ARON – ACHT MONATE NACH DEM SCHWARZEN TAG

Endlich, sie hatten es geschafft. Sie waren auf einer Wolke unterwegs nach Arcania. Sein Herz hüpfte. Gleichzeitig umschattete tiefe Trauer sein Gemüt. Lazar war in den letzten Monaten zu einem wahren Freund geworden. Wie viele Abenteuer hatten sie gemeinsam bestanden! Und immer wieder hatten sie sich gegenseitig beteuert, dass sie die besten Wolkenreiter ihres Volkes seien. Jetzt war Lazar tot, begraben in einem kleinen Dorf in Isoelåin.

Konzentriert schaute er nach vorne. Die Wolke nur mit dem Tau zu lenken war schwierig, er musste sein ganzes Wissen und Können einsetzen, damit sie nicht zu tief in die Luftwirbel der hügeligen Landschaft unter ihnen kamen. Gorria war ein guter Helfer, er flog auf Sichtweite vor ihnen her und wich gefährlichen Luftwirbeln aus, in die sie sonst hineingeraten wären.

Naira trat neben ihn und legte einen Arm um seine Hüfte. »Wir werden es schaffen, und das haben wir dir zu verdanken.« Müde senkte sie ihren Kopf auf seine Schulter und blieb eine Weile ruhig neben ihm stehen. »Valeria ist eingeschlafen, endlich. Die Ruhe der letzten Tage hat ihr gutgetan.«

Aron nickte. Auch ihm hatte die kurze Pause die Möglichkeit gegeben, das Grauen, die Angst, das Unfassbare durch Gespräche mit den Hüttenbewohnern nach und nach in den Hintergrund treten zu lassen. Die Hütten waren tatsächlich von mehreren Familien bewohnt gewesen, die sie liebevoll und fürsorglich aufgenommen hatten. Vor allem um Valeria hatten sie sich gekümmert.

Nun trugen sie weite, bequeme Hosen, dicke Wolljacken, hatten Wollmützen, Schals und Handschuhe bekommen. Keth hatte den Bewohnern versprochen, sollte sie jemals wieder die Königin von Arcania sein, dass sie diese Großzügigkeit vielfach zurückgeben würde.

Tagelang hatten sie die Gastfreundschaft angenommen, es blieb ihnen kaum etwas anderes übrig. Der Himmel war wolkenlos, tiefblau und nachts tintenschwarz. Nach der Trauerfeier für Lazar hatten sie sich einstimmig dafür ausgesprochen, ohne Wolke weiterzureisen. Die Gefährlichkeit war ihnen bewusst, sie waren ihr hautnah ausgeliefert gewesen. Aber sie konnten nicht noch länger tatenlos herumsitzen. Die Temperaturen fielen, bald würde es sowieso unmöglich sein, auf einer Wolke zu reiten.

Doch dann war ihnen das Glück hold gewesen. Wolken zogen am Firmament entlang. Aron hatte vor einer Hütte gestanden und so sehr gehofft, dass eine

Nimbostratus dabei sein würde. Denn die konnte er mit seinem Tau einfangen. Und tatsächlich. Die Schwärze der Nacht ging in das dumpfe Grau des Morgens über, am Horizont baute sich ein Wolkenberg auf. Aron war ein Stück des Bergpfades nach oben gerannt, schwitzend vor Angst, dass die Lehoinas ihn trotz Gorria, der über ihm flog, angreifen würden. Doch sie ließen sich nicht blicken. Ab einer bestimmten Höhe warf er immer wieder sein Tau in den Himmel, bis es tatsächlich an einer Nimbostratuswolke hängen blieb. Aron konnte sein Glück kaum fassen. Gorria landete sofort auf ihr, und Aron zog sich am Tau nach oben. Endlich hatte er wieder eine Wolke unter seinen Füßen.

In kürzester Zeit waren sie bereit für den Aufbruch gewesen, sie hatten sich liebevoll von den Hüttenbewohnern verabschiedet und sich für deren Großzügigkeit bedankt.

»Ich setz mich zu Keth und Valeria«, sagte Naira und wandte sich ab. Aron zog sie noch einmal kurz zu sich und gab ihr einen Kuss auf ihren weichen Mund.

Wenn alles gut ginge, würden sie noch höchstens zwei Tage unterwegs sein. Bis zur Grenze. Weiter konnte er nicht planen. Früher war es einfach gewesen, über die Grenzen hinwegzureiten. Doch er hatte Gerüchte gehört, dass der Schwarze Fürst einige Reiter des Wolkenvolkes auf seine Seite gezogen hatte. Diese kontrollierten womöglich die Grenzen, und sobald Keth erkannt wurde ... Sein Magen zog sich zusammen.

Er wurde sie erst einmal bis kurz vor die Grenze bringen. Ob sie dann zu Fuß oder auf der Wolke nach Arcania einreisen würden, das musste er spontan entscheiden. Keth hatte ihm erzählt, dass sie früher lange Haare gehabt hatte. Aber auf der Flucht habe ihr die Luftfrau die Haare abgeschnitten. Zwar war der Kurzhaarschnitt in all den Monaten zu einer wilden, kinnlangen Mähne gewachsen, aber von der geschilderten Haarpracht schien ihm das weit entfernt zu sein. Eingemummelt in die warme Kleidung sah man von ihr sowieso nur ihre Augen und die Nasenspitze. Stjärna trug sie wie immer unter ihrem Mantel, was ihr eine ungewohnte Leibesfülle verschaffte.

Ja, wenn er es genau überlegte, hatte Keth kaum mehr Ähnlichkeit mit *Ihrer Hoheit*, und das war für ihrer aller Überleben sehr gut. Er schreckte aus seinen Gedanken auf, Gorria war einen großen Bogen geflogen und kam zu ihnen zurück. Wie immer, wenn er aufgeregt war, klapperte er laut mit seinem Schnabel.

»Gorria, was ist los?«, rief Keth.

Als der Vogel merkte, dass er ihre Aufmerksamkeit erregt hatte, zog er wieder einen Bogen und flog in die Richtung zurück, aus der er gekommen war. Aron sah ihm verständnislos zu. Was wollte dieses Riesenvieh ihnen sagen? Und dann sah er es. Hinter ihnen am Horizont tauchte eine gewaltige Wolkenwand auf, grau schillernd, hügelig, bedrohlich. Aron gab einen erstaunten Ton von sich.

»Was ist das?«, flüsterte Keth.

»Entweder eine große Gewitterwand, die ungewöhnlich schnell hinter uns herkommt«, sagte Aron. »Wir sollten ihr wohl besser aus dem Weg gehen ...«

»Oder?«

»Tja, oder ... Ich habe keine Ahnung. Ich hoffe, es ist etwas, das wir kennen. Wir werden auf jeden Fall versuchen, nicht hineinzugeraten.« Er drehte sich zu Valeria und Naira um. »Schaut dort hinten zum

Horizont. Wir versuchen auszuweichen. Macht euch darauf gefasst, dass es sehr unruhig wird. Haltet euch aneinander fest.«

Mit diesen Worten drehte er sich wieder um, nickte Keth zu und nahm konzentriert das Tau in seine Hände. Breitbeinig stand er auf seiner Wolke und sah zu dem Wolkengebirge. Kurz zog er das Tau nach links, und sie schwenkten von ihrem geradlinigen Kurs ab. Immer mehr lenkte er die Wolke zur Seite. Aber ihm war klar, das würde nicht reichen. Das Wolkengebirge folgte ihnen viel zu schnell, und sie waren viel zu langsam.

Gorria hatte abgedreht und war auf der Wolke gelandet. Er hatte sich so hingelegt, dass er auf einer Seite wie eine Barriere zwischen Wolke und Abgrund war. Keth und Valeria knieten sich hinter ihn und krallten ihre Hände in seine Federn.

Naira trat zu Aron. »Ich helfe dir. Was muss ich machen?«

Aron sah sie groß an. »Du passt vor allem auf, dass du nicht heruntergeweht wirst.«

»Das ist klar. Und was sonst noch?«

»Vielleicht müssen wir ab und zu das Gewicht auf der Wolke etwas verlagern. Ich sag dir, wohin du gehen musst.«

Ein Rumpeln ging durch die Wolke, erste Ausläufer des Wolkengebirges hatten sie erfasst. Valeria schrie schrill auf, Stjärna brüllte los. Keth machte beruhigende Geräusche, die jedoch in dem Sturmbrausen untergingen. Plötzlich war es von einem Moment auf den anderen völlig windstill. Sie sackten nach unten, so als würden sie in ein schwereloses Nichts sinken.

Augenblicklich waren sie in einem dumpfen Grau gefangen. Zwischen ihnen waberten kleine, feuchte

Wolkenfetzen, die Stille dröhnte in ihren Ohren. Aber der Moment der Ruhe endete so plötzlich, wie er begonnen hatte.

Ein gewaltiger Windstoß machte sie zum Spielball der Strömungen, sie wurden hin und her geworfen, versuchten fieberhaft, sich aneinander und an Gorria festzuhalten. Stjärna brüllte hysterisch, der Wind brauste in ihren Ohren.

Aron umklammerte mit beiden Händen sein Lenkungstau. Wenn es ihm aus den Händen rutschen würde – nicht auszudenken. Es wäre der sichere Tod für sie alle. Seine Finger waren eiskalt und wurden bereits gefühllos. »Ich lasse nicht los. Nein. Niemals. Ich lasse nicht los«, murmelte er vor sich hin. Er hatte die Zähne so stark zusammengebissen, dass sein Kiefer hart und eckig hervortrat. Der eisige Wind trieb ihm Tränen über die Wangen, zog an seiner Kleidung. »Naira, Naira!«, brüllte er. »Setz dich neben Keth und Valeria. Setz dich!« Er schrie so laut, dass es in seiner Kehle wehtat. »Schnell, setz dich und halte dich fest!«

Er sah noch, wie Naira zu den beiden anderen Frauen kroch und sich an Gorria festhielt. Dann sah er nichts mehr. Die nächste Sturmbö zerrte so stark an ihnen, dass er das Gefühl hatte, ein Ungeheuer hätte sie ergriffen und schüttelte sie auf und ab. Aus dem dumpfen Grau war eine schwere undurchsichtige Wolke geworden, die sich über sie gelegt hatte. Orientierungslos drehte er sich hin und her, wusste nicht mehr, in welche Richtung sie unterwegs waren, ob sie weit oben oder knapp über dem Boden ritten.

Alle Geräusche waren wie in Watte gepackt, immer wieder glaubte er, ein Schnabelklappern zu hören, Stjärnas Gebrüll, einen weiblichen Schrei. Sicher war er sich nicht. Sein ganzer Wille war darauf gerichtet, das Wolkentau nicht aus seinen Händen gleiten zu lassen.

Aron hatte jegliches Zeitgefühl verloren. Waren sie bereits eine Stunde oder mehr im Auge des Sturms unterwegs? Er wusste es nicht. Er spürte nur, dass er nicht mehr lange durchhalten würde. Das Bedürfnis, endlich dieses verdammte Tau loszulassen und seine halb erfrorenen Finger irgendwie aufzuwärmen, war riesig.

Als er schon glaubte, keine Sekunde länger durchzuhalten, war alles vorbei. Die Sicht wurde klar, das tiefe Grau löste sich auf, völlige Windstille trat ein, nichts war zu hören. Er schaute sich um. Erleichtert atmete er auf. Alle waren noch da, sahen sich genauso erstaunt um wie er, standen langsam auf. Stjärna hatte aufgehört zu brüllen, sie lugte mit großen blauen Augen aus Keths Mantel hervor, und Gorria flatterte von der Wolke, um sie mit einigen Flügelschlägen kontrollierend zu umrunden.

Aron übergab Naira mit steifen Fingern das Tau, knetete seine Hände und ging einige Schritte auf und ab. »Geht es euch gut?«

Alle waren wohlauf. Er versuchte, sich zu orientieren, irgendwelche Anhaltspunkte zu finden, die ihm sagten, ob sie noch auf Kurs oder weit abgetrieben waren. Er stutzte, hob eine Hand schützend über seine Augen, starrte unbeweglich nach vorne. Langsam drehte er sich um, blickte in die Richtung, aus der das Wolkengebirge gekommen war und sie mit voller Wucht überrollt hatte. Der Himmel war wieder wolkenlos.

»Seht ihr das da vorne?« Er zeigte zum Horizont vor ihnen. Valeria und Keth traten neben ihn, schirmten ebenfalls mit einer Hand ihre Augen vor der grellen Helligkeit ab.

»Kann das wahr sein?«, flüsterte Keth.

»Der Sturm hat uns vorangetrieben. Ich glaube, da vorne ist der große Gebirgswald von Arcania.« Arons Stimme hörte sich schrill und aufgeregt an.

»Es *ist* der Gebirgswald.« Keth liefen Tränen über die Wangen, zärtlich verteilte sie kleine Küsse auf Stjärnas Kopf. »Es ist der Wald. Ich bin mir sicher.«

Und was ist das dort drüben?« Naira deutete auf einen dunkelgrauen Fleck am Himmel, der sich auf sie zuzubewegen schien.

Aron schluckte, sein Mund war plötzlich trocken, seine Zunge fühlte sich doppelt so groß an. Es war schwirig für ihn, die nächsten Worte auszusprechen: »Das sind, glaube ich, Wolkenreiter.«

58. KAPITEL

CRISTAN – ACHT MONATE NACH DEM SCHWARZEN TAG

Fassungslos drehte er sein Whiskeyglas in den zitternden Händen hin und her. Immer wieder stöhnte er auf, ging einige Schritte auf und ab, setzte sich wieder in seinen Sessel. Er spürte die Augen der anderen auf sich, aber er konnte noch nichts sagen, musste erst dieses Gefühl aus seinem Körper herausbekommen. Unwirsch wischte er die Tränen aus seinem Gesicht, er hatte sie nicht stoppen können, sie waren einfach aus seinem Auge gelaufen.

»Cristan, bitte beruhige dich«, sagte Vaïa und legte vorsichtig eine Hand auf seinen Oberarm.

Montaque saß gedankenverloren neben der Scherin, die, kaum hatte sie Cristan zum wiederholten Mal alles erzählt, in einen tiefen, fast komatösen Schlaf gesunken war.

Vaïa nahm ihm sein Glas ab, füllte erneut zwei Fingerbreit Whiskey nach und drückte es in seine bebende Hand. »Setz dich, Cristan«, forderte sie ihn auf und nahm selbst in ihrem Ohrensessel Platz.

Cristan räusperte sich und nahm einen großen Schluck Whiskey. Bewusst spürte er der scharfen Würzigkeit nach, vielleicht beruhigte sich sein Körper damit.

Seine Keth lebte. Seine Keth lebte. Und er hatte ein Kind. Diese Gedanken strömten in einer Endlosschleife durch seinen Kopf. Die Seherin hatte es mehrmals wiederholt. Ihre Hoheit und das Erbenkind lebten. Sie lebten!

»Habt ihr es gehört? Sie leben! Meine Keth lebt. Ich habe ein Kind!« Seine Stimme dröhnte durch den Raum, klang heiser und tränenschwer.

»Cristan, jetzt beruhige dich. Wir haben es gehört!«, sagte Montaque.

Cristan trank sein Glas leer, stellte es auf das Tischchen neben sich und richtete sich kerzengerade auf. »In der Morgendämmerung, oder besser jetzt gleich, breche ich auf. Ich hole sie zu mir. Und dann holen wir uns unser Königreich zurück!«

Vaïa stand auf und kniete sich neben ihn. »Cristan, zuerst sollten wir alle schlafen. Morgen, wenn wir ausgeruht sind und die Nachricht richtig einordnen können, müssen wir zusammen einen Plan ausarbeiten.«

Montaque nickte. »Du kannst nicht allein losreiten und ...« Er machte eine kleine Pause und fuhr mit übertriebener Betonung in der Stimme fort: »... Keth zu dir holen.« Er hüstelte. »Auch wenn du es jetzt so nicht hören willst, das geht nicht. Weder kannst du das allein machen noch geht das sofort.«

Cristan sprang aus seinem Sessel auf, warf dabei fast Vaïa um. »Das kann ich, und das werde ich, du wirst sehen! Ich muss es tun!« Die letzten Worte brüllte er. Er sah im Augenwinkel, wie Montaque ebenfalls aufgesprungen war und ihm folgte. Doch Vaïa stellte sich ihrem Mann in den Weg. Mit einem lauten Knall schloss Cristan die Tür hinter sich und stürmte aus dem Haus.

Draußen blieb er tief atmend stehen und blickte in den Sternenhimmel.

»Meine Keth, meine große Liebe. Ich habe es immer gewusst, dass du lebst.« Er konnte jetzt nicht in seine Unterkunft gehen, er konnte nicht schlafen, aber so aufgewühlt konnte er auch nicht losreiten. Langsam schlug er den Weg zum See ein. Vielleicht würde er in der Stille der Nacht etwas zur Ruhe kommen.

Wie so oft setzte er sich auf den dicken Baumstamm, das Gesicht dem in der Dunkelheit geheimnisvoll wirkenden See zugewandt. Die Gefühle in ihm tobten, sein Herz schien aus der schützenden Umgebung seines Oberkörpers springen zu wollen. Und Keth hatte ihr Kind dabei. Ein Kind, das er eigentlich von Geburt an hätte umsorgen und beschützen müssen. Doch das war ihm genommen worden. Aber seine Keth hatte aufgepasst, seine Keth! Er schluckte krampfhaft, wollte nicht schon wieder weinen.

Grübelnd stützte er seine Ellbogen auf die Oberschenkel, legte sein Gesicht in die Hände und blickte auf den Boden vor seinen Füßen. Er war der Seherin so unglaublich dankbar. Sie war sofort zu ihnen aufgebrochen, als sie im Traum gesehen hatte, dass Keth die Grenze von Arcania überschritten hatte und nach wenigen Augenblicken von den Schergen des Schwarzen Fürsten verhaftet worden war. Nachdem sie das Vaïa erzählt hatte, war sie in Trance verfallen, hatte gejammert, gestöhnt, geschrien und war in einen tiefen Schlaf gesunken. Später hatte sie ihnen noch berichten können, dass Keth und das Kind zum Schwarzen Fürsten gebracht worden waren.

Der Gedanke daran, was der Schwarze Fürst seiner Keth und seinem Kind alles antun konnte, ohne dass es für ihn möglich war, einzuschreiten, ließ Cristan aufspringen. Er konnte nicht bis zum Morgengrauen warten, denn in den Stunden bis dahin konnte seiner Keth zu viel Unsägliches zustoßen.

59. KAPITEL

KETH – ACHT MONATE NACH DEM SCHWARZEN TAG

Unbeweglich stand sie vor dem schmalen Fenster ihrer Kammer und schaute hinaus auf den mondbeschienenen Park. Ihr Herz pochte ängstlich, ihre Hände hatte sie so fest zu Fäusten geballt, dass ihre Fingernägel sich tief in die Handinnenflächen bohrten.

Kurz blickte sie prüfend über ihre Schulter. Stjärna lag ruhig auf der Pritsche, eingehüllt in Keths warmen Mantel, und schlief. Der Park vor ihr war so vertraut und doch so fremd. Pflanzen, Bäume, Springbrunnen, Statuen, alles sah noch aus wie früher. Doch gleichzeitig hatte sich dieses Fremdheitsgefühl eingeschlichen, monatelang war sie nicht hier gewesen. Schluchzer stiegen in ihrer Kehle hoch, die sie mit viel Willenskraft zu unterdrucken versuchte. Sie würde sich nicht ihrer Angst hingeben, der Angst, dass sie ihr Stjärna wegnahmen und sie in irgendeinen Kerker einsperrten, wo sie niemand jemals wiederfinden würde.

Sie lehnte ihren Kopf an die Mauer, sie fühlte sich so unfassbar erschöpft, so mutlos, so allein. Die Geschehnisse der letzten Stunden zogen wie in einer gespielten Erzählung, die immer zum Schlosssommerfest aufgeführt wurde, wieder und wieder an ihr vorbei. Die Wolkenreiter, die ihnen entgegengekommen waren, waren dem Schwarzen Fürsten unterstellt. Obwohl sie sich mit aller Kraft gewehrt hatten, hatten sie keine Chance, wurden gefangen genommen und hierher in das Schloss Arcania gebracht, in dem seit der Machtübernahme der Schwarze Fürst lebte. Hier wurden sie getrennt. Keth hatten sie in diese kleine Kammer gebracht; wo die anderen waren, wusste sie nicht. Sie machte sich schreckliche Sorgen. Auch um Gorria, der von den Soldaten mit Pfeilen verscheucht worden war. Seitdem hatte sie ihn nicht mehr gesehen, obwohl sie durch das Fenster immer wieder zum Himmel schaute, um vielleicht einen roten Fleck zu entdecken.

Auf einmal wurde ihre Tür geöffnet. Keth schreckte zusammen, drehte sich um. Im Türrahmen stand ein alter, feister Soldat mit einem Tablett in der Hand.

»Der König sagt, Ihr sollt nicht hungern müssen. Hier, Euer Abendessen.« Er lachte höhnisch. »Morgen werdet Ihr zum König gebracht.« Mit diesen heiser hervorgestoßenen Worten stellte er das Tablett auf den Boden in die Kammer, schloss die Tür hinter sich und drehte von außen den Schlüssel herum.

Keths Magen zog sich zusammen, sie hatte schon lange nichts mehr gegessen. Sie atmete erst einmal bewusst ein und aus, bevor sie langsam die wenigen

Schritte zur Tür ging und das Tablett holte. Sie setzte sich zu Stjärna auf die Pritsche. Der Schwarze Fürst wollte nicht, dass sie hungerte. Sie lachte leise auf und nahm das kleine, harte Stück Brot in die Hand. Ein Stück Brot und ein Becher mit Wasser. Das musste wohl reichen. Bis morgen oder vielleicht für immer. Warum mussten sie am Ende ihrer Reise in die Hände dieses Monsters fallen? Warum? Hätte das Schicksal ihnen nicht gnädiger gestimmt sein können? Nur wenige Stunden hatten sie noch vom Tempesta-Gebirge getrennt. Aron hatte sie zu seiner Familie, zum Wolkenvolk bringen wollen. Von dort aus hätte sie Cristan suchen können, hätte einen Plan überlegen können, wie sie mit Stjärna, der rechtmäßigen Erbin, wieder ihr Land vom Schwarzen Fürsten zurückeroberten.

Alles wäre möglich gewesen. Und jetzt? Jetzt saß sie hier und war dem Schwarzen Fürsten ausgeliefert, keiner im Land wusste, dass sie zusammen mit ihrem Kind wieder zurück war. Alle Möglichkeiten waren ihr genommen und dem Schwarzen Fürsten gegeben worden. Und wenn er sie langsam verhungern lassen wollte – niemand konnte ihm Einhalt gebieten.

Sie trank einen Schluck abgestandenes Wasser, biss hungrig kleine Stücke von dem harten Stück Brot ab und kaute so lange wie möglich darauf herum. Seufzend versuchte sie, ihren knurrenden Magen zu ignorieren, und kuschelte sich neben ihre tief schlafende Tochter.

Ein Gedanke schob sich immer wieder in den Vordergrund, ein Gedanke, den sie nicht zu Ende denken konnte, der sie nicht zur Ruhe kommen ließ. Was würde morgen mit ihr und Stjärna passieren?

60. KAPITEL

VAÏA – ACHT MONATE NACH DEM SCHWARZEN TAG

Es war vorauszusehen gewesen. Gemeinsam mit Montaque hatten sie alles vorbereitet, hatten einen Soldaten zum Wüstenvolk geschickt, ein anderer ritt zu ihren Schwestern, ein dritter benachrichtigte das Wolkenvolk. Ein Ablauf, den sie sich nach dem Brand der Festung für Notsituationen überlegt hatten und der nun erstaunlich gut funktionierte.

Cristan war vom See zurückgekommen und staunend vor den Stallungen stehen geblieben. Überall waren Soldaten, die Stallburschen brachten gesattelte Pferde heraus, laute Stimmen riefen sich Befehle zu, dazwischen Montaque und Vaïa. Monta versuchte, die herumwimmelnden Kinder einzufangen, Hunde bellten, die ersten Männer vom Wüstenvolk trafen ein.

»Uns war klar, dass du nicht bis zur Morgendämmerung warten kannst«, sagte Vaïa und berührte kurz seine Hand, die wie kraftlos herunterhing. Cristan schaute sie mit so dankbaren Augen an, dass ihr vor Rührung ganz warm wurde. »Wir werden alle mitgehen.«

Cristan räusperte sich. »Alle?«

Vaïa nickte. »Ja, alle. Auch die Frauen des Wüstenvolkes, die in den letzten Wochen zusammen mit mir und meinen Schwestern an einem besonderen Training teilgenommen haben, das Montaque sich ausgedacht hat. Wir wollten vorbereitet sein, wenn du in einigen Monaten losgezogen wärst, dein Königreich zurückzuerobern.« Sie berührte ihn leicht am Oberarm. »Jetzt los. Steh nicht rum. Da vorne steht dein Pferd. Dein Schwert hängt am Sattel, es kann losgehen.«

Sie schaute ihm noch kurz nach, dann ging sie mit großen Schritten zum Haus. Monta hatte die Kinder in den großen Raum gebracht, dort saßen sie aneinandergedrückt auf den Sofas, knabberten an Keksen und waren erstaunlich ruhig.

»Monta hat es euch sicher schon erklärt«, sagte Vaïa. »Papa und ich werden mit dem König zum Schloss reiten. Wir werden ihm helfen, dass er sein Land wieder zurückbekommt.«

Volodya sprang auf. »Ich habe Angst. Papa und dir passiert etwas!« Er rannte zu ihr und umschlang sie mit seinen Armen.

»Mein Schatz, reg dich nicht auf. Uns passiert nichts. Aber du und deine Geschwister, ihr müsst hier brav auf alles aufpassen und Monta folgen.« Sie drückte ihn an sich, löste dann seine verkrampften Arme, ging zu jedem Kind, sagte einige Worte, verteilte Küsse und Umarmungen. Innerlich war sie jedoch schon unterwegs, ihre Gedanken bei ihrem nächtlichen Ritt.

Sie winkte ihren Kindern noch einmal liebevoll zu, drückte Monta an sich und eilte auf ihr Zimmer.

Mit zitternden Händen zog sie ihr ausladendes Kleid aus und warme Reitkleidung an. In kürzester Zeit war sie wieder vor dem Haus, rannte zu ihrem bereitstehenden Pferd, winkte den auf sie wartenden Frauen zu und galoppierte los.

Sie würde mit den Frauen auf einem anderen Weg reiten als die Männer vor ihnen. Nachdem sie die ausgebrannte Festung passiert hatten, bogen sie scharf nach links auf einen schmalen Bergpfad ab. Stundenlang ritten sie den Berg entlang, eine hinter der anderen, im Dunkeln darauf vertrauend, dass ihre Pferde nicht abrutschten. Keine sprach, zu hören waren nur die Geräusche der Pferde, die Tritte auf steinigem Boden, klirrendes Zaumzeug, ab und zu ein Schnauben.

Der Ritt mit seinen gleichförmigen Geräuschen und Bewegungen gab Vaïa die Möglichkeit, noch einmal über die Worte der Seherin nachzudenken. Sie hatte klar ausgedrückt, dass die Königin und ein Kind die Grenze überschritten hatten. Über weitere Personen hatte sie nichts sagen können. Kein Wort über Valeria, kein Wort über die beiden Wolkenreiter. Ihre Valeria lebte, das spürte sie deutlich, aber wo lebte sie und unter welchen Umständen? Innerlich schüttelte sie die dunklen Gedanken, die wie immer im Hintergrund lauerten, ab und sagte sich: *Ein Schritt nach dem anderen. Wenn wir Cristan und der Königin geholfen haben, werden wir uns auf die Suche nach unserer Tochter machen.*

Die Nacht ging in das Grau der Morgendämmerung über. Vaïa sah weit unter sich das Tal, das sie vor so vielen Monaten mit Kutschen, Pferden und Soldaten durchquert hatten, um im Tempesta-Gebirge eine neue

Heimat zu finden. Nun ritten sie zurück, nicht zum Schloss Vaïalan, sondern zum Schloss des Königs. Und sie hoffte von ganzem Herzen, dass sie rechtzeitig eintreffen würden.

Die größte Sorge, die sie alle hatten, war die Sorge um das Königskind. Sie traute dem Schwarzen Fürsten alles zu, auch die Beseitigung des rechtmäßigen Thronfolgers. Und danach wäre alles vorbei, ihr Land hätte ebenso wie seine Bürger keine Zukunft, sie würden versklavt, ausgebeutet und ihrer Lebensgrundlage beraubt werden.

Endlich hatten sie den Bergpfad hinter sich gelassen. Vaïa, die bis jetzt am Ende der Gruppe geritten war, zog das Tempo an und ritt an die Spitze. Regen peitschte in ihr Gesicht, blinzelnd versuchte sie, die Tropfen von ihren Wimpern zu lösen. Als sie Vada erreicht hatte, ritten sie ein Stück nebeneinanderher, ihre Pferde antreibend, ein Lachen auf den Lippen. Dieser Ritt, diese atemberaubende Schnelligkeit waren herrlich, und sie bewegten sich auf ein Abenteuer zu. Auch wenn sie sich sorgten, das hier war Lebensfreude.

»Da vorne bei der Baumgruppe müssen wir eine Pause einlegen. Die Pferde brauchen sie, und wir auch.« Vaïa zeigte nach rechts, Vada nickte und schlug die Richtung ein. Sie würden die Pferde versorgen, selbst etwas essen und kurz ruhen. Danach konnten sie gestärkt aufbrechen, in der Hoffnung, dass sie weiterhin ohne Zwischenfälle vorankommen würden.

Der Regen hatte zugenommen. Vaïa spürte, wie die Nässe sich wie ein schweres kaltes Tuch auf sie legte. Fröstelnd beugte sie sich tiefer über den Hals ihres Pferdes, als sie eine Lichtveränderung über sich wahrnahm. Erschrocken richtete sie sich auf, nahm etwas Tempo heraus und blickte sich um.

»Vada, schau, da oben!«, schrie sie und parierte durch.

Auf der Hügelkette versammelte sich eine Gruppe Gebirgslöwen. Sie schienen das wenige Licht, das die Morgendämmerung gegen den Regen aufbringen konnte, aufzusaugen. Sie standen als angsteinflößende, gebieterische Mauer auf dem höchsten Hügel und hatten ihnen ihre großen, von verfilzten Mähnen umgebenen Köpfe zugewandt. Stille breitete sich aus, die Zeit schien einzufrieren, als plötzlich der größte Löwe ein markerschütterndes Brüllen von sich gab. Die Gebirgslöwen wandten sich von den Frauen ab, spannten ihre muskulösen Körper an und verschwanden so schnell, wie sie gekommen waren.

61. KAPITEL

ARON – ACHT MONATE NACH DEM SCHWARZEN TAG

Aufgebracht tigerte er hin und her, schlug wiederholt mit der Faust gegen die Mauer, zerwühlte seine Haare, zog daran, bis es schmerzte. Ablenkung, ja, das konnte er gebrauchen, sonst würde er noch verrückt werden.

Er verfluchte die Abtrünnigen seines Volkes, die sich für Macht und Vermögen auf die Seite des Schwarzen Fürsten hatten ziehen lassen. Wolkenreiter, das unabhängigste und freiheitsliebendste Volk, das es in den letzten Jahrhunderten gegeben hatte, hatte versagt, hatte Individuen hervorgebracht, die die alten Werte aufgegeben und sich in die Dienste eines Tyrannen gestellt hatten.

Am liebsten hätte er gebrüllt, getobt, vielleicht auch ein bisschen gejammert. Doch nichts von allem tat er. Seine Gedanken drehten sich in alle Richtungen, zeigten immer wieder Bilder von ihrer Verhaftung, gleichzeitig überlegte er, wie sie aus diesem Schloss lebend herauskamen.

Für ihn war klar, Keth und vor allem Stjärna konnte der Schwarze Fürst nicht wieder gehen lassen. Und für ihn, Valeria und Naira bedeutete das, dass auch sie sterben würden, denn der Fürst würde keine Mitwisser leben lassen.

Aron blieb neben dem schmalen Fenster in der dicken Schlossmauer stehen und schaute nach draußen. Vor ihm breitete sich eine große grüne Fläche aus, dahinter eine dichte Hecke, die vielleicht das Grundstück einzäunte oder auch nur als Sichtschutz diente. Hinter der Hecke sah er die Dächer von lang gestreckten Gebäuden, vielleicht die Stallungen. Wenn er dorthin gelangen könnte …

Er lehnte sich mit dem Rücken gegen die Schlossmauer, rutschte langsam daran herunter und setzte sich auf den kalten Boden. Einen Plan, er brauchte dringend einen Plan. Laut presste er Luft durch seine Lippen, ein unmögliches Geräusch kam dabei zustande, und Aron grinste in sich hinein. Sein Blick richtete sich auf die Tür, dann auf die Pritsche, dann wieder auf die Tür. Langsam sortierten sich seine Gedanken, einzelne Puzzleteilchen fielen an den richtigen Platz, und ein wagemutiger Plan entstand.

62. KAPITEL

CRISTAN – ACHT MONATE NACH DEM SCHWARZEN TAG

Seit zwei Tagen ritten sie mit kurzen Unterbrechungen in einem höllischen Tempo. Regenschauer prasselten auf sie herunter, die Pferde dampften. Einen großen Teil des Weges hatten sie zurückgelegt. Sie hatten nur eine unerfreuliche Begegnung mit einigen Schergen des Schwarzen Fürsten gehabt. Leider mussten sie einen ihrer Soldaten verletzt in einem kleinen Dorf zurücklassen, er hatte einen Dolchstoß zwischen die Rippen bekommen und konnte nicht weiterreiten.

Cristan fieberte ihrer Ankunft am Schloss entgegen. Was er bis jetzt auf ihrem Ritt durch sein geliebtes Land gesehen hatte, hatte ihn entsetzt schaudern lassen. Abgebrannte Felder und zerstörte Dörfer waren keine Seltenheit. Bettelnde Kinder, hungernde Alte – was war aus seinem blühenden Arcania geworden? Er schwor sich, sein Königreich zur alten Blüte zurückzubringen. Sein Volk durfte nicht weiter so dahinsiechen.

Montaque stieß einen lauten Ton durch sein Horn aus, der Reiterzug hielt an. Endlich hatten sie die weite, karge Ebene hinter sich gelassen und eine saftige Wiesenfläche erreicht, die an einer Seite in ein lichtes Waldstück überging. Hier würden sie noch einmal rasten, bevor sie die letzte, kurze Strecke zum Schloss hinter sich bringen würden. Seit der Begegnung mit den Soldaten des Schwarzen Fürsten waren sie mit viel Vorsicht unterwegs gewesen. Anscheinend waren alle Soldaten zur Bewachung des Schlosses beordert worden, denn bis jetzt waren ihnen keine weiteren begegnet. Und ihre Gruppe war zu groß, als dass sie unbemerkt geblieben wäre. Jedem musste klar sein, dass sie in kämpferischer Mission unterwegs waren, zumal sich ihnen in vielen Dörfern Bewaffnete angeschlossen hatten.

Cristan stieg vom Pferd ab und brachte es in die provisorische Koppel zu den anderen Tieren, die von einigen Soldaten versorgt wurden. Stöhnend ließ er sich neben Montaque unter einem Baum auf den Boden fallen. Er nahm das Stück Brot und den Speck dankbar entgegen, biss abwechselnd hinein und spülte alles mit Wasser hinunter.

»Wir kommen gut voran«, sagte Montaque.

Cristan nickte, kaute genüsslich seinen letzten Bissen und schluckte. »Es wird gut gehen, es muss.«

Montaque legte sich auf den Rücken und schloss die Augen. »Wenn er alle Soldaten zum Schloss beordert hat, sind wir viel zu wenige.«

»Das können wir nicht wissen. Und hast du gesehen, wie es im Land aussieht, wie meine Bürger leiden? Wer steht denn noch hinter dem Fürsten? Wer? Seine Soldaten?« Cristans Stimme klang hohl vor unterdrückter Wut.

Montaque hob seine Hand, so als wolle er den bitteren Wortschwall stoppen. »Cristan, das alles wirst du ändern. Nach und nach. Aber zuerst müssen wir Keth und das Baby aus dem Schloss holen.«

»Ich weiß, und es wird uns gelingen. Es muss!« Cristan legte sich neben Montaque, er war so müde, sein ganzer Körper vibrierte. Er schloss die Augen, und sofort sah er das Gesicht seiner geliebten Frau vor sich. Langsam driftete er ab, spürte den Schlaf näher kommen, da riss ihn das laute Wiehern der Pferde aus seinem Dämmerzustand. Ruckartig setzte er sich auf, hörte die Panik, die ihnen aus Richtung der Koppel entgegenschallte. Montaque neben ihm sprang auf, riss sein Schwert aus der Scheide und rannte zur Koppel.

Überall drangen Rufe und Stimmen zu ihnen durch, Männer rannten auf die Pferde zu, machten beruhigende Töne und versuchten zu verhindern, dass die panische Herde die Absperrung niedertrampelte und ins freie Feld rannte.

»Was ist bloß los mit denen?«, rief ein Soldat, der an Cristan vorbeihetzte. »Was erschreckt die so?«

»Passt auf!« Montaques Stimme gellte schrill durch die Nacht. »Gebirgslöwen!«

Cristan erstarrte. Gebirgslöwen? Die kamen niemals so weit herunter.

Das Bild, das sich Cristan bot, war grausam. Mehrere Gebirgslöwen griffen die Pferde an, verbissen sich in ihre Flanken, rissen sie zu Boden. In Panik geratene Pferde galoppierten um sich tretend auf die Einzäunung der Wiese zu.

Cristan rannte auf die Koppel zu, schrie den Soldaten neben sich an: »Hilf mir! Los, wir öffnen die Koppel, bevor sie die Absperrung niedertrampeln und daran hängen bleiben!« Gemeinsam lösten sie die Seile, die die Koppel abtrennten. Cristan sah, wie Montaque und einige Soldaten mit Schwertern die Gebirgslöwen bekämpften, dann trat er zur Seite und ließ die flüchtenden Pferde an sich vorbeirasen. Einige Gebirgslöwen versuchten, ihnen zu folgen, doch die Soldaten hinderten sie mit Schwertern und Dolchen daran.

Nach einer Weile hing der schwere Geruch nach Blut in der Luft. Cristan schaute sich um und stöhnte auf. Montaque lag halb unter einem Pferd begraben, er bewegte sich nicht.

Cristan rannte zu ihm. »Montaque, hey, Montaque!« Vorsichtig berührte er seine Schulter.

Montaque rührte sich nicht.

Cristan sprang auf und winkte hektisch einige Soldaten herbei. »Wir müssen ihn unter dem Pferd vorziehen.«

Bleich standen die Männer neben Cristan. Leise fragte einer der Soldaten: »Lebt er überhaupt noch?«

63. KAPITEL

KETH – ACHT MONATE NACH DEM SCHWARZEN TAG

Die Tür vor ihr öffnete sich. Eine Stimme rief nach ihr: »Keth, tretet ein!«

Mit zitternden Knien überschritt sie die Türschwelle in ihr früheres großes Empfangszimmer. Auch dieses erkannte sie kaum wieder. Auf dem Weg von ihrer Kammer hierher hatte sie bereits gesehen, dass ihr Schloss, ihr heiß geliebtes Zuhause, sich völlig verändert hatte. Und nicht zu seinem Besten. Schwarz war nun die hervorstechende Farbe, ob an den Wänden oder an den Fenstern. Dreckige Soldatenstiefel hatten überall ihre Spuren hinterlassen. Keth seufzte, versuchte, das heftige Bedauern, das sie erfasste, als sie dieses Zimmer betrachtete, in den Hintergrund zu drangen. Denn letztendlich war es egal, wie es hier aussah. Das einzig Wichtige war, zusammen mit Stjärna dieses Zimmer lebend zu verlassen.

»Kommt näher!« Die Stimme riss sie aus ihren Überlegungen. Am anderen Ende des Raums stand der Schwarze Fürst. Er hatte sich nicht verändert. Groß, hager, mit lichtem schwarzem Haar und einem von grauen Haaren durchzogenen Kinnbart, den er in einem straffen Zopf trug. Er war allein. Was sie nicht überraschte. Wahrscheinlich wollte er keine Zeugen haben. »Hattet Ihr eine gute Zeit?« Der höhnische Unterton in seiner Stimme bereitete ihr eine Gänsehaut. »Damit ist es nun vorbei.« Sein fieses Lachen hallte durch den einst so gemütlichen Raum. Er hatte ihren Blick bemerkt, schaute sich theatralisch um und meinte: »Gefällt es Euch nicht mehr, Euer Schloss?« Langsam schüttelte er seinen Kopf. »Egal, Ihr werdet hier sowieso nie mehr leben.«

Keth schwieg, was sollte sie dazu auch sagen? Es lag auf der Hand, dass sie hier nie mehr leben würde. Wahrscheinlich nirgendwo.

Er packte sie am Oberarm und zerrte sie dicht zu sich. »Ich sagte, kommt näher!« Alles in Keth sträubte sich, doch sie konnte sich nicht wehren. »Macht Euern Mantel auf!«

Keth erstarrte, spürte, wie die Panik in ihr hochstieg, ihren Hals zuschnürte, ihr das Atmen fast unmöglich machte.

»Aufmachen, oder soll ich das machen?« Sein anzügliches Kichern ging Keth durch Mark und Bein. »Zeigt mir das Balg.«

Keths Hände zitterten so sehr, dass ihr die Mantelschließe immer wieder durch die Finger rutschte.

Der Schwarze Fürst griff danach und riss die Schließe mit einem Ruck aus dem Stoff. Ihr Mantel öffnete sich.

»Oh, Ihr habt es nicht dabei. Wie schade!« Er trat einen Schritt zurück, musterte sie von Kopf bis Fuß.

Keth zitterte so sehr, dass sie dachte, gleich würden ihre Knie nachgeben und sie in sich zusammensinken.

»Ihr habt das Balg in Eurer Kammer gelassen?« Der Schwarze Fürst schüttelte seinen Kopf. »Na gut. Das ändert nichts an der Tatsache, dass Euer Kind diesen Tag nicht überleben wird.«

Ein jämmerlicher Laut entfuhr ihr. Zwar hatte sie damit gerechnet, dass Stjärna und sie sterben würden, aber es so brutal aus seinem Mund zu hören, schickte Wellen der Übelkeit durch ihren Körper.

»Ihr seid nicht sehr gesprächig. Aber sei's drum. Ich werde Euch erzählen, wie es hier und jetzt weitergeht.« Mit einer weit ausholenden Geste, die den ganzen Raum einschloss, schwenkte er seinen Arm herum. »Wie Ihr sehen könnt, habe ich das Schloss nach meinem Geschmack umgestaltet. Und nicht nur das Schloss, das ganze Land.« Er hüstelte gekünstelt. »Natürlich werden meine Nachkommen mein Werk fortführen. Vielleicht ist es Euch zu Ohren gekommen, in wenigen Monaten werde ich heiraten.« Mit gerunzelter Stirn betrachtete er sie. »Ist Euch nicht wohl? Ihr seht so blass aus.« Er nahm gespielt fürsorglich ihren Arm und führte sie zu einem Sessel. »Setzt Euch.«

Keth ließ sich in den Sessel fallen. Egal, alles war ihr egal. Sie konnte nicht mehr. Kein Wunder geschah hier, es würde das passieren, was sie sich in ihren schlimmsten Vorstellungen ausgemalt hatte. Stjärna und sie würden sterben, und niemand würde wissen, wo und wie es geschah. Hektisch schluckte sie gegen den galligen Geschmack in ihrem Mund an. Schweiß trat ihr auf die Stirn, ihr Herz raste.

»Entschuldigt, ich schweife ab. Ich wollte Euch erklären, wie der Tagesablauf sein wird.« Er umfasste ihr

Kinn und hob es an, sodass sie ihn anschauen musste. Keth ekelte sich vor diesen kalten, feuchten Fingern. »Natürlich wäre es einfacher gewesen, hättet Ihr Euer Balg dabei. Aber kein Problem. Ich werde jemanden in Eure Kammer schicken. Sobald das Kind hier ist, begleite ich Euch nach oben auf den Turm.«

Keth schluchzte, sie konnte die Tränen nicht mehr zurückhalten.

»Auf dem Turm wollt Ihr an die frische Luft. Ich werde Euch noch warnen, aber letztendlich auf Euer Bitten hin die Tür zur Balustrade aufschließen.« Seine Stimme klang ruhig und bedauernd. »Ihr werdet stolpern, und das arme Kind rutscht Euch aus den Armen. Ich versuche noch, es aufzufangen, aber leider, leider, leider …« Er schlug seine Hände zusammen, was ein widerliches Geräusch ergab.

Keth war im Sessel zusammengesackt und hatte die Hände vors Gesicht geschlagen. Tränen tropften zwischen ihren Fingern hindurch auf ihren geöffneten Mantel. Unaufhörlich schüttelte sie den Kopf, dann sprang sie auf. »Nein!«, brüllte sie, so laut sie konnte. »Nein, so wird es nicht sein!«

Belustigt betrachtete er sie. »Oh doch, so wird es sein. Und da Ihr durch diesen schlimmen Unfall wahnsinnig werdet und ich Euch leider nicht davon abhalten kann, stürzt ihr Euch hinterher in die Tiefe.« Er machte eine kleine Pause, schnippte mit den Fingern. »Was natürlich das Volk sehr traurig stimmen wird. Denn kaum seid Ihr hier, schon passiert so ein unfassbares Unglück!«

Keth war plötzlich ganz ruhig, ihre Tränen waren versiegt, das Zittern ihres Körpers hatte aufgehört. Leere war stattdessen eingezogen, Leere und die Gewissheit, dass sie es selbst lenken konnte. Sie würde nicht widerstandslos diese irrsinnige Geschichte mitmachen.

64. KAPITEL

ARON – ACHT MONATE NACH DEM SCHWARZEN TAG

Schwer atmend stand er über den Soldaten gebeugt und durchsuchte fieberhaft dessen Kleidung. Kurz darauf zog er seine Hand zurück, darin lag ein Schlüsselbund. Mit dem Fuß schob er die Holzplanke zur Seite, die er heute Nacht mühevoll aus der Pritsche gehebelt und mit der er den Mann niedergeschlagen hatte, dann wuchtete er den Soldaten so in die Ecke, dass er von der Tür aus nicht sofort gesehen werden konnte. Aus seinem Hemd riss er einen Stofffetzen, fesselte damit die Hände des Mannes und band sie an die Pritsche.

Mit fahrigen Fingern wischte er sich den Schweiß von der Stirn, der alte Soldat war viel schwerer gewesen, als er gedacht hatte. Kurz blieb er stehen und lauschte. Nichts war zu hören. Vorsichtig öffnete er die Tür, schaute nach links und rechts und huschte auf den

Gang. Aron verschloss seine Kammer und eilte zur nächsten Tür. Er drückte ein Ohr dagegen, dahinter war nichts zu hören. Hoffentlich hatte er recht, und Valeria und Naira befanden sich in diesem Raum.

Ohne ein Geräusch zu verursachen, steckte er den Schlüssel ins Schloss, wartete einen Moment und drehte ihn so leise wie möglich um. Ebenso leise drückte er die Türklinke nach unten und öffnete die Tür einen Spaltbreit. Vorsichtig machte er sie ganz auf. Naira, die auf der Pritsche neben der schlafenden Valeria saß, sprang auf und fiel ihm so stürmisch um den Hals, dass sie ihn fast umgeworfen hätte.

»Pst, Naira, leise«, flüsterte Aron ihr ins Ohr. »Ich erklär dir alles später, aber jetzt müssen wir nach Keth und Stjärna schauen. Weckst du Valeria?«

Naira nickte, küsste ihn flüchtig und ging zur Pritsche. Sanft streichelte sie Valeria über die Schulter.

Aron trieb sie mit hektischen Handbewegungen zur Eile an. Naira nickte hastig, flüsterte Valeria einige Worte zu, dann stand sie neben Aron, den Arm um die Schultern der schlaftrunkenen Valeria gelegt. Er sah in den Gang, wieder nach links und rechts, schlich langsam, dicht gefolgt von den beiden Frauen, an der Wand entlang.

Er wusste nicht wirklich, wo Keth gefangen gehalten wurde. Aber er hatte einige Wortfetzen mitgehört, die der alte Soldat vor seiner Tür jemandem zugerufen hatte. Deshalb wandten sie sich nach rechts, versuchten, jede Deckungsmöglichkeit, die der lange Gang bot, zu nutzen. Es war still im Schloss, weder Stimmen noch Schritte waren zu hören. Fast hätte man glauben können, dass niemand hier war. Es war eine trügerische Stille. Denn sie sahen die Schatten der Soldaten, die in jeder Maueröffnung, hinter jedem Treppenabgang Wache hielten.

Sie bogen um eine Ecke, schlichen in dem Moment zum Treppenaufgang, als der wachhabende Soldat in die andere Richtung blickte, und huschten die lange Wendeltreppe nach oben. Aron sah kurz aus dem Fenster, orientierte sich noch einmal und erstarrte. Er hörte Stimmen, sie kamen auf sie zu. Hektisch rannten sie zum nächsten Zimmer und drückten die Klinke herunter. Die Tür ließ sich öffnen. Aufatmend gingen sie hinein, schlossen leise die Tür hinter sich.

Aron blickte sich um. Sie waren in einer Art Hauswirtschaftsraum gelandet, vom Boden bis zur Decke waren sie von gefüllten Regalen umgeben, angefangen von Wolldecken bis hin zu Putzeimern schien alles vorhanden zu sein, was man auf diesem Stockwerk brauchte. Der Nachteil an diesem Raum war, dass, wenn jemand die Tür öffnete, er sie sofort sehen würde. Es gab keinerlei Möglichkeit, sich zu verstecken. Sie hielten den Atem an, lauschten, als die Stimmen näher kamen. Zwei Soldaten unterhielten sich über den Schwarzen Fürsten, brachten ihre Geringschätzung ihm gegenüber zum Ausdruck. Aron schaute Naira mit hochgezogenen Augenbrauen an. Sonderlich beliebt schien der Tyrann nicht zu sein.

Die Stimmen gingen an ihnen vorbei, entfernten sich und waren schließlich nicht mehr zu hören. Sie warteten eine ganze Weile, bis sie vorsichtig aus dem Raum schlichen, sich umblickten und den Gang entlangrannten. Aron versuchte, sich erneut zu orientieren, begann schließlich so leise wie möglich Türen zu öffnen.

Es war zum Verzweifeln. Das Schloss war viel zu groß, und seine Hinweise auf Keths Verbleib, die er dem belauschten Gespräch des alten Soldaten zu entnehmen geglaubt hatte, waren viel zu ungenau. Sie würden sie nie finden, die Zimmer, in die sie hineinschauten, sahen alle ähnlich aus, zudem machten sie alle einen unbewohnten, schon lange ungenutzten Eindruck.

Valeria blieb ruckartig stehen, hielt ihren Zeigefinger vor die Lippen. Sie lauschten. Diesmal kamen ihnen laute, polternde Schritte entgegen, näherten sich viel zu schnell.

Aron machte eine Kopfbewegung, zur nächsten Tür war der Weg zu weit, sie drückten sich in eine tiefe Fensternische, hofften, dass sie nicht entdeckt wurden. Aron sah, wie Valeria ängstlich die Augen schloss und beide Hände vor ihren Mund hielt. Er war versucht, es ihr gleichzutun, konnte sich gerade noch davon abhalten.

Die Schritte waren fast bei ihnen angekommen, verharrten jedoch einige Meter von ihnen entfernt. Eine Kammertür wurde geöffnet, die Schritte traten ein, die Tür blieb offenbar geöffnet. Ein lauter Schrei ertönte, ging nahtlos in schrilles, andauerndes Kreischen über. Aron starrte zu Naira: Da schrie ein Baby. Vielleicht Stjärna.

Die Schritte polterten zur Tür, das Baby steigerte sich in ein hysterisches Gebrüll hinein. Ohne weiter darüber nachzudenken, stürmte Aron aus ihrem Versteck, dicht gefolgt von Naira. Aron erkannte die Kleidung des Babys – es war Stjärna! Naira überholte ihn und riss das schreiende Bündel dem überraschten Soldaten aus den Armen. Aron rempelte den Mann mit voller Wucht von der Seite an, der Soldat stolperte in die Kammer zurück und fiel der Länge nach hin. Ein Blick sagte Aron, dass die kleine Kammer leer war, nur der stöhnende Soldat lag dort auf dem Boden. Er zog die Tür zu und umklammerte die Türklinke.

»Schnell!«, rief er Valeria zu. »Schnell, lange kann ich die Tür nicht zuhalten.« Er warf ihr den Schlüsselbund zu. »Schließ zu, schließ die verdammte Tür zu!« Aron keuchte, Schweißtropfen traten auf seine Stirn, sein ganzes Körpergewicht drückte gegen die Türklinke. Der Soldat in der Kammer stieß wilde Verwünschungen aus, rüttelte an der Tür, zog und zerrte daran.

Valeria steckte einen Schlüssel nach dem anderen ins Schloss, keiner ließ sich umdrehen. »Vielleicht passt keiner!«, sagte sie mit Panik in der Stimme.

»Beeil dich«, keuchte Aron.

»Ich helfe dir«, sagte Naira und legte das schreiende Baby auf den Boden.

»Meine Hände rutschen gleich ab«, sagte Aron. »Nicht mehr lange ...«

Valeria zitterte so sehr, dass sie das Schlüsselloch nicht mehr traf. Naira entriss ihr den Schlüsselbund, steckte den Schlüssel ins Schloss und ...

Der Schlüssel drehte sich, die Tür war verschlossen.

Mit einem Aufstöhnen presste Aron seine Hände auf die Oberschenkel, beugte sich japsend nach vorne. »Das war knapp.«

Valeria bückte sich, nahm Stjärna, die im Gesicht dunkelrot angelaufen war, in ihre Arme und machte beruhigende Geräusche. »Pst, pst, alles wird gut, wir suchen deine Mama. Pst, pst.« Dabei rannte sie neben Aron und Naira her. Stjärnas Geschrei wurde leiser, verstummte nach und nach, nur noch kleine Schluchzer waren zu hören.

»Wohin?«, keuchte Naira.

»Keine Ahnung, erst mal aus diesem Gang heraus«, sagte Aron. »Irgendwann wird er die Tür aufbrechen, und dann werden sie uns suchen.« Er deutete auf die Treppe am Ende des Flurs, zog dabei Valeria am Oberarm hinter sich her. »Schneller, lauf schneller!«

Sie rannten die Treppe hinunter, standen auf einmal in der großen Empfangshalle. Niemand war zu sehen. Möglichst geräuschlos schlichen sie zum großen Tor, in der Hoffnung, dass es nicht verschlossen war.

Naira legte ihre Hände auf die riesige Türklinke und drückte sie nach unten.

Aron hielt die Luft an; wenn die Tür nicht aufging, würden sie in Schwierigkeiten stecken. Dann bräuchten sie ein gutes Versteck innerhalb des Schlosses.

Naira zog an der Tür, die sich knarzend öffnen ließ, und trat nach draußen. Mit einer Handbewegung deutete sie an, dass sie sich kurz umschauen würde. Aron und Valeria starrten sich mit großen Augen an.

Es schien ewig zu dauern, bis Naira zurückkam und ihnen zuwinkte. »Kommt raus«, flüsterte sie. »Passt aber auf.« Sie machte eine Kopfbewegung nach links. »Da sind Soldaten, sie stellen sich gerade auf.« Mit der Hand zeigte sie nach rechts. »Seht ihr die Bäume? Das ist unser Ziel. Lauft so schnell ihr könnt.«

Alle drei sprinteten los. Valeria keuchte, japste, Stjärna in ihren Armen.

»Gleich haben wir es geschafft«, brachte Aron stoßweise heraus, er blinzelte, der einsetzende Regen machte seine Sicht verschwommen. Hinter ihnen hörten sie Stimmen.

»Nicht stehen bleiben, weiter!«, trieb Naira sie an. »Nicht umdrehen!«

Endlich hatten sie die erste Baumreihe erreicht. Helligkeit drang durch die Baumwipfel, doch je weiter sie hineinliefen, desto dämmriger wurde es. Und desto schwieriger, sich im schnellen Lauf zurechtzufinden und nicht über herausstehende Wurzeln zu stolpern oder auf dem nassen Boden auszurutschen. Sie mussten ihr Tempo verringern, wurden langsamer, obwohl das Geschrei hinter ihnen lauter wurde und näher kam.

»Was machen wir nur?« Valeria keuchte so laut, dass sie kaum reden konnte.

»Weiter!«, fuhr Aron sie an.

Sie drangen immer weiter in den dichten Wald vor, bogen immer wieder ab, versuchten, einen größeren Vorsprung zu bekommen.

»Halt, bleibt stehen!«, drang eine heisere Stimme schwerelos aus dem Dunkeln. »Sofort stehen bleiben!«

65. KAPITEL

KETH – ACHT MONATE NACH DEM SCHWARZEN TAG

»Wo bleibt er nur?« Der Schwarze Fürst ging im Raum auf und ab. Immer wieder schwenkte sein Blick zur Tür, doch die öffnete sich nicht, der Soldat mit Stjärna im Arm trat nicht hindurch.

Keths Herz raste, ihr Magen fühlte sich wie ein dicker Kloß an. So aufgeregt, so schlecht hatte sie sich noch nie gefühlt. Was war los? Wo blieb der Mann? War etwas mit ihrer kleinen Tochter? Ihre Gedanken formten immer grausigere Horrorszenarien, bis sie nicht mehr sitzen bleiben konnte. Sie sprang aus ihrem Sessel auf und eilte zum Schwarzen Fürsten.

»Lasst mich zurück in mein Zimmer gehen und nach Stjärna schauen«, flehte sie, ihre Augen füllten sich mit Tränen. »Bitte, bitte!«

Er starrte sie an, Abscheu und Widerwillen im Blick. »Ihr bleibt, ich gehe.« Mit diesen Worten ging er zur Tür, trat hinaus und schloss hinter sich ab.

Keth hörte, wie seine polternden Schritte sich schnell entfernten. Sie sackte auf dem Boden zusammen, barg ihr Gesicht in den Händen und begann sich hin und her zu wiegen. Was nur sollte sie tun? Wo war ihre Tochter? Ihr war schlecht vor Angst und Sorge. Sie hörte draußen Geschrei. Was war dort los? Sie stand auf und trat zitternd ans Fenster.

Einige Soldaten rannten in Richtung des Waldes, der sich auf der Turmseite des Schlosses bis zum Horizont zog. Und dann entdeckte Keth sie. Sie kniff aufgeregt ihre Augen zusammen. Täuschte sie sich, waren sie das wirklich? Konnte das sein? Stoßweise hob und senkte sich ihre Brust, mit zitternden Händen öffnete sie das Fenster und lehnte sich so weit es ging hinaus. Sie hatte sich nicht getäuscht, es waren ihre Reisegefährten, und es schien so, als würde Valeria vorsichtiger rennen als die beiden anderen. Was trug sie im Arm? War es möglich, dass sie ... Keth schluckte, stöhnte auf, weil sie sich nicht noch mehr hinauslehnen konnte, ohne hinunterzustürzen. Aber ja! Valeria schien ein Bündel in ihren Armen zu tragen. Es musste Stjärna sein, denn nur das konnte erklären, warum Valeria langsamer und vorsichtiger lief, das Tempo auch nicht anzog, obwohl die Soldaten den Abstand schnell verkleinerten. Und dort am Himmel, war das ein roter Fleck? Konnte das Gorria sein, ihr Gorria, der seit ihrem Abtransport zum Schloss verschwunden war?

Was sollte sie tun? Konnte sie überhaupt etwas tun? Sie blickte sich um, schaute entlang der Schlossmauer nach unten, dann wieder nach oben. Wäre es möglich, würde sie das schaffen? Sie musste! Sie konnte nicht in diesem Zimmer bleiben und warten, bis der Schwarze Fürst sie vom Turm stoßen würde. Eher würde sie bei der Flucht sterben wollen.

Mühsam zwängte sie sich durch das schmale Fenster, traute sich nicht mehr, nach unten zu sehen. Sie stand, dicht an die Außenmauer des Schlosses gepresst, auf einem winzigen Vorsprung, schloss die Augen und wartete, bis das surrende Gefühl in ihrem Magen nachließ. Vorsichtig ging sie in die Knie, tastete mit einem Fuß nach der Steinfigur unter ihr. Wie oft hatte sie Cristan gebeten, diese Wasserspeier auf der Vorderseite des Schlosses zu entfernen. Sie sahen so gruselig aus mit ihren weit geöffneten Mündern. Doch er hatte sich nicht überreden lassen, ihr immer wieder erklärt, dass die Gargoyles, wie er sie nannte, wichtig für die Schlossmauern seien, sie würden sie trocken halten. Und nun war sie froh, dass er ihrer Bitte nie nachgekommen war. Wenn alles gut ging und die Figuren ihr Gewicht aushielten, dann würde sie es vielleicht schaffen, ohne abzustürzen den Boden vor dem Schloss zu erreichen.

Ihre Fußspitze hatte den ausladenden Kopf des ersten Wasserspeiers ertastet. Sie schob ihren Körper an der Mauer nach unten, bis sie mit ihrem ganzen Gewicht auf der Figur stand. Mit geschlossenen Augen überlegte sie, wie die Figuren angeordnet waren. Langsam ging sie in die Knie, tastete mit ihrem rechten Fuß nach der kleinen Kante unterhalb des Wasserspeiers und ließ sich keinen Moment zu früh mit ihrem Gewicht daraufgleiten. Sie duckte sich weg, als kleine Steine auf sie herunterstürzten. *Nur noch einmal*, sagte sie sich, *nur noch einmal muss ich einer Figur vertrauen. Von dort aus kann ich springen.* Ihre Zunge klebte am Gaumen, es war ihr unmöglich, zu schlucken. Sie räusperte sich, schob sich Stück für Stück nach links, bis sie am Ende des Vorsprungs angekommen war. Dort ging sie in die Hocke und ließ sich auf die Figur darunter sinken.

Doch diesmal hielt der kahlköpfige Gargoyle ihrem Gewicht nicht stand, er brach mit Getöse aus der Mauer und riss sie mit in die Tiefe.

66. KAPITEL

CRISTAN – ACHT MONATE NACH DEM SCHWARZEN TAG

Cristan drehte sich noch einmal auf seinem Pferd um und hob zum Abschied seinen Arm. »Passt auf euch auf!« Mit diesen Worten setzte er sich an die Spitze des Reiterzuges und trabte an. Sein Herz schmerzte, er hatte Vaïas Tränen gesehen, hatte ihre tiefe Traurigkeit gespürt, doch er konnte ihr keinen Beistand leisten, musste mit dem Reiterzug weiter.

Sie waren nur noch wenige Stunden von seinem Schloss, von seiner Keth, entfernt. Wenn die Seherin recht hatte. Er beugte sich tiefer über den Hals seines Pferdes und zog das Tempo an. *Keine Zweifel aufkommen lassen,* dachte er sich, *die Seherin war überzeugt. Keth muss dort auf dem Schloss gefangen gehalten werden.* Er würde sie befreien.

Mit einem schnellen Blick über die Schulter vergewisserte er sich, dass alle ihm folgten. Soldaten,

Männer des Wüstenvolkes, Fremde, die sich ihnen angeschlossen hatten, und viele kampfbereite Frauen.

Er schaute nach vorne, Bilder der vergangenen Stunden zogen an seinem inneren Auge vorbei: Montaque, wie sie ihn mühevoll unter dem Pferd vorgezogen hatten und ihnen der Atem gestockt war, als sie seine Beine gesehen hatten. Der langsame Transport auf einer provisorischen Trage zu einem nahe gelegenen Dorf. Das Eintreffen der Frauen, angeführt von Vaïa, und ihr entsetzter Gesichtsausdruck, als sie ihren Mann auf der Trage gesehen hatte. Das ernste Gesicht der Heilerin des Dorfes, als sie Montaques Hose von seinen Beinen geschnitten hatte. Die Versammlung am Abend auf dem Dorfplatz, um zu sehen, wer alles mitreiten konnte. Und der tränenreiche Abschied heute Morgen von Vaïa und Montaque, der noch immer bewusstlos dalag und auf nichts reagierte.

Cristan richtete sich im Sattel auf. Sie kamen gut voran. Aber Montaque fehlte ihm so sehr, gemeinsam hätten sie jetzt besprochen, wie sie vorgehen würden. Nun jedoch lastete die ganze Verantwortung auf ihm. *Aber so war es doch immer schon*, sagte er sich. Der König trug die Verantwortung, und jede Entscheidung brachte Konsequenzen mit sich, wie er nur zu gut wusste. Denn jene falsche Entscheidung damals an diesem so glücklichen Tag hatte sie alle hierhergebracht, hatte dazu geführt, dass seine Keth und sein Kind in der Gewalt des Schwarzen Fürsten waren, dass er ein Auge verloren hatte und Montaque mit zertrümmerten Beinen in einem namenlosen Dorf lag. Ein Schauder lief durch seinen Körper. Diesmal durften keine falschen Entscheidungen getroffen werden. Diesmal nicht!

Er blickte zum Himmel, ein paar Sonnenstrahlen kämpften sich mühsam durch graue Wolken. Vielleicht noch zwei oder drei Stunden, dann würde die Dämmerung einsetzen und schnell in ein undurchdringliches Schwarz übergehen. Er blinzelte mehrmals, um eine klarere Sicht zu haben, und drosselte das Tempo. Nach einigen Schritten wendete er sein Pferd und hielt an.

Cristan deutete mit seinem Arm nach rechts und rief laut: »Wir werden dort zum Wald reiten. Auf der anderen Seite steht das Schloss.«

Unruhe kam auf, Pferde bewegten sich, Zaumzeug klirrte, Stimmen wurden laut.

»Ja, wir sind fast am Ziel angekommen«, fuhr er fort. »Im Wald suchen wir uns einen guten Rastplatz, und ich werde mit einigen Freiwilligen versuchen, zum Schloss vorzudringen. Ich vermute, dass bereits im Wald Soldaten postiert sein werden.« Wieder wurde es unruhig. Mit einer Handbewegung sprach Cristan weiter: »Ab sofort sind wir auf der Hut, immer darauf gefasst, von den Schergen des Schwarzen Fürsten angegriffen zu werden. Unser oberstes Ziel ist es, die Königin und ihr Kind zu befreien.«

Zustimmende Rufe wurden laut.

Cristan nickte, wendete sein Pferd und rief über die Schulter: »Wir reiten so leise wie möglich weiter.« Obwohl er nicht daran glaubte, unentdeckt das Schloss zu erreichen, hatte er das noch sagen müssen. Vielleicht auch um sich selbst zu beruhigen.

Kalter Regen setzte ein, verwandelte das Feld unter den Hufen der galoppierenden Pferde in eine rutschige Schlammfläche. Alle waren froh, als sie den Wald erreichten, um wenigstens ein bisschen vor dem Regen und dem eisigen Wind geschützt zu sein.

»Hier halten wir an«, sagte Cristan und deutete auf eine Lichtung, die vor ihnen lag. »Behaltet eure Pferde bei euch, gebt ihnen zu fressen, esst selbst etwas.« Nach einer kleinen Pause, in der nur die Regentropfen und die Pferdegeräusche zu hören waren, fuhr er fort: »Wir ruhen uns ein wenig aus. Wer danach mit mir zum Schloss vordringen will, meldet sich bei mir.« Mit diesen Worten ritt er wieder an und suchte sich einen einigermaßen geschützten Platz. Er hängte seinem Pferd den Futterbeutel um, nahm sich selbst etwas Brot und einen Becher mit Wasser und lehnte sich gegen den dicken Stamm eines Baumes.

So nahe bei Keth zu sein wie seit vielen Monaten nicht mehr erfüllte ihn mit fieberhafter Ungeduld. Unablässig kreisten im Hintergrund die immer gleichen Fragen: Wenn sie nicht hier im Schloss war, vielleicht weit weg von hier gefangen gehalten wurde, was dann? Er fröstelte, Nässe tropfte aus seinem Haar, die feuchte Augenbinde fühlte sich wie ein Fremdkörper in seinem Gesicht an. Hastig schluckte er den letzten Bissen Brot hinunter, trank einen Schluck Wasser nach und verstaute seinen Becher im Proviantbeutel.

»Annar, gehst du mit mir?«, fragte er den Mann aus dem Wüstenvolk, der mit ein paar Männern auf ihn zukam.

Dieser nickte. »Wir werden mit Euch gehen.« Er zeigte auf die anderen Männer, die hinter ihm stehen geblieben waren.

Cristan nahm sein Schwert auf, bedeutete den anderen, dass sie ihm folgen sollten, und verließ mit vorsichtigen Schritten die Lichtung.

Die Bäume standen so dicht beieinander, dass kaum Licht zwischen den belaubten Ästen hindurchfiel. Sie bewegten sich fast lautlos vorwärts, hin und wieder knackte ein Zweig, raschelte Laub.

Annar, der dicht hinter Cristan ging, tippte ihm auf die Schulter. Cristan drehte sich um und sah, dass Annar den Zeigefinger vor den Mund hielt. Alle verharrten bewegungslos, lauschten.

Zuerst vernahm Cristan nur das Geräusch der monoton fallenden Regentropfen. Doch in der Ferne war etwas anderes. Schritte, schnelle Schritte, die sich ihnen näherten, vielleicht ein Tier, das durchs Unterholz brach. Nein, mehrere Schritte, Keuchen, angestrengtes Keuchen. Jemand hastete durch den Wald, hatte eine eilige Mission vor sich oder war auf der Flucht.

Annar hob drei Finger in die Luft.

»Drei?«, formte Cristan lautlos mit den Lippen.

Annar nickte heftig.

Die Schritte kamen näher, schnell, laut, ohne Rücksicht darauf, dass sie jemand hören könnte. Das waren keine Soldaten, die bewegten sich anders, zwar auch schnell, aber vorsichtiger, ohne so viel Lärm zu machen. Das waren drei Flüchtende, vielleicht um ihr Leben Laufende.

Cristan trat einen Schritt vor. Sein Herz raste. »Halt, bleibt stehen!«, drang seine Stimme schwerelos durch das Dunkel. »Sofort stehen bleiben!«

67. KAPITEL

ARON – ACHT MONATE NACH DEM SCHWARZEN TAG

Das ist das Ende, sie haben uns. Aron blieb stehen, breitete die Arme aus, sodass Naira und Valeria hinter ihm zum Stehen kamen. Stille senkte sich über sie, nur ihr zu schnelles und lautes Atmen dröhnte in ihren Ohren. Sie starrten in die graue Dämmerung, in der die Bäume zu einer schwarzen Wand verschmolzen, warteten darauf, dass die Schergen des Schwarzen Fürsten über sie herfielen, Valeria das Baby aus den Armen reißen und sie wieder ins Schloss schleppen würden.

Doch nichts regte sich, es schien, als sei alles um sie herum zu Eis erstarrt. Aron ließ seine Arme sinken, wartete, starrte in den Wald.

»Was machen wir jetzt?« Nairas tonlose Stimme war wie ein Lufthauch an seinem Ohr.

Leicht zuckte er mit den Schultern. Er räusperte sich, schluckte, benetzte seine Lippen mit der Zunge: »Wer seid Ihr?« Das war zu leise, kaum zu hören. Er versuchte es erneut: »Wer und wo seid Ihr?« Nichts regte sich. Aron machte eine auffordernde Kopfbewegung, leise gingen sie weiter, nahmen Valeria in ihre Mitte, die Stjärna mit einer Hand beruhigend auf den Rücken klopfte.

Und dann erschraken sie so, dass Valeria mit dem Baby fast gestürzt wäre. Vor ihnen standen wie aus dem Nichts aufgetaucht zwei große Männer, breitbeinig, die Schwerter zum Kampf erhoben. *Das sind keine Soldaten, keine Schergen des Schwarzen Fürsten*, dachte Aron. Hinter ihnen traten noch mehr Männer aus dem Dickicht heraus, blieben stehen und starrten sie an.

Langsam ließen die Männer ihre Schwerter sinken, anscheinend erkannten sie, dass vor ihnen keine Soldaten standen, dass Aron mit den beiden Frauen keine Gefahr für sie bedeutete.

»Wer seid ihr?« Der bedrohlich wirkende Mann mit der Augenbinde trat einen Schritt auf sie zu.

Aron spürte, wie sich trotz der Kälte Schweiß auf seiner Stirn bildete. »Ähm, wir sind Reisende.«

Der Mann gab einen Laut von sich, der zwischen Ärger und Belustigung lag. »Reisende, soso …«

»Auf der Flucht«, fügte Aron an.

»Weiter«, forderte der Mann ihn auf und stellte sich nun dicht vor sie.

Aron blinzelte, starrte den Mann an, kramte in seiner Erinnerung, betrachtete ihn noch einmal, setzte alles auf eine Karte: »Wir flüchten vor dem Schwarzen Fürsten und haben das Baby der Königin bei uns.« Er hörte

Valerias fassungsloses Keuchen und den erstickten Ausruf des Mannes mit der Augenbinde.

Doch bevor sie zu einer Erklärung ansetzen konnten, bevor sie erfuhren, ob Arons Überlegungen richtig waren, gellte ein schriller Schrei durch die Luft. Auf Arons Armen bildete sich Gänsehaut; der Schrei schien endlos, drückte Panik, Angst und Wut aus und wirbelte alles durcheinander.

»Keth, das ist meine Keth!«, rief der Mann mit der Augenbinde und deutete auf den Mann, der neben ihm stand. »Du bringst sie in unser Lager!« Dann rannte er los, gefolgt von den anderen Männern.

Aron starrte ihnen nach und stieß einen lauten Ton des Unglaubens aus. »Das war der König, ich fass es nicht, der König.« Er beugte sich nach vorne und atmete krächzend aus. »Der mit der Augenbinde war der König.« Er schüttelte den Kopf, schaute hoch und sah in die fassungslosen Gesichter von Naira und Valeria.

68. KAPITEL

KETH – ACHT MONATE NACH DEM SCHWARZEN TAG

»Eure Hoheit, habt Ihr Euch etwas getan? Oh, bei allen Himmeln, macht Eure Augen auf! Hoheit, bitte!« Jemand rüttelte vorsichtig an ihrer Schulter.

Keth stöhnte, das Rütteln sollte sofort aufhören, alles tat ihr weh.

»Macht Eure Augen auf, bitte, Ihr müsst aufstehen, wir müssen hier weg!« Die Stimme wurde immer eindringlicher, jemand flüsterte zu laut in ihr Ohr.

Unwillig drehte sie ihren Kopf zur Seite. Doch wieder wurde an ihrer Schulter gerüttelt, diesmal heftiger und länger.

»Wenn Ihr nicht aufsteht, muss ich Euch irgendwie von hier wegschleppen. Wenn Euch die Soldaten finden, werden sie Euch mitnehmen.«

Jetzt reichte es Keth. Empört öffnete sie ihre Augen, um sie sofort wieder zu schließen. Die Helligkeit stach in ihren Kopf, der sowieso furchtbar wehtat, wie ihr ganzer Körper. Schlagartig fiel ihr alles wieder ein. Sie war abgestürzt, zusammen mit dem hässlichsten aller Gargoyles, dessen Maul so weit aufgerissen war, dass man bis zu seiner Schwanzspitze sehen konnte.

»Steht auf, Hoheit, ich höre Soldaten. Wir müssen hier weg!«

Keth öffnete erneut die Augen, richtete sich stöhnend auf, alles tat weh, aber ernstlich verletzt hatte sie sich nicht. Groß schaute sie den Mann an, der dicht neben ihr kniete und besorgt auf sie herunterblickte. »Mårte, du bist noch hier?« Ihr Herz klopfte erfreut; wie gut es tat, ihren alten Gärtner wiederzusehen.

»Ich habe immer darauf gehofft, dass Ihr zurückkommen werdet. Aber jetzt schnell, nehmt meine Hand.« Er half ihr auf, ließ ihr kurz die Zeit, die sie brauchte, um ihren Schwindel zu unterdrücken und sich zu orientieren, dann zog er sie hinter sich her. Mit zitternden Händen schloss er eine kleine, unscheinbare Tür auf, die, wie sie wusste, in den Küchentrakt führte. Kaum hatten sie die Tür hinter sich geschlossen, kam ein Trupp Soldaten über den gekiesten Schlosshof geritten.

Keth lehnte sich zitternd gegen die Wand und schloss die Augen. Ihr war übel, der Kopf dröhnte, sie zitterte. Aber hier konnten sie nicht bleiben. »Mårte, ich muss zum Wald. Meine Begleiter sind dorthin geflüchtet, ich muss zu ihnen.«

Mårte nickte und deutete den Flur entlang. »Wir gehen auf der Turmseite raus, dann haben wir nur ein kurzes Stück, das wir überqueren müssen. Wir müssen sehr vorsichtig sein. Der Schwarze Furst hat alle Soldaten zur Bewachung des Schlosses abgestellt.« Er schaute sie ernst an, dann wandte er sich um und ging den Flur entlang.

Keth folgte ihm, versuchte, ihre Ungeduld zu unterdrücken und ihn nicht zu drängen, schneller zu gehen. Er blieb immer wieder stehen, schien zu lauschen, ging dann mit vorsichtigen Schritten weiter. Am Ende des Flurs öffnete er die Tür zur alten Schlossküche, die nur benutzt wurde, wenn große Feierlichkeiten anstanden.

Abgestandene Luft kam ihnen entgegen, leises Rascheln deutete an, dass Ratten die Küche als vorübergehende Wohnung in Beschlag genommen hatten. Keth hielt den Atem an, wehmütige Gefühle kamen hoch, wie viel Zeit hatte sie hier mit der früheren Köchin verbracht, wenn die Eltern von Cristan große Empfänge gegeben hatten. Es war ein wunderbarer, warmer Ort für Kinder gewesen, an dem es immer nach Gebackenem gerochen hatte.

Mühevoll tasteten sie sich durch die dunkle Küche, bemüht, nirgends anzustoßen und womöglich einen Topfstapel herunterzureißen. Mårte hielt so plötzlich an, dass Keth gegen seinen Rücken stieß. »Pst«, machte er und lauschte. Wieder waren Pferdehufe zu hören, Männerstimmen riefen etwas, dann wieder Stille. »Es ist ungünstig, jetzt rauszugehen. Wir müssen warten.«

»Nein, ich kann nicht warten, ich muss raus«, erwiderte Keth.

»Eure Hoheit, es ist zu gefährlich. Ihr habt nichts davon, wenn sie Euch sofort wieder schnappen.« Mårte drehte sich halb zu ihr um. »Wir warten noch ein wenig; wenn wir nichts mehr hören, dann versuchen wir es.«

Keth stöhnte leise, knetete ihre Hände, biss ihre Zähne so fest aufeinander, dass ihr Kiefer schmerzte.

»Also gut«, zischte sie und lauschte. Das Wiehern eines Pferdes war zu hören, Hufgeräusche, die sich entfernten, ein Schrei, dann Stille.

Sie warteten und warteten. Als Mårte sich sicher war, lange genug ausgeharrt zu haben, versuchte er, die Tür nach draußen zu öffnen. Aber sie war verschlossen. Keth hätte vor Ungeduld am liebsten laut geschrien.

Mårte steckte mit unsicheren Fingern den großen Schlüssel ins Schloss und drehte ihn herum. Das quietschende Geräusch überzog Keths Körper mit Gänsehaut. Langsam öffnete der alte Gärtner die Tür, zuerst einen Spaltbreit, und linste hinaus. Als er niemanden vor dem Schloss sah, schlüpften sie beide hinaus. Auf ein Zeichen von Mårte hin begann Keth zu rennen.

Der Weg zum Wald schien kein Ende zu nehmen. Sie versuchte, noch schneller zu laufen, ihr Atem ging stoßweise, ihre Brust fühlte sich so eng an wie in einem zu fest geschnürten Korsett. Keth japste, vor ihren Augen tanzten schwarze Kreise in immer abstruseren Formationen, und dann plötzlich war alles vorbei.

Nervös steigende Pferde machten ihr das Weiterlaufen unmöglich, sie stoppte so abrupt, dass sie ausrutschte und sich nur mit Mühe auf den Beinen hielt. Laut keuchend stand sie inmitten höhnisch grinsender Soldaten.

»Ja wenn das nicht unsere gefallene Königin ist?« Spott triefte aus den Worten des hoch über ihr aufragenden Soldaten. »Wo will sie denn hin?« Seine Schwertspitze fuchtelte vor ihrem Gesicht herum.

Keth drehte sich einmal im Kreis, sah eng stehende Pferdeleiber, feixende Soldaten und spürte eine

Übelkeit, die sich in ihr ausbreitete und ihren Mund mit bitterer Galle füllte.

»Sie antwortet nicht.« Ein weiterer Soldat senkte seine Schwertspitze auf ihr Gesicht.

»Wir ändern das!«

Raues Gelächter schallte durch die Luft, als ein Schwert ihre Wange aufritzte und dunkles Blut herausquoll. Keth zuckte zurück. Erneut kam die Schwertspitze auf sie zu. »Du wirst antworten ... oder ...« Die Spitze berührte ihre andere Wange. Der Ring, den die Pferde um sie gezogen hatten, war so eng, dass sie nicht ausweichen konnte. »Wo wolltest du hin?« Sie zögerte, anscheinend zu lange, sie spürte, wie die Klinge sich in ihre Haut bohrte. Keth begann gellend und schrill zu schreien. Die Pferde wurden unruhig, tänzelten hin und her, der Kreis um sie herum wurde größer. Und dann sah sie ihn endlich. Tränen traten in ihre Augen.

Gorria stieß mit lautem Krächzen auf sie herunter, ein riesiger roter Schatten. Und das war zu viel für die Pferde, sie versuchten, dem Vogel zu entkommen, schlugen aus und rannten los. Gorria folgte ihnen, schreiend, mit seinen großen Flügeln schlagend und mit seinem spitzen Schnabel nach den Soldaten hackend, die versuchten, die Pferde zu zügeln.

Keth kniete auf dem Boden, tupfte mit dem Mantelsaum das Blut von ihren Wangen und kämpfte gegen den Schwindel an, der sie niederzwingen wollte. Tief atmete sie durch, unterbrochen von kleinen Schluchzern. Gorria landete neben ihr, klapperte beruhigend mit dem Schnabel und stupste sie leicht an. Erleichtert schlang sie die Arme um seinen langen Hals, drückte ihr Gesicht in seine Federn und erlaubte sich einen kleinen Moment der Schwäche.

Aus den Augenwinkeln sah sie eine Bewegung am Waldrand, sie sprang auf, blickte sich hektisch um und rannte los. Die ersten Soldaten hatten ihre Pferde beruhigt, würden gleich ihre Verfolgung aufnehmen. Keth rannte weiter, so schnell wie noch nie in ihrem Leben. Gorria flog dicht über ihr, beschützend und mit dem Schnabel klappernd.

Kurz nach der ersten Baumreihe blieb sie wie angewurzelt stehen, ihr Herz setzte einen Schlag aus, sie versuchte zu sprechen, zu schreien, konnte nur flüstern: »Cristan!«

69. KAPITEL

CRISTAN – ACHT MONATE NACH DEM SCHWARZEN TAG

Cristan rannte, angezogen vom panischen Schrei einer Frau – seiner Frau. Irgendetwas in ihm wusste, dass da Keth schrie, schrill und angstvoll. Seine Keth. Er musste ihr helfen, niemals hatte er etwas mehr gemusst. Keuchend und schweißüberströmt rannte er, seine Intuition sagte ihm, dass Keth irgendwo zwischen Schloss und Wald war. Er hörte Annar und seine Männer neben und hinter sich keuchen und leise fluchen. Keth hörte nicht auf zu schreien. Cristan steigerte noch einmal sein Tempo, neben ihm stürzte einer seiner Begleiter zu Boden. Er rannte weiter.

Das Schreien hatte aufgehört. Cristan blieb kurz stehen, hielt seinen viel zu lauten Atem an und lauschte. Pferdegetrappel, Männerstimmen und lautes Krächzen erfüllten nun die Luft. *Keth, bitte, Keth, halte durch!* Er rannte los, vor sich sah er helles Grau, er musste in der Nähe des Waldrandes sein.

Keth, Keth!, wollte er schreien, aber er brachte keinen Laut heraus, musste rennen und atmen. Und dann blieb er stehen. Sie hatten die letzten Baumreihen erreicht, dahinter konnte er die weite, gekieste Fläche vor seinem Schloss sehen.

Keinen Schritt konnte er mehr tun, er war wie versteinert. Sein Blick umfing die Gestalt vor ihm, er glaubte, nie etwas Schöneres gesehen zu haben. »Keth.« Heiser flüsterte er ihren Namen. »Meine Keth!« Langsam, vorsichtig, als hätte er Angst, dass die Frau vor ihm eine Fata Morgana sei und sie sich beim Näherkommen in zarte Farben auflösen würde, näherte er sich ihr.

»Cristan«, hauchte sie seinen Namen. Dann rannte sie los, sprang in seine Arme, klammerte sich an ihm fest und schluchzte laut. Seine Arme umschlangen sie, seine Keth, die so zart und dünn geworden war, aber in allem seine Keth war. Er spürte ihr wild pochendes Herz, drückte ihren zitternden Körper an sich, verteilte wilde Küsse wahllos in ihr verstrubbeltes Haar und spürte die Tränen, die unaufhaltsam über sein Gesicht rannen.

»Wir müssen hier weg, schnell, die Soldaten kommen!« Annar stupste Cristan in die Seite, zuerst vorsichtig, dann fester. »Cristan, los, wir müssen weg!«

Cristan küsste Keth auf ihre blutverschmierten Wangen. »Meine Geliebte, wir müssen los.« Dankbar sah er, dass sie nickte und seine Hand nahm. Dann nahm er den riesigen roten Vogel wahr, der zwischen den Bäumen stand und sie beobachtete. Er machte einige Schritte auf die freie Fläche, klapperte laut mit dem Schnabel und schwang sich in die Lüfte.

Keth sah zu Cristan auf, ihr armes geschundenes Gesicht zu einem glücklichen Lächeln verzogen. »Wir schaffen das, du und ich und unsere Tochter.«

Cristan wollte stehen bleiben, diese Neuigkeit erst einmal verarbeiten, glücklich sein, Vater sein, aber die Soldaten näherten sich dem Wald, Fliehen hatte jetzt oberste Priorität, alles andere musste warten. Seine Tochter, sein Glück, sein Land, alles.

70. KAPITEL

KETH – ACHT MONATE NACH DEM SCHWARZEN TAG

Sie konnte nicht aufhören zu schluchzen, leise, kräftezehrend. Cristan hielt ihre Hand fest umklammert, zog sie in schnellem Lauf hinter sich her, seine Männer hinter ihnen versuchten, sie abzuschirmen. Die Stimmen der sie verfolgenden Soldaten wurden allmählich leiser, waren kaum noch zu hören. Als nur noch ihre Schritte und ihr keuchender Atem zu hören waren, liefen sie langsamer.

»Ich kann nicht mehr«, presste Keth hervor. Sie war vollkommen erschöpft.

Cristan blieb stehen und wandte sich ihr zu. »Meine Geliebte, wir haben das Lager fast erreicht.«

Keth schüttelte den Kopf. »Ich kann nicht mehr.« Sie ließ sich auf den Boden sinken. Vor ihren Augen flimmerte es, ihr Herz raste, sie hatte Mühe, genug Luft in ihre Lungen zu bekommen.

Cristan kniete sich zu ihr und umfasste sie mit seinen Armen. »Pst, pst«, versuchte er, sie zu beruhigen. Er zog sie dicht an sich, hüllte sie in seinen Mantel. Keth sackte gegen ihn, konzentrierte sich auf seinen Geruch, seine Wärme.

Ihr ganzer Körper war in Aufruhr, Tränen strömten über ihr Gesicht, eine unsägliche Last fiel in diesem Moment von ihr ab. Monatelang hatte sie gekämpft, um ihr Überleben und das ihrer Tochter, sie hatte gefährliche Länder durchquert und einen guten Freund verloren, hatte gegen die Verzweiflung und die aufkommende Hoffnungslosigkeit angekämpft.

Keth klammerte sich an ihren Mann, ließ zu, dass die Gefühle sie schüttelten, und beruhigte sich nur langsam. Dann blickte sie zu ihm auf, in sein über alles geliebtes Gesicht, nahm jetzt zum ersten Mal bewusst die Augenbinde wahr und schluckte. »Auch du hast gelitten, hast Verletzungen davongetragen.« Vorsichtig strich sie über seine Wange. »Wir haben uns wieder, Cristan!«

Er senkte seinen Kopf und küsste sie, forschend, leidenschaftlich.

Sie stöhnte unter seinem Kuss, drückte ihn leicht von sich weg. »Unsere Tochter, wo ist sie?«

»Ich habe sie in unser Lager bringen lassen.« Cristan stand auf und zog sie hoch. »Du schaffst den kurzen Weg dorthin, sie werden auf uns warten und sich schon Sorgen machen.«

Keth erhob sich schwerfällig und ging mit müden Schritten neben ihm her. So viel mussten sie sich erzählen, die letzten Monate noch einmal gemeinsam durchleben, Pläne machen, wie es weitergehen würde, und er musste vor allem seine Tochter kennenlernen.

Keth atmete tief durch, drückte Cristans Hand und sagte: »Alles, was jetzt kommt, werden wir gemeinsam durchstehen.«

Als sie den Schein des Feuers im Lager sahen, sagte Cristan zu ihr: »Jetzt werde ich meine Tochter kennenlernen.«

Keth sah Tränen in seinem Auge schimmern. Aufmunternd drückte sie seine Hand, ließ sie dann los und nickte ihm zu. »Lauf los, die paar Schritte schaffe ich allein. Lauf, schau dir deine Tochter an!«

EPILOG

DREI JAHRE SPÄTER

Kleine, zarte Tritte gegen ihre Bauchdecke hatten sie geweckt. Zärtlich strich sie mit einer Hand über ihren gewölbten Leib. »Guten Morgen, du bist ja früh wach«, murmelte sie und setzte sich leicht in ihrem Bett auf. Sie hatten abends die Vorhänge wieder aufgezogen, um vom Bett aus den Vollmond betrachten zu können. Davon profitierte sie jetzt. Die Sonne begann aufzugehen, färbte den Horizont rosa, die dunkle Graufärbung des Himmels veränderte sich, wurde silbrig grau, ein neuer Tag zog heran.

Ihre Gedanken wanderten zurück zu den Tagen, an denen sie dem Himmel scheinbar näher gewesen war als der Erde, an denen sie auf Wolken geritten war und Länder durchqueren musste, um wieder zu ihrem Liebsten zurückkehren zu können. Sie schloss die Augen, kuschelte sich eng an Cristan, der schlaftrunken seinen Arm um sie schlang, und ließ sich in die

Vergangenheit zurücktreiben, dachte an die schweren Jahre, die sie nach ihrer Rückkehr an Cristans Seite überstanden hatte. Sie dachte an die Weggefährten, die viel für sie geopfert hatten oder für sie gestorben waren. So wie Valja, die so tapfer gegen die Drachen gekämpft hatte und dabei verschwunden war. Nicht alle glaubten, dass sie dabei ihr Leben verloren hatte. Vor allem Vaïa hielt daran fest, dass Valja noch immer in Sanïa lebte, freiwillig oder in Gefangenschaft, sie wussten es nicht.

Keth drehte sich auf den Rücken, sah wieder zum Himmel. Wo sich jetzt wohl Lazars Seele befand? Lazar, der seine ganzen Wolkenreiterkünste eingesetzt hatte, um sie alle zu retten, und dann von Monstern getötet worden war und seine Liebe, seine Valeria, zurücklassen musste. Valeria, die sich ein abenteuerliches Leben gewünscht hatte und, als das Abenteuer in Gestalt des Wolkenreiters Lazar in ihr Leben getreten war, beherzt zugegriffen hatte. Sie hatte viele Monate gebraucht, um sich von der erdrückenden Last der Trauer um Lazar zu befreien.

Wieder spürte sie leichte Tritte, ihr Kleines war heute Morgen schon sehr munter. Beruhigend streichelte sie über ihren Bauch, lauschte in die Stille des Raums, ob sie Geräusche aus dem Nachbarzimmer hörte, die ihr zeigten, dass ihr Augenstern vielleicht auch schon wach war. Ihre Stjärna, die ihrem Papa kaum von der Seite wich, als wolle sie die ersten Monate, in denen sie auf ihn hatte verzichten müssen, aufholen.

Sonnenstrahlen fielen durch das Fenster auf ihr Bett, sie drehte ihnen ihr Gesicht entgegen. Cristan murmelte unverständlich vor sich hin, wie so oft, er schien noch immer vieles verarbeiten zu müssen. Die letzten Jahre hatten an seiner Gesundheit gezehrt. Keth hegte die

Befürchtung, dass die Sehkraft seines gesunden Auges nachgelassen hatte. Doch wenn sie ihn darauf ansprach, reagierte er ungehalten und zog sich zurück. Auch sein gebrochenes Bein, das er bei dem Ritt vom Tempesta-Gebirge zum Schloss viel zu früh hatte belasten müssen, verkrampfte immer wieder und bereitete ihm höllische Schmerzen.

Bewusst schaute sie wieder nach draußen. Es würde ein wunderschöner Tag werden, der Himmel war wolkenlos, strahlend blau, und die Luft, die durch das geöffnete Fenster hereinwehte, brachte den Duft der zarten Blüten des Elfenspiegels mit und kündigte warme Temperaturen an.

Sie freute sich auf den heutigen Tag, alle waren gekommen. Es würde eine herrliche Hochzeit werden. Viele Wolkenreiter waren schon in den letzten Tagen angereist, ebenso das Wüstenvolk. Vaïa mit ihrer Familie und ihren Schwestern war erst am Vortag eingetroffen, und Vaïa würde am nächsten Tag schon wieder zurückreisen, sie konnte Montaque nicht so lange allein lassen. Ihr geliebter Montaque, ihr Luftikus, hatte die schlimmen Beinverletzungen zwar überlebt, aber seine Beine waren nicht mehr richtig zusammengewachsen. Sie hatte Keth erzählt, wie tapfer er die Schmerzen, die die zerstörten Nerven aussandten, ertrug. Er konnte nicht gehen, nicht stehen, nicht sitzen, nur liegen. Aber Vaïa wollte sich die Hochzeit nicht entgehen lassen, ihre Valeria war eine der Brautjungfern.

Viele Arcanier hatten in den letzten drei Jahren Schweres durchgemacht, hatten als Soldaten oder Freiwillige gegen die Söldner des Schwarzen Fürsten gekämpft und nach und nach das Land von Willkür und

Hunger befreit. Der Schwarze Fürst jedoch war verschwunden. Er war bis jetzt seiner Bestrafung entgangen. Die Arcanier hatten wieder einen rechtmäßigen König, ein Erbenkind und eine Königin, die bald ein weiteres Kind zur Welt bringen würde.

Keth kniff die Augen zusammen. Ein roter Fleck am Himmel kam näher, wurde größer und größer und landete auf der Stange vor ihrem Fenster, die Cristan extra für Gorria hatte anbringen lassen. Ihr Seelenvogel, der sich immer in ihrer Nähe aufhielt, ihre Gefühle erahnen konnte und ihr und Stjärna treu ergeben war.

Sie drehte sich noch einmal zu Cristan, betrachtete ihren schlafenden Mann, und die Liebe zu ihm trieb ihr Tränen in die Augen. Wie dankbar sie war, dass er lebte, dass sie ihn täglich neben sich erleben durfte, dass sie gemeinsam wieder Eltern wurden. Diese Dankbarkeit all denjenigen gegenüber, die sich für sie und ihre Rettung eingesetzt hatten, war unbeschreiblich groß. Sie schluckte, sie würde das Fest heute so sehr genießen, versuchen, mit allen zu sprechen, jedem noch einmal ihren Dank ausdrücken.

Keth atmete tief durch, gab ihrem Mann einen zarten Kuss auf die Stirn und stand auf. Sie warf sich ihren leichten Morgenmantel über, trat an das Fenster und öffnete nun auch den zweiten Flügel. Gorria begrüßte sie mit lautem Schnabelklappern, streckte ihr den Kopf entgegen und forderte eifrig Streicheleinheiten ein. Dann erhob er sich wieder in die Lüfte, drehte eine kleine Runde über dem Schloss und verschwand mit großen Flügelschlägen am Horizont.

Unten im Schlosspark, zwischen den hohen Elfenstabpflanzen, sah sie eine Bewegung. Sie lächelte. Eng umschlungen stand dort das Brautpaar. Aron und

Naira. Sie wünschte ihnen still viel Glück und eine tiefe, ehrliche Liebe zueinander, in guten wie in schwierigen Tagen.

Keth drehte sich um, sah, wie ihr Augenstern behände unter die Bettdecke zu ihrem Papa kletterte, und ihr Herz floss über vor Liebe.

Printed in Poland
by Amazon Fulfillment
Poland Sp. z o.o., Wrocław